U0115205

經學研究叢書・經學史研究叢刊

陳第之學術

劉人鵬　著

簡逸光　主編

身羨游僧處處家：
敘錢新祖老師與《陳第之學術》一書的因緣・代序

因為一些機緣，人鵬囑我為她的書《陳第之學術》作序。

我就讀臺大歷史系博士班時，修習過錢新祖老師的課。雖然未能全窺堂奧，但對我而言，錢老師所教導的，大大衝擊了我過去懷有的一些預設。這樣的衝擊，不止涉及了史學研究；也全面掃遍了我對人生、生命、世界的看法。而且時日愈久，浸潤愈深。

我在江勇振先生的《留美半生緣：余英時、錢新祖交鋒始末》中讀到了以下這段話：「針對余英時說學界的定論是：朱熹是理學『考證』的傳統真正的奠基人之一的說法，錢新祖的反駁是徵引劉人鵬在她的碩士論文《陳第之學術》裡的研究。他總結說：

> 余教授所說的學界的「定論」云云也者，必須在這個意義之下來理解為並不是確鑿的或者沒有爭議的，而是由於學界因襲成說已久，以至於──一如劉女士所指出的──大家都「積非成是了」。[1]

---

[1] 見江勇振：《留美半生緣：余英時、錢新祖交鋒始末》（臺北：暖暖書屋文化事業公司，2022），頁412。錢老師這段文字，見於他用英文寫的 "Neither Structuralism Nor Lovejoy's History of Ideas: A Disidentification with Professor Ying-shih Yü's Review as a Dis-course." 收入錢新祖《思想與文化論集》（臺北：臺灣大學出版中心，2013年）。引人鵬書的出處，見頁343。

「積非成是」一詞，見《陳第之學術》原書頁12。錢老師引的《陳第之學術》，頁169-198（應為頁169-197），是因為人鵬所謂「積非成是」是指「朱子已疑古文尚書

　　因為對於「余英時、錢新祖交鋒」事極為關切，所以我開始尋找人鵬的《陳第之學術》。但由於此書從未出版過，儘管上窮碧落下黃泉，仍然遍求不得，不得已乃直接寫信請教人鵬。人鵬與我素昧平生，經我之請，她寄贈了這部少作給我。我拜讀後大為歎服。也明白了為何錢老師在與余先生「交鋒」時，會引用一位在當時初出茅廬的碩士的論文，以質疑余先生引證的成說。在錢老師心中，人鵬的碩論，後出轉精，是可以與余先生的成說平起平坐，乃至於分庭抗禮的。

　　我因此而覺得：錢老師與余英時先生關於宋明理學如何轉向清代考據這個課題的討論、辯難與「交鋒」，余先生的著作早已風行天下；錢老師天年竟夭，他的弟子（也都是我的好友），（鐘）月岑、（宋）家復、（李）卓穎、（陳）秀芬，共同將錢老師的遺作整理出版。雙方的理據都已公諸於世，可以供世人論隲。但在錢老師這一方，他所引證的人鵬碩論，卻始終未能出版。對關心此事的學界中人而言，這場學術公案的全貌，因此而漏失了相當關鍵的一塊。這不能不說是極大的缺憾。所以我勸人鵬應將此書出版。人鵬因為近年來的研究早已轉向，也早將她的碩論、博論（《閻若璩與古文尚書辨偽：一個學術史的個案研究》，這也是一部以清代考據學如何出現為課題的研究）置之腦後，渾不措意，所以這些年來竟未考慮過出版此書。

　　我相信在這椿學術公案裡，人鵬的碩論具有不可忽略、不該錯過的價值。人鵬後來同意付梓。這是此書出版的因緣與始末。

為偽作，實是積非成是之誤解」。而頁169-197就是證明此一「積非成是」之說實為誤解。

據人鵬見告，錢老師極喜人鵬直指前人之說為「積非成是」，為此還打電話到人鵬當時寄寓的宿舍致意；另外還在香港某次會議中重提此事。我們當然可以將此事理解為：流行的成見之為成見，就是因為極少遭人質疑（余英時先生就未加質疑）；而錢老師肯定了初生之犢的人鵬敢於質疑成說，並證明了成說之為誤。就師生而言，此事倒也尋常。但從我的角度來看，我覺得他的欣喜，透露了一些存在上的感受：他找到了一位「步影沿流，長歌互答」的同志。

＊　＊　＊

　　以下我想趁此機會談談錢新祖老師的學術對於我，乃至於對於華文學術界的意義，並及人鵬此書在此一脈絡中的位置。

　　人鵬在她這部書的〈附論：「內在理路」說商榷〉中，對於余英時先生何以要強調儒學中的知識傳統與清代考據學的關係，有一段非常深刻的分析：

> 余先生並不是沒有考慮到在中國儒學傳統裡強調知識問題「**有多少真實意義**」，余先生認為「**儒學內部仍然有它自己獨特的知識問題**」，然而他的作法不是舉出宋明儒自己的說法放在宋明儒自己的脈絡裡去分析，而是摘取少數片斷放在自己的脈絡裡來說明。為什麼**余先生**會覺得歷史上儒學傳統裡的知識問題一直是那麼重要呢？我們從他的〈略論清代儒學的新動向〉一文可以略窺端倪。他深切體會：儒學的現代課題主要是如何建立一種客觀認知的精神，因為非如此便無法抵得住西方文化的衝擊，並且認為：在傳統中國文化中，儒學一向占據著主導的地位，但儒學目前正面臨著一次最嚴重的歷史考驗，即如何處理客觀認知的問題；那麼，知識問題是余先生心目中當前迫切的時代問題，是西方文化、政治環境衝擊之下，**體會到「儒門淡薄，收拾不住」**而凸顯出的問題，從當前的問題出發，到傳統裡去找淵源，於是有了一套思想史的發展生命，為當前的問題提供解答與出路，所以，歷史新解釋就可以為現代儒學服務了。

人鵬引用了余先生的自陳：

> 我們的任務首先是誘發儒學固有的認知傳統，使它能自我成

長，儒學「道問學」的潛流，經過清代兩百年的滋長，已凝成
一個相當強固的認知傳統。我之所以特別強調十八世紀的考證
學在思想史上的意義，這是基本原因之一。……因此我深信，
現代儒學的新機運只有向它的「道問學」的舊統中去尋求才有
著落……。[2]

余先生指「王陽明學說的出現」為「把儒學內部反智識主義的傾向推
拓盡致」（倫按：我的體會，余先生應該是指陽明學說引發的陽明後
學的發展傾向）；而推崇「儒家的智識主義」正托身於朱熹的「博覽
之訓」，以及由此而生的「重『文』精神」，其原因正在於此。[3]

為追求中國的現代化而在中國傳統學問中尋找也存在著類似於西
方「認知傳統」的證據，並且，如人鵬所說的：「為當前的問題提供
解答與出路」，就是余先生何以會在中國思想史料中「摘取少數片斷
放在自己的脈絡裡來說明」的原因。

此一余先生自己的「脈絡」，不止展現在余先生身上，早在胡適
於一九五九年發表的〈中國哲學裡的科學精神與方法〉演講中，就透
露了同樣的關懷。余先生是步武胡適，同此關心了；他會引證胡適此
文以為己助，是理所當然的。甚至可以說：余先生的此一構想，正是
接續著胡適那篇演講而發展出來的。

余先生的目標，是想「誘發儒學固有的認知傳統」，以求能在這
一方面，「抵得住西方文化的衝擊」。其他同時代的學者，如林毓生先

---

2 見余英時：〈略論清代儒學的新動向〉，收入氏著：《歷史與思想》（臺北：聯經出版
　　事業公司，1976年），頁165。

3 見余英時：〈從宋明儒學的發展論清代思想史〉，收入氏著：《歷史與思想》，頁93、
　　95。我一直覺得余先生此說，受到 Richard Hofstadter 那部 Anti-intellectualism in
　　American Life（《美國生活中的反智識主義傳統》）的啟發（或者誤導）。但並沒有證
　　據。聊誌於此，聊備一說。

生，如張灝先生，也都在不同的方面，尋找中國未能走向類同西方走的道路的原因。

林毓生先生指出「傳統中國的政治秩序與文化——道德秩序基本上（原註：雖然並不完全），是一元的。」如此這般的一元秩序，在王綱解紐，難以為繼以後，五四人物「在不完全自覺的情況下，繼承了傳統儒家一元思想模式」，最後形成了五四運動中「以全盤化反傳統運動為主流的思想革命」。而「五四全盤化反傳統主義」的背景，最後促成了「毛澤東的烏托邦主義」的誕生。[4]

張灝先生則在尋找「中國傳統之所以開不出民主憲政的一個重要思想癥結」：「基督教，因為相信人之罪惡性是根深柢固，因此不認為人有體現至善的可能」；於是終於發展出「從客觀制度著眼，對權力加以防範」的「民主憲政」。

相形之下，「儒家的幽暗意識，在這一點上始終沒有淹沒它基本的樂觀精神。不論成德的過程多麼的艱難，人仍有體現至善，變成完人的可能。」「儒家在這一點上的樂觀精神影響了它的政治思想的一個基本方向。……既然人有體現至善，成聖成賢的可能，政治權力就應該交在已經體現至善的聖賢手裡。讓德性與智慧來指導和駕馭政治權力。」此事的另一面則為：在中國並未發展出「從客觀制度著眼，對權力加以防範」的「民主憲政」。[5]

余英時先生也同樣在中國的政治傳統中尋找中國未能在政治上實現「現代化的變革」的原因。他指出：「傳統君權的絕對性，也許會在我們的潛意識裡發生一種暗示作用，使人相信權力集中在一個具有

---

4 林毓生：〈二十世紀中國的反傳統思潮、中式馬列主義與毛澤東的烏托邦主義〉，收入氏著：《中國激進思潮的起源與後果》（臺北：聯經出版事業公司，2019年），頁128-129、130、138。

5 張灝：〈幽暗意識與民主傳統〉，收入氏著：《幽暗意識與民主傳統》（臺北：聯經出版事業公司，1989年），頁28、30、31。

charisma的領袖之手是最有效力的現代化途徑。」他警告:「那真是最值得憂慮的事。憑藉著傳統中非理性的力量來從事現代化的變革,其結果祇有使傳統與現代越來距離越遠。」[6]

以上三位史家共具的「感時憂國」的情懷,[7]造成了他們的史學中充滿著人鵬所說的「從當前的問題出發,到傳統裡去找淵源」,「為當前的問題提供解答與出路」的努力。

在他們這些努力的背後,都隱藏著一整套西方的對照項。如:西方擁有「相當強固的認知傳統」,則中國式的「認知傳統」,也可以著落在儒家的「道問學」上。

如:中國「傳統儒家一元思想模式」,造成了橫掃一切的反傳統主義,進而更發展成毛澤東的烏托邦主義。解決之道,是中國應該進行「創造轉化」,「我相信儒家道德理想主義與西方自由人文主義之間的新整合有相當可行的可能。……對我而言,似乎僅有這樣的整合,自由個人主義始能在中國知識分子的意識裡生根。」[8]

如:西方發展出了「對權力加以防範」的「客觀制度」,中國則因為深信人皆可以為堯舜(「體現至善」),所以未能對政治人物多加防範。中國必須向西方學習,建立「對權力加以防範」的「客觀制度」。

對他們而言,中國應該努力向著西方早已經走出來的方向前進;中國的未來,如果不能完全發展成西方的現在,也起碼應該相當接近於西方的現在。西方是標準,中國則是努力於枉尺直尋的考生。所謂中國傳統的「優」與「劣」,端視它們距離西方標準的遠與近而定。他們或者在中國的傳統中尋找可以與西方傳統比肩的「認知傳統」

---

6 見余英時:〈君尊臣卑下的君權與相權〉,收入氏著:《歷史與思想》,頁73。

7 我借用了夏志清使用的詞彙。見夏志清:〈現代中國文學感時憂國的精神〉,收入氏著:《中國現代小說史》(香港:香港中文大學出版社,2015年),頁389。

8 林毓生:〈五四時代的激烈反傳統思想與中國自由主義的前途〉,收入氏著:《思想與人物》(臺北:聯經出版事業公司,1983年),頁196。

（所以值得慶幸）；或者在中國的傳統中尋找與西方不同，為中國所獨有因而造成中國不幸的源頭（如：中國並未發展出「從客觀制度著眼，對權力加以防範」的「民主憲政」，所以必須向西方學習）。由於是取西方為標準以比較中國，這類「歐洲中心論」（Eurocentrism）或「西方中心論」（Western-centrism）式的比較，幾乎必然會造成對中國不利的結果。

學界對於所謂「比較歷史學」，目前有如下的反省：

如果取兩種不同文明的歷史經驗相比較，取 A 為標準，以對照 B，則通常必然會得出對 B 不利之結論。

而且這樣的比較，是否有意義，也有疑義。因為將 A 的歷史經驗抽象化，把其中一些在漫漫歷史發展中出現的、其實受到時空條件制約的因素，變成彷彿超越時空的一個普遍標準（比如說：新教倫理），再用來對照 B，則 B 必然會被比下去。

這也是為什麼，一些史學家已經留意到這類比較是片面的，而主張以雙向的、互惠式的比較（two-way, reciprocal comparisons）來代替。[9]也就是說：如果要做這類比較，就必須取被比較的兩造，輪流當作標準。取其中的甲造為標準，以對照乙造；再取乙造為標準，以對照甲造。從而發掘出雙方各自具有的特色。這樣的比較，才有意義。

另外，如果要比較兩種文明，應該以現實比較現實，理想比較理想。如果以某一種文明的理想，比較另一種文明的現實，則後者必定敗下陣來。那不是因為後者真的不如前者，而是因為現實必然不如理想。

---

9 見彭慕然（Kenneth Pomeranz）著，黃中憲譯：《大分流》（The Great Divergence）（臺北：衛城出版，2019年），頁16。另外，王國斌（Roy Bin Wong）的 China Transformed: Historical Change and the Limits of European Experience（New York: Cornell University Press, 1999），一書中也有類似的討論。

　　落實了說就是：我們可以拿西方的理想，來對照中國的理想；也可以拿西方的現實，來對照中國的現實。倒過來說也一樣。

　　但我們不應該以西方的理想，來對照中國的現實；或以中國的理想，來對照西方的現實。因為這是不公平的對照與比較。且必然帶來對後者不利的結論來。這樣的結論也毫無意義：現實必然是不如理想的。這樣的以甲造的理想來比較乙造的現實，如果不是由於不自覺的粗心，而是刻意為之，則其背後的動機，不過是想利用「理想必然勝過現實」這種邏輯上的必然，來掩飾做這種對照的人，心中所懷著的對乙造的惡意而已。史家的私心，就在這一刻，溜進他的史學裡了。

　　比如說：在以美國〈獨立宣言〉中的「我們認為下面所說的，都是極明顯的真理：一切人類，生下來全都是平等的，造物者賦予他們若干不能出讓的權利，其中如生命、自由、和幸福的追求是也。」[10]這些理想來對照中國時，切記在〈獨立宣言〉出現的差不多同時，美國的總統華盛頓（George Washington, 1732-1799）的九顆假牙「原料」，取自於黑人口中（當時並沒有麻醉藥）。[11]美國〈獨立宣言〉的理想當然可以取來對照中國的理想，而當時美國的現實，也當然可以取來對照中國的現實。但如果不此之圖，而取〈獨立宣言〉的理想，來對照中國的現實，或取中國的理想，來對照美國的現實；那就是別有用心了。

　　所謂「歐洲中心論」或「西方中心論」，也是一種目的論式的（teleological）史觀：相信歷史的發展，是有一個目標的；西方（the

---

10 Richard B. Morris編選，楊宗翰譯：《美國歷史文獻》（*Basic Documents in American History*）（香港：今日世界社，1970年），頁25。

11 見Michael Beschloss, "George Washington's Weakness: His Teeth," *New York Times*, April 28, 2014. accessed 29 Mar. 2023.

"Washington's false teeth were not wooden. He obtained them instead from horses, donkeys, cows — and human beings. (According to his account books, in 1784, emulating some of his affluent friends, he bought nine teeth from unidentified "Negroes" — perhaps enslaved African-Americans at his beloved Mount Vernon; the price was 122 shillings.)"

West）已經先我一步，比中國或其他文明（the Rest），更加接近那個目標。所有世上不同的文明，都應該殊途同歸，向著共同的歸宿前進。而西方的現狀，正可以當作為中國指路的路標。

事實上，一些研究中國的學者，不論中西，都是心同此理。他們問的，不是「中國為什麼是如此（指中國）這般的樣子」，而是「中國為什麼不是如彼（指西方）那般的樣子」？他們想知道的，不是「中國為什麼是中國？」而是「中國為什麼不是西方？」黑格爾（G. W. F. Hegel）、韋伯（Max Weber），概莫能外。他們是從反面來發問的，去問中國為什麼沒有變成他們認為的該有的樣子（黑格爾：在中國「一種終古如此的固定的東西代替了一種真正的歷史的東西」；在中國，這種歷史本身」，「沒表現出有何進展」。[12]韋伯：中國沒有產生具有「新教倫理」那種功能的東西）。而關鍵點則是：他們相信西方發展出來的取向，是全人類可以，也應該共赴的歸宿。

在那樣強大的「歐洲中心論」或「西方中心論」的時代氣氛與學界主流中（其實至今仍然未衰），錢老師的思考，卻直指「近代人談近代化的時空性」。[13]

錢老師以韋伯為例，指出以韋伯式的理論來解釋中國的歷史文化，等於是肯定了韋伯式理論的普遍性（universality），而肯定了韋伯式理論的普遍性，也就等於忽略了韋伯式理論的時空性與問題性。

---

12 黑格爾著，王造時譯：《歷史哲學》（上海：上海書店，2001年），頁117、119。我認為柯文（Paul A. Cohen）的《在中國發現歷史》，其中討論的許多關於近現代中國歷史的研究，都與黑格爾式的中國觀有千絲萬縷的關係。見柯文著，林同奇譯：《在中國發現歷史》（*Discovering History in China: American Historical Writing on the Recent Chinese Past*）（北京：中華書局，2002年）。

13 錢新祖：〈近代人談近代化的時空性〉，收入錢新祖：《思想與文化論集》，頁3-15。在頁3的文中談到韋伯所謂「近代性」、「近代化」，使用的對應英文為：modernity, modernization；目前習用的譯法為「現代性」、「現代化」。有時錢老師自己也會使用「現代化」一詞，見頁13。

　　韋伯式的「近代化理論」（目前習用的譯法為「現代化理論」，下同）相信：

> 歷史的發展是有目的的，是 purposive，是 teleological，而主張這種史觀的人士所說的 purpose 或 telos，還不是什麼別的purpose 或 telos。他們所說的 purpose 或 telos 是我們近代人的近代化。

這樣的歷史觀，是「以近代人的自我作為中心的」，並給予「近代人的自我和價值觀念」以「一種特權的地位」。依據近代人的自我所享有的特權，近代人就自以為可以做「前人法庭裡的檢查官」（雖然去做「前人殯儀館裡的化妝師」，錢老師也不以為然），於是「把我們近代人對我們自己生命的企求強加在前人的身上」：「如果我們的近代化成功，那就是前人為我們創造了有利的條件，如果我們的近代化不成功，或有困難，那就是前人走錯了或設想不周到。」錢老師點出：

> 我們要知道，前人雖然沒有完全漠視後人，但是他們也不是完全是為了要為後人創建一個近代化的伊甸園而追求生活和生命的，他們的生活自有其目的，而他們的生命也自有其意義，我們應該要設法去了解並尊重他們的生活目的和生命意義。

他並三復斯言：

> 我希望各位都能尊重一個原則，這個原則就是：肯定歷史的多元性，不以我們近代人的自我中心而抹殺前人的個性和時空性。[14]

---

14 錢新祖：〈近代人談近代化的時空性〉，收入錢新祖：《思想與文化論集》，頁13-15。

從以上的引文來看，儘管錢老師是就韋伯而為言的，儘管他並沒有直接談到余先生、林毓生先生與張灝先生，但他大概是會對他們的動機與研究取徑持保留態度的。

錢老師進一步從史學研究所針對的對象轉向，轉回史學研究中的研究主體本身：「無論是自我的自我，抑或是他人的自我都同樣是一種自我，所以都不能被容許占有任何特權的地位。」他分析我們自我的「時空性」與「主觀性」：

> 人是語言的動物（linguistic animal），我們離開語言就不能思考，也不可能了解任何的事物。而語言是一種歷史文化的產物，在某一種時空的條件下，會有某一種特殊語言的產生，我們既然不能離開語言而生存，當然也就無法擺脫我們所用語言的時空性與主觀性。

這當然是一種「語言學的轉向」（linguistic turn）[15]，我們使用的語言是有「時空性」與「主觀性」的。正因為如此，活在任何一個時空中的具體的人，「都存在於一定的時空之中而有一種具體的主觀」，都不

---

15 我想錢老師這個「語言學的轉向」，其中一個來源，是Jacques Derrida的 *Of Grammatology*（Baltimore: The John Hopkins University Press, 1974/1976）一書。這是我們當年修習錢老師的「英文史學名著選讀」課程中，由錢老師帶領同學們一起讀的。

也許是我所見不廣，就我所知，將「語言學的轉向」引進臺灣史學界，乃至於華人史學界的，錢老師很可能是第一位。

一般而言，華人的史學界，都抱持著一種素樸的實證主義（positivism）的態度，來面對自己研究的課題，並進行自己的研究。他們很少從方法論的角度，來思考自己的研究的意義。在修習錢老師的課程以前，我自己也是如此。

如錢老師在另一篇文章中說的：「在後現代與後結構的今天，實證論所設定的知識理念已不再被認為是理所當然。」亦可見錢老師的態度。見錢新祖：〈朱、陸的「讀書」之爭與新家所講求的知識與道德〉，見錢新祖：《思想與文化論集》，頁171。

可能「跳進一個在時空之外而又是完全客觀的超絕世界」。他「不相信人為的世界裡有任何事物或現象是在時空之外而又是完全客觀的」。[16]「我不相信人為世界裡的任何東西有超越時空限制的可能而成為絕對的普遍。」[17]我們也不可能「追求一個絕對客觀的超時空境界」。[18]所以他會說:「我個人不認為世間有真理,當然更不會相信真理是愈『辯』愈明的。」[19]王國維說「偶開天眼覷紅塵,可憐身是眼中人」;錢老師則指出:根本就沒有所謂「天眼」(「一個在時空之外而又是完全客觀的超絕世界」)可開。

他也不相信「理性」是一種具有「一成不變的定性『本質』(essence)」的東西:

> 我們所謂的理性原就是歷史文化的一種概念,隨著歷史化的變遷而變遷,不是一成不變的定性「本質」(essence)。我們都處在一定的時間和空間裡,我們的生命都有時空性,這種時空性構成我們認知上的主觀性,「關照」(inform)我們對生活及宇宙現象的解釋,並導致現象跟我們解釋之間的差距。

錢老師並強調人類認知活動的「主觀性」:

> 我們不一定都自覺到我們認知上的主觀性,但是這種主觀性是

---

16 以上引文皆見:錢新祖:〈中國的傳統思想與比較分析的「措詞」(rhetoric)〉,收入錢新祖:《思想與文化論集》,頁89。

17 錢新祖:〈儒家倫理所期許的普遍性〉,收入錢新祖:《思想與文化論集》,頁65。

18 以上引文皆見:錢新祖:〈中國的傳統思想與比較分析的「措詞」(rhetoric)〉,收入錢新祖:《思想與文化論集》,頁89。

19 錢新祖:〈對《帝國之眼》回應之六〉,收入錢新祖:《思想與文化論集》,頁428。

存在的，要不然自然科學裡的實驗就不會稱之為「控制下的實驗」（controlled experiment）。實驗不是漫無章紀的，而是在一種特定有限的理論之規範指導下設計出來。什麼樣的理論產生什麼樣的實驗，而什麼樣的實驗又產生什麼樣的經驗結果。要了解如此得來的經驗結果，就必須通過解釋，而我們解釋的依據卻正是我們原先用以規劃實驗的理論架構。我們的認知在程序上有一種「循環性」（circularity），並且這種循環還是一種「惡性循環」，用佛家的話來說，是一種宿業昭彰的「輪迴」，不是無辜客觀的純經驗過程。許多知識上所謂的客觀，其實是我們人類的主觀意識，投射到現象界之後，再被客觀化的「業果」，是一種 objectification，不是 objectivity。

我們進行的「客觀化」（objectification）的努力，得來的結果並不就是「客觀性」（objectivity）。所謂「客觀性」，事實上是我們的「主觀意識」，投射到「現象界」，再經過我們的「客觀化」過程，而被建構出來的東西而已，那只是我們的一種想像。

如果根本就不可能存在「客觀的永恆真理」，那麼我們還能做些什麼呢？錢老師說出了以下一段很值得玩味，但又有些自相矛盾的話：

客觀的永恆真理雖然追不到，可是追尋過程的本身卻可以是相當有趣的，並且，就因為追不到鐵定的真理卻還一直在追，我們才可能有不斷變遷的歷史文化，如果客觀的永恆真理真的可以在特定有限的時空裡找得到，那麼我們找到以後的日子又該怎麼過？我們的生命力和創造力又如何能得到施展？我們不都就因此而陷入英雄無用武之地的困境？所以得到客觀的永恆真理不但不一定是可喜，還甚至可以是可怕，我們要生活就得唱

戲，而我們所唱的戲也都應該是自編自導自演自唱的，否則就
沒有戲可唱。[20]

我說這段話有些自相矛盾，是因為既然已經知道「追不到鐵定的真
理」，那「還一直在追」什麼呢？這就像是那個有名的譬喻：

Philosophy is like being in a dark room and looking for a black cat.

Metaphysics is like being in a dark room and looking for a black
cat that isn't there.

Theology is like being in a dark room and looking for a black cat
that isn't there, and shouting "I found it!"

Science is like being in a dark room looking for a black cat while
using a flashlight.

Social Science is like being in a dark room suspecting from the
beginning that there is a black cat somewhere, and emerging from
the room with scratches on the forearm as vindication.

哲學就像在一間暗室裡尋找一隻黑貓。

形而上學就像在一間暗室裡尋找一隻並不存在的黑貓。

神學就像在一間暗室裡尋找一隻並不存在的黑貓，還大喊：
「我找到了！」

科學就像在一間暗室裡用一個手電筒尋找一隻黑貓。

社會科學就像在想像大概是有一隻黑貓在這間暗室的什麼地
方，在走出暗室時，以手臂上的抓痕作為證據，證明確實有黑

---

20 錢新祖：〈心態、生態與「一九八四」〉，收入錢新祖：《思想與文化論集》，頁398-
399。

貓的存在。[21]

錢老師所謂的「唱戲」，大概可以歸類為第二種：在一間暗室裡尋找一隻並不存在的黑貓。因為明知是假，而偏要以假作真，所以說是「唱戲」。

依據相同的邏輯，錢老師也不相信所謂的「普遍性」（universality）。在他寫的〈儒家倫理所期許的普遍性〉一文中，他就點明：

> 就字面上看，「儒家倫理的普遍性」比「儒家倫理所期許的普遍性」要來得簡潔，可是我沒有如此做，我多用了「所期許」三個字，對我來說，這三個字很重要，是具有關鍵性的三個字，我希望通過這三個字而能夠強調儒家所說的倫理跟其他的某些倫理或思想系統一樣，雖然都號稱有普遍性，其實都是有限時間裡的歷史文化產物，號稱的普遍性只是號稱普遍而已，並不真是能夠放諸四海而皆準的 universality，而是在一定的時間和空間的規範之下所形成的 universalistic pretension（倫按：依我對錢老師的用詞與意圖的理解，這個詞也許可以譯成「對普遍性的期許」；儘管「期許」一詞，未必能窮盡 "pretension" 一詞的完整意涵。請見錢老師在〈儒家倫理所期許的普遍性〉一文中的討論）。

就像人們往往將自己所進行的 objectification（客觀化），當作就是 objectivity（客觀性）一樣（見上文的分析），「以自我為中心而把

---

21 轉引自以下的網址：https://en.wikipedia.org/wiki/Black_cat_analogy。上網時間，2023年3月17日。

universalistic pretension（對普遍性的期許）誤認為universality（普遍性）是人世間的一種通病，洋人犯而華人也犯」。錢老師聲明：

> 我不相信人為世界裡的任何東西有超越時空限制的可能而成為絕對的普遍。
>
> 不同的思想體系對於 universality 的構想有不容忽視的不同，這些不同不是憑空而有的偶然現象，而是由於多個歷史文化對於自我都有一種獨到的期望、允許與承諾，這也就是說，所有對於 universality 的構想都是特定「期許」中的 universality，所以都有非常具體的實際意涵，這種實際意涵的具體性很可以也值得我們去探究，要不然，我們很容易自以為是地以自我為中心而成為莊子所說的井底之蛙，把自己所習慣的 universalistic pretension 錯想為具有常規性的 universality，結果我們都因為自我的膨脹而自限自小於一個固定時空裡的文化自我，我們也因此無法跟生長在其他時空文化自我裡的個人相溝通，不但使得我們所企求的 universality 成為毫無意義的妄想，也往往導致衝突，或甚至造成戰爭。[22]

概而論之，這世上並不存在所謂的「客觀性」（objectivity）與「普遍性」（universality），而只存在著被「錯想」為「客觀性」的「客觀化」（objectification），與被誤認為「普遍性」（universality）的「對普遍性的期許」（universalistic pretension）。所謂「客觀性」與「普遍性」，都是「我們人類的主觀意識，投射到現象界之後，再被客觀化的『業果』。」

---

22 錢新祖：〈儒家倫理所期許的普遍性〉，收入錢新祖：《思想與文化論集》，頁65-66。

如果史學研究乃至於生活與生命的目的，並不在於尋找並不存在的客觀性與普遍性，那麼，史學研究的目的何在？我們的生活與生命的目的又何在？錢老師指出：

> "universalistic pretension, but not universality"，並不意味消極，一、不信絕對的真理能在有限的時空找到，亦不 desirable，找到了日子如何過？二、正因為無絕對的真理，而是選擇，∴所以，更有理由為自己的選擇與行為負責任，而為自我負責正是任何倫理體系所不可或缺的。[23]

在倫理上，我們必須在各種並不具有終極價值的選項間做選擇，並為這樣的選擇負起責任來。這正是一種對生命、對學問的最認真的態度。

既然在這世上並不存在所謂的「客觀性」與「普遍性」，我們也就意識到我們自己的自我的「時空性」與「主觀性」，乃至於他人的自我的「時空性」與「主觀性」。既然不可能在各種各樣、形形色色的「時空性」與「主觀性」之上，找到「一個絕對客觀的超時空境界」與一套「超時空的真理」，以作為人人共認、共享的判準；那麼，該做的就是自覺並尊重自我的「時空性」與「主觀性」，同時也意識並尊重他人的自我的「時空性」與「主觀性」：

> 在這個前提之下，通過對話的方式與相互溝通的程序來建構一個多元中心的相互主觀世界（a multi-centered world of inter-subjectivity）。

---

23 錢新祖：〈儒家倫理所期許的普遍性〉，收入錢新祖：《思想與文化論集》，頁70。

當然，既然是多元，就不會有中心；既然有中心，就不會是多元。錢老師營造了這麼一個看來有些自形矛盾的詞，大概是要用來描述各個具有不同的「時空性」與「主觀性」的自我之間的互動與對話，乃至於其動態的、不斷的建構的性質，在這樣一個「相互主觀世界」裡，「中心」大概是會隨著「對話的方式」與「相互溝通的程序」，而不斷位移的。

但是，這麼一個「相互主觀世界」又如何而可能產生？錢老師以道路為譬：

> 這個相互主觀世界之所以可能，並不是因為一般所謂的對話與溝通所形成的共同點或交會點（commonalities or points of convergence），而是這些共同點在不同路數思想裡的位所（placedness）或處境（situatedness）」。其實，一般所謂的共同點也同時是一種分歧點（points of divergence），相當於通常所謂的交叉路口，交叉路口固然可以令人感到徬徨，但是我們卻大可不必為這種徬徨而悲觀煩惱，因為交叉路口也為我們提供一個轉向的機會，使得我們能夠從一個思想系統的自我轉出而同時又轉入另一個或多個思想系統的自我。

錢老師沒有使用數學上「交集」之類的詞彙，關鍵原因大概是兩種不同的「路數思想」裡，不見得能找得到那麼大、那麼多，共通的、重疊的部分，充其量只可能有交叉點。而此一交叉點，同時又是個分歧點：在兩路交叉的同時，馬上又分歧了開來。即便如此，這個點也就成了他設想的兩種不同「路數思想」之間，可以「入於彼，必出於此」，「出於此」而「入於彼」（我借用了韓愈〈原道〉中的說法）的通道（passage）了。

　　倒過來說，在不同的「路數思想」之間的溝通之所以可能、之所以必要，也正因為「一個絕對客觀的超時空境界」與一套「超時空的真理」都已不復存在，在這個群龍無首的世界，才有了建構「一個多元中心的相互主觀世界」的可能與必要。如果仍然有人相信存在著「一個絕對客觀的超時空境界」與一套「超時空的真理」，而且深信自己已經接近、甚至掌握了這麼一個境界與這麼一套真理，他就可以「挾天子以令諸侯」，「號令天下，誰敢不從」了；那麼，建構「一個多元中心的相互主觀世界」也就不可能了。也正因為承認了並不存在著「一個絕對客觀的超時空境界」，也並不存在著一套「超時空的真理」，因此而空出來的空間，才能容得下為「建構一個多元中心的相互主觀世界」而進行的各種對話與溝通。

　　錢老師的學術努力，也正是努力進行這樣的對話與溝通。他說：

> 我……因此而走上一條比較分析的路線：用西方的思想跟我們中國傳統的思想來做對比，然後再將西方和中國傳統思想因對比而呈現的特徵在各自歷史文化的脈絡裡面來加以定位。
>
> 如何從自我的中心解放出來而對話地（dialogically）進入他人的境界卻成為我學術關懷的一環。用黃宗羲的話來講，為學之道，不是在求其「同」（不是自我求證的過程），而是求其「異」。正因為人家跟你不一樣，你才有必要去進入他的情況，從那裡可以看到我們經驗自我（empirical self）多有限，多受當今時空的限制。
>
> 這純粹學術的興趣並不是中立客觀的，而是一種自覺到涉身於價值取向的道德作業（morally involved undertaking）。

這樣的「涉身於價值取向的道德作業」，目的是經過「自我批判」，而

達到「自我突破」，從而完成「自我客體化」：

> 如何自我突破，從非常有限的時空裡面超拔殊卻（倫按：原文
> 如此，不解何意），仍然可以是一個很有意義的課題。主體性
> 的講求沒有必要成為佛家所說的「我執」，應該也可以是一個
> 能夠自我批判的自我客體化過程。[24]

在學術上，這個「自我客體化」的過程，讓錢老師終於擺脫了他原本
抱持著的（隨著五四新文化運動而來的），對中國傳統的偏見。[25]他認
識到「歷史傳統的複雜性和時空性」，肯定「歷史的多元性」，「不以
我們近代人的自我中心而抹殺前人的個性和時空性」，他也不再相信
「歷史的發展是單線單向的」。[26]

　　基於這樣的態度，錢老師「復現」（iterated）[27]了焦竑。錢老師

---

24 張詩薇、何立文記錄：〈訪錢新祖老師〉，收入錢新祖：《思想與文化論集》，頁414-
　 415。為了行文方便，引文的順序經過我重新安排。
25 張詩薇、何立文記錄：〈訪錢新祖老師〉，收入錢新祖：《思想與文化論集》，頁
　 412。錢老師對他自己的這個轉向，有很清楚的夫子自道。
26 錢新祖：〈近代人談近代化的時空性〉，收入錢新祖：《思想與文化論集》，頁14-15。
27 「復現」，英文是iterate。我沒有使用「再現」（represent）一詞，而使用iterate，是
　 因為這比較合於錢老師的意思。我認為：在錢老師看來，「再現」是不可能的。
　 'Iterability'是Jacques Derrida使用的一個詞彙：'Iterability' explains that Derrida is
　 concerned with the logical possibility — not merely the physical opportunity — for a
　 written text to remain readable when the absence of the sender or the addressee is no
　 longer a mode of presence but a radical or absolute absence. He sees the possibility of it
　 functioning again beyond (or in the absence of) the 'living present' of its context of
　 production or its empirically determined destination as part of what it is to be a written
　 mark. We can thus propose this 'law of writing': a mark not structurally readable —
　 iterable— beyond the death of the empirically determinable producer and receiver would
　 not be writing.見網路資料：Glendinning, Simon, 'Iterability', *Derrida: A Very Short
　 Introduction*, Very Short Introductions (Oxford, 2011; online edn, Oxford Academic, 24

做了人鵬所說的「舉出宋明儒自己的說法放在宋明儒自己的脈絡裡去分析」。以下就依我的理解，來抄抄錢老師的書。[28]

在錢老師看來，程、朱與陸、王之爭，並不是余英時所說的「智識主義」與「反智識主義」之爭；而是「程朱」的「求同」與陸王的「辨異」之爭。程、朱定一尊，陸、王則主多元。

錢老師指出：王陽明的「良知」說，將「良知」當作「認知與道德判斷及行為的惟一根據」，因而否定了「程、朱正統中理先氣後與心性二元的構想」；「良知說」「腐蝕了『理』與『性』的超越權威地位，且亦為『正統』與『異端』之間關係的構想重下界定」；「『異端』不再是與『正統』對立的『邪說』，而是與自己的『一端』相異

Sept. 2013), https://doi.org/10.1093/actrade/9780192803450.003.0006, accessed 26 Mar. 2023.

另見：Simon Glendinning著，李永毅譯：《德里達》（*Derrida: A Very Short Introduction*）（南京：譯林出版社，2011），英文部分的頁68-77，中譯部分的頁75-85，特別是中譯部分頁75的註釋。李永毅將'Iterability'譯成了「可復現性」：「狹義地講，它指語言符號和文本片段能夠以相同又不同的方式再次出現在新的文本中；廣義地講，它指任何事物能夠以相同又不同的方式再次出現在新的情境中。可復現性使得任何事物的意義和價值在任何時刻都無法固定和窮盡，因而理解是一個沒有終結的過程。」

28 見錢老師的博論：*Chiao Hung and the Restructuring of Neo-Confucianism in the Late Ming*）（《焦竑與晚明新儒思想的重構》），此書已由最理解錢老師的弟子宋家復譯出。見錢新祖著，宋家復譯：《焦竑與晚明新儒思想的重構》（臺北：臺灣大學出版中心，2014年），頁16-17。

另見錢新祖：〈焦竑與晚明新儒思想的重構〉中文摘要，收入錢新祖，《思想與文化論集》，頁91-107。

關於此書的書名，人鵬給我的信中有如下的回憶：「錢老師書名的確譯為《焦竑與晚明新儒思想的重構》，可當年有個印象是我初稿原譯為『重構』，但老師斟酌很久，討論許久，說明他的意思是『重組』，書名應譯為《焦竑與晚明理學之重組》。細節不記得了，但重構或重組居然老師那麼細細討論，讓我印象深刻。現在看書裡101頁（倫按：人鵬指的是錢老師自己寫的〈焦竑與晚明新儒思想的重構〉中文摘要的頁101）論及晚明他的確用『『重組』（restructuring）」，只是書名仍是『重構』。

的不同學說」。陽明後學的焦竑就責備朱熹拒斥「禪」這個「異端」
的態度為「太嚴」，而這樣的「太嚴」導致了「陋」，也使得朱熹「被
杜絕於對儒家經典達到正確理解之外」，從而「製造出了一個貧瘠的
『正學』觀點」。[29]最理解錢老師「路數」的梅廣教授，也指出「朱子
的排他，不僅是其個人學說而已。元明兩代落實在教育制度上的朱子
學威權主義所產生的排他效果才是最嚴重的。焦竑說『國初，朱注與
古註疏同頒學宮，未嘗定為一說。奉行者執泥，乃更甚於唐宋。』至
是朱子學的權威地位確立，朱子的解經著作幾都成為學子的標準課
本，學校定朱學於一尊，考試以朱學為準則，這種情況一直到晚明才
稍有改變。」[30]

　　既然「良知」是「認知與道德判斷及行為的惟一根據」，於是就
重視各人或各家的「自得」。與朱子不同的是：「沒有『理』或『性』
的超絕權威依據，是各人或各家的『心之所至』（原註：黃梨洲語），
『心之所至』乃各人或各家經由語言所表達的『宗旨』，這種『意
旨』因為沒有『理』或『性』的超越絕對依據，所以是不能亦不可能
加以劃一而定為一尊的『正統』的」。

　　晚明學風中對於「異端」的寬容，也表現在晚明三教合一的版本
中。錢老師比較了「三教合一」的宋代版本，與晚明出現的「三教合
一」版本的不同。

　　宋代的「三教合一」是一種「部門化的邏輯」（ logic of
compartmentalization）：「這種邏輯認為『一源』或『同歸』的三教是
各有所長，並由此更進而肯定三教是可以亦應該各有（倫按：似缺一
「所」字）司而和平共存的。」「『部門化邏輯』的規律性顯示，其目

---

29 錢新祖著，宋家復譯：《焦竑與晚明新儒思想的重構》，頁75-76。
30 梅廣：〈錢新祖教授與焦竑的再發現〉，見《台灣社會研究季刊》第29期（1998年3
　　月），頁8。

的不在混融不同的三教，而是在劃分三教的疆域，使三教能夠各得其所而各自為政。」以錢老師的用詞來說明：宋代版本的「三教合一」，固然是對三教的「折衷」（syncretism，這是「對不同思想體系所特有的一種多元價值取向」），但卻無法形成三教間的「交合」（synthesis，指「不同思想體系的混融」）；宋人「折衷」三教，卻不能「交合」三教。

晚明的「三教合一」，「部門化邏輯」卻「發生了一種值得注意的變化」。宋代對三教的「折衷」意識，其「內在邏輯也起了結構性的變動」：宋人將三教的關係比喻成一「鼎」之三足，這就是一種「部門化的邏輯」。明代的焦竑則認為此說不是：「因為三教是同一『性命』真際的三種說法，所以是一體而可以相互『發明』的」。既然三教共同擁有同樣的「『性命』真際」，宋代「部門化邏輯」中三教之間的牆就被鑿穿了。明代的三教，就不止是三教的並存，而「亦是三教的『混融』（intermix），與他們所從事的三教思想『交合』恰好相應。」晚明的三教，因此而可以打破宋代三教間的樊籬，彼此可以共用同一套資源，讓其中的各種成分互相「交合」與「混融」。這「不是一種散漫的趨勢或傾向，而是一種強而有力的『運動』」。這樣的「交合」與「混融」，讓晚明的士大夫可以根據《周易‧繫辭傳》中「天地之大德曰生」，乃至於孟子的「仁之端」，以行吃齋放生之事。

晚明主張「交合」、「混融」三教的人士，思想「甚為獨立」，「他們往往是程朱正統的反叛者」，「對官方正統的程朱學提出公開挑戰」。

這樣的三教「交合」、「混融」之風，也發展到了對於儒家經典的注疏，也就是以三教共同的資源來注經。這當然衝擊到了官方以程、朱注疏的儒家經典為正統的立場。所以一五八八年，禮部上奏皇帝，建議將「所有對儒家經典的『曲說新議』」焚毀，並嚴懲用佛學來詮釋

儒家經典的科舉之士。」焦竑晚年被逐，就是因為他的政敵指控他錄取了一些三教合一的科舉論文。[31]在標舉程朱學的官方的壓迫下，李卓吾也遭繫獄，最後在獄中自殺。[32]

既然晚明的風氣，重各人與各家的「自得」，黃宗羲的《明儒學案》和他與全祖望合編的《宋元學案》，就有了與朱熹志在「求同」的《伊洛淵源錄》完全不一樣的「辨異」的目標。[33]

回到錢老師與余英時先生的爭論。錢老師批評了余英時先生關於程朱、陸王「知識主義與反知識主義」的說法。他比較了朱、陸關於讀書的說法。他指出：朱熹、陸象山「都堅持『尊德性』與『道問學』之間的不可分割性，認為任何知識的本身都內含道德的向度（moral dimension），所以都必然是道德的知識（moral knowledge）。朱、陸在這一點上的認同，在新儒家思想的傳統裡有充分的代表性，是傳統新儒家所共有的體認。傳統的新儒家都不分化道德與知識」。這與余英時先生想要在儒學中找到的「相當強固的認知傳統」，其實是不相干的。

在錢老師看來：「程朱與陸王在認知上爭論的焦點」「並不如余英時所說的是『知識主義』與『反知識主義』之爭，而是認知主體（心、人心、我、能）與被認知實體（或道心、物、所）之間究竟該是什麼樣關係的問題，朱子認為二者是二元的關係，而陸、王則認為二者是一元的關係。」「儒家『道德的知識』所講求的」，是道德與知識間「相互涵攝的動態均衡（dynamic equilibrium）」。[34]

---

31 以上引文散見錢新祖：〈焦竑與晚明新儒思想的重構〉中文摘要，收入錢新祖：《思想與文化論集》，頁99、104。亦見錢新祖著，宋家復譯：《焦竑與晚明新儒思想的重構》，頁131以後。

32 劉季倫：《李卓吾》，臺北：東大圖書公司，1999年。

33 以上引文散見錢新祖：〈焦竑與晚明新儒思想的重構〉中文摘要，收入錢新祖：《思想與文化論集》，頁99、104。

34 見錢新祖：〈焦竑與晚明新儒思想的重構〉中文摘要，收入錢新祖：《思想與文化論

那麼，如果「王陽明學說的出現」，並不是余英時先生所說的：是「把儒學內部反智識主義的傾向推拓盡致」；而清代漢學的興起，亦不能被理解為朱熹「儒家的智識主義」的復歸，則如何解釋從宋明理學往清代考據學的轉向？

錢老師以焦竑的生平，來「突顯」「晚明新儒的三教運動與『左派王學』以及前清漢學在『論述意義』上的相互關聯性」。焦竑既是「『左派』泰州的健將，且又從事三教的『交合』」；「同時也是在考據上有成就的前清漢學先驅，不只是博學而不『反知識』，且亦與晚明的考據大師陳第友善」：

> 這在以前清的「漢學」考據的發展為宋明理學心學的反動或宋代程朱「知識主義」的重現的詮釋立場下是不可理解的。[35]

錢老師這段話，當然是針對余英時先生的論斷而發的。

錢老師的好友梅廣先生（他也是人鵬的業師）精讀了錢老師的《焦竑》一書，梅先生指出：正是為了對抗程朱的正統地位，乃至於挑戰作為朝廷取士定本的朱熹注疏，焦竑他們才轉向了對經典的考據：

> 朱學的挑戰者有一個共同的策略，就是主張以五經為依歸以削弱朱子編訂本的權威性。

梅先生進一步指出：

集》，頁106；及錢新祖：〈朱、陸的「讀書」之爭與新家所講求的知識與道德〉，見錢新祖：《思想與文化論集》，頁169、171。

35 見錢新祖：〈焦竑與晚明新儒思想的重構〉中文摘要，收入錢新祖：《思想與文化論集》，頁102。

我們很難相信當焦竑在一六〇四年跟陳第討論朱子的叶音說並
且鼓勵他繼續研究這個問題的時候,他腦子裡沒有閃現過絲毫
要給朱子好看的念頭。只是當初一個小小的陰謀卻帶來了一個
前所未有的契機,讓中國學術得以重新改造並且維持了三百年
蓬勃的生命,這是他跟陳第在當初討論叶音時以及後來都萬萬
沒料想到的。[36]

這就是為什麼,錢老師會說:

新儒思想「重構」的動力來自於跟程朱「正統」對抗的陸王心
學,始於明代的中期,歷晚明至前清而仍方興未艾,乃前清
「漢學」之所以成為可能的條件。[37]

換言之,前清漢學不但不是對於陸、王學派「反智識主義」的反動,
乃至於向著程朱「智識主義」的回歸;反而是由陸、王學派反程、朱
正統,所直接引發的一場學術運動。如梅廣先生所指出的:「錢先生
的基本立場是:晚明左派王學對程、朱學派的反叛是清考證學發展的
一個源頭(a positive source)。」[38]前清漢學,是從左派王學下來的順
理成章的發展,而不是倒過來的、對左派王學的反動。

在錢老師對晚明思想世界的描寫中,可以看到他對「多元性」的
肯定。他以「佛學華化」為例:

所謂的「佛學華化」涉及的都是「化裝性」（cosmetic）的變
化，中華的佛學在思想的模式上仍是印度式的，作者以孫悟空
比喻來華後的印度佛教，就好像孫悟空翻了多少劢斗都始終沒
有翻出如來佛的手掌，來華後的佛教雖有所謂的華化，然亦未
曾「化」出印度原先佛教的思想模式，作者（錢老師自稱）很
以此種傳統在思想上的多元性欣喜，認為我們的思想傳統確與
近代的情況不同，不是一個墨子式「一言堂」的「尚同」局面。

這一段文字中，錢老師自己現身說法，聲明他對「確與近代的情況不
同」的明代的「多元性」，極為「欣喜」。

在這段文字裡，可以看到錢老師對於「近代的情況」的不以為
然，而視晚明那「多元」的思想世界，當作曾經有過，而已在「近
代」不復存在的過去。那個過去值得嚮往。

錢老師在與余先生「交鋒」時，為了余先生的書評，寫了一篇回
應，也就是 "Neither Structuralism Nor Lovejoy's History of Ideas: A
Disidentification with Professor Ying-shih Yü's Review as a Dis-
course."[39]這篇回應的最後一節（也就是第四節），將他的志業與學問
的意義，說明得極為清楚；而這段文字，儘管有江勇振先生譯出了部
分，[40]但仍有未盡之處。所以我把錢老師這段文字譯出如下：

上文提到：余教授批評我「對於重建歷史缺少興趣」，而且還特
別指出：我將焦竑當作「一個方便的焦點來玩」（"a convenient

---

39 錢新祖："Neither Structuralism Nor Lovejoy's History of Ideas: A Disidentification with
Professor Ying-shih Yü's Review as a Dis-course." 收入錢新祖：《思想與文化論集》，
頁295-345。

40 見江勇振：《留美半生緣：余英時、錢新祖交鋒始末》，頁388-389。

focus to play"）我「自己的遊戲」，而我這場遊戲，處在一種方
法論上的無政府狀態；說我亂跑野馬，還說我這套方法論唯一
的規則，就是「怎麼說都行」（anything goes）。我必須承認：
我實在不知道要如何理解余教授這麼特別的批評。套句高達美
（倫按：Gadamerian，這是指 Hans-Georg Gadamer）式的說法：
沒有規則的遊戲，根本就不能算是遊戲。而我在我的書中「玩」
的「遊戲」，當然是遵循一套明晰可辨的規則的。我的遊戲，
並不是余教授所說的「德國現象學加上法國結構主義」，而是
比較分析（倫按：comparativism 一詞，我用了錢老師自己的譯
名）[41]。我在別處也說明過：比較分析，不是想要化約歷史，
以尋求超越歷史的普遍性，乃至於尋求高懸於時空之外的共同
點；而是一種辯證的嘗試，以試圖建立（倫按：不同路數間
的）交叉路口。所謂交叉路口，就是不同時空之間的邂逅
（encounters）發生的地方。探索這樣的交叉路口，不只是因
為它們是交匯點，更因為它們同時也是分歧點；就像十字路口
一般，它們會在我們的舊習與故技之外，揭示出別種可能性，
因此就會讓人不安，甚至會令人恐懼。然而，也就是這樣的交
叉路口，給了我們擺脫故常的機會，讓我們能夠走出熟門、離
開熟路、告別故轍，以與他者同赴異徑，同遊異鄉。

確實，這種類型的比較分析蘊涵著「對話」，但並不是余教授
心中想到的那種對話。余教授將他的「對話」，置放在與（作
為一種知識論上的理想的）「重建」（"reconstruction"）的二元

---

41 見錢新祖：〈中國的傳統思想與比較分析的「措詞」（rhetoric）〉，收入錢新祖：《思
想與文化論集》，頁71-90。據錢老師自譯，此文的英文名稱為："Chinese Intellectual
Tradition and the 'Rhetoric' of Comparativism." 見 "Neither Structuralism Nor Lovejoy's
History of Ideas: A Disidentification with Professor Ying-shih Yü's Review as a Dis-
course." 收入錢新祖：《思想與文化論集》，頁344。

關係中；他的「重建」，就是與真理相符合；而他所謂的「客
觀性」，是「主觀性」的對立面，也是伴隨「主體」而生的，
詞語上所謂的「自以為是」（"self-certainty"）的對立面。這就
將「重建」視為一種建構，而且還捲進了傳統上主、客對立的
範式裡去。而這套主、客對立的範式，並不存在於我的詮釋學
的 "as"（倫按：如，像；這是海德格《存在與時間》[*Being
and Time*]一書中的用語）的宇宙中。余教授的「對話」，失去
了「對話」作為一種「去我執」（"self-decentering"）[42]的活動
而產生的力量。而我在我的比較分析中預期的「對話」，則要
求我們抓住每一個經過交叉路口的機會，利用這樣的交叉路
口，我們發現了、也得到了轉向的契機；在這些交叉路口上，
我們對所有可能遭遇到的問題，不斷如響斯應地「每事問」。
因此，在追求一場對話時，關鍵並不在於「重建」，而在於自
我轉化，在於參與交流。放棄「重建」的理想，只意味著「研
究歷史就是要回到過去」這種想法的消融；但這絕對不意味著
「怎麼說都行」。這不但是因為參與交流，是要由詮釋學的
"as"所約束的（解釋一個東西，就得「像」那個東西），而
且，更重要的是：我們人類是受限於一定的時空之中的，我們
當下的「位所」（placedness），使我們對過去的解釋，必然是
問題重重的。而我們現代人，極可能永遠不能像古人理解他們
自己那般地理解他們。但這並不見得會導向史學認知上的虛
無，史學作為一種有紀律的求知的形式，正因為在作為自我的
當下，與作為他者的過去之間，存在著每況愈下的隔閡，通過
這樣的隔閡，我們才能夠在歷史裡，在作為「存有（being）

---

42 倫按：「我執」一詞，我參考了江勇振先生的譯法，見江勇振：《留美半生緣：余英
時、錢新祖交鋒始末》，頁388。

的人的維度（dimension）」的歷史裡，體驗到我們的存有的有限性。[43]

在這段話裡，我們感受到了錢老師在他的學問中進行的「對話」，作為一種「去我執」的活動而產生的力量。

錢老師與余英時先生之間，可以說是各說各話；雙方的立場，是「不可共量」（incommensurable）的。在他們之間，不存在任何「交叉路口」。錢老師倒是明白余先生在說什麼，而余先生則根本沒有弄懂錢老師所謂的「對話」是怎麼回事；余先生讀了錢老師的《焦竑》一書，這是有了親自覿面的機會，然而卻失之交臂，當面錯過。

我自己閱讀錢老師這段文字時，就如同我的朋友（陳）秀芬一般：「在兩次閱讀《焦竑與晚明新儒思想的重構》的過程中，她都不斷地得到新的體會和困惑。陳秀芬原本信服余英時，從余英時處習得了對於宋明儒學的完整圖像，但這幅圖像就在錢新祖式的追問下，一塊塊崩解剝落。」[44]

錢老師住院時，在醫院負起照料錢老師起居全責的（鐘）月岑[45]，也有以下的觀察：

> 他（倫按：指錢老師）和阿喜・南諦（Ashis Nandy）一樣發現傳統的思想世界反而更加後現代，比二十世紀末的現在更具

---

43 這個句子的翻譯，與（宋）家復兄反覆斟酌過。當然，如果有誤，應由我獨負其責。

44 見網路資料：蔡峻宇，「進入遊牧的思想世界：《錢新祖集》的出版意義——一心開多門：從錢新祖的思想史研究出發」講座側記」，出處如下：https://blog.press.ntu.edu.tw/?p=2786。上網時間：2023年4月3日。

45 記得徐泓老師曾就月岑此舉，作過如下的評論：「也只有中國的學生會做這樣的事。在外國的文化裡，很難看到學生會這麼做。」

> 有多元多向、流動性的認同，不只是各個知識系統互相交涉沒
> 有產生一元霸權的現象，它們對宇宙和主體的不同構想在在擴
> 展我們對帝國主義和殖民主義所形塑的知識文化模態全面批判
> 的想像空間，就如阿喜・南諦所說的印度知識界需要的是兩面
> 刃（double edged）的批判理論，批判他人的同時不忘自我批
> 判，這種「同時性」的運作是我對錢先生以上括號中「太」的
> 瞭解、對他的異／己兼容並包之比較研究路線的體會。[46]

在錢老師「遊牧」於傳統與後現代之間時，他也帶領一些學生與同
志，離開了自己的熟門熟路與故轍，擺脫了我們的舊習與故技，經由
不確定的十字路口，「出於此」而「入於彼」了。從此以後，我們也
不再以五四以來「感時憂國」的精神，來「誤解」中國的傳統了。

　　我想錢老師之所以會從人鵬的碩論裡引發了同志之感，其中一個
原因，正在於人鵬是「舉出宋明儒自己的說法放在宋明儒自己的脈絡
裡去分析」，而沒有「強題就我」，[47]「摘取少數片斷放在自己的脈絡
裡來說明」。這正是一種「異／己兼容並包之比較研究路線」，也正是
一種「去我執」的對話活動。在這樣的「批判他人的同時不忘自我批
判」的活動裡，錢老師找到了他的同志。

＊　＊　＊

　　到底要如何理解錢老師的遊牧生涯？

　　既然根本就沒有「超越歷史的普遍性」與「高懸於時空之外的共
同點」，既然無家可歸（並不存在「一個絕對客觀的超時空境界」與

---

46 鐘月岑：〈比較分析措詞、相互主體性與出入異文化〉，收入《台灣社會研究季刊》
　　第29期（1998年3月），頁97。

47 「大家手筆，興與理會。若穿鑿附會，或牽合時事，強題就我，則作者之意反
　　晦。」此靳榮藩論吳梅村詩之語。見趙翼著，江守義、李成玉校注：《甌北詩話校
　　注》（北京：人民文學出版社，2013年），頁394。

一套「超時空的真理」），既然我們作為人，被鎖死在我們生存的特定
時空裡；而且我們還認識到了這一點；那麼，一種可能，是像尼采
（Friedrich Wilhelm Nietzsche）那般地「夢」下去：

> 多麼美妙，又多麼新鮮，可又多麼可怖、多麼諷刺，依靠我的
> 洞見之光，我發現我直面整個存在時的位置。……我忽然從這
> 場大夢中驚醒，卻只驚覺到我在做夢，而我還得繼續夢下去，
> 否則就得毀滅……。[48]

繼續「夢」下去的好處，是可以與世浮沉，和光同塵；無論心中如何
波濤洶湧，我們總可以表面上泰然自若，渾若無事。如上文所引的錢
老師所謂的「唱戲」，以假作真，假裝那隻黑貓還在暗室裡，我們可以
「自編自導自演自唱」。而這還是這整個世界能夠維持下去的關鍵。

當然，還可能有其他種種方式，來面對尼采所謂的「夢醒」。我
們在這兒不能窮盡一切可能。我們只討論錢老師「遊牧」的方式。

面對尼采所謂「夢醒」，另一種可能，就是像錢老師一般，一路
尋找「交叉點」，尋找與另一位擁有不同「路數思想」的他者交會的
機會，並「出於此」而「入於彼」地不斷「遊牧」下去、不斷「出入
異文化」下去。[49] 蕭條異代不同時，「作為自我的當下」，與「作為他
者的過去」之間，總可以找到「交叉路口」，「利用這樣的交叉路口，

---

48 這是Jacques Derrida的*Of Grammatology*一書的英譯者Gayatri Chakravorty Spivak，為
　 此書的英譯本寫的序中，引用的尼采的話。見Jacques Derrida, *Of Grammatology*,
　 p.xxx。這篇譯者序，當年錢老師帶領同學們細讀過。我還記得讀到這一段時，心中
　 閃過的夢中有夢之感，是醒是夢，惝恍迷離，難以確認。又，引文由我自譯。

49 這是錢老師辭世後，由臺灣的一貫道「張天然出版社」為他出版的遺著《出入異文
　 化》的書名。見錢新祖：《出入異文化》（新竹：張天然出版社，1997年）。據李學忠
　 先生的〈出版前言〉，這是錢老師生前自己取的書名，見此書的〈出版前言〉，頁2。

我們發現了、也得到了轉向的契機」。

這其實也正是擺脫我們自己的時空限定，進入別人的時空中的方式。意識到自己的時空限定，意識到自己的有限性，同時借用「交叉點」進入他者的世界，這是我們作為人，唯一可能暫時逃逸出自己的時空限定的方式。覺悟到自己被鎖在特定的時空中，也就是告別覆轍，從交叉路口轉向新途的開始。我們無家可歸，卻有了處處為家的自由。所以錢老師會對人鵬說：

　　　沒有家，就是處處為家。

這句話，當然具有人類「存有」維度的意義。

然而，就「家」的本義而言，處處為家，也就沒有任何「家」是「家」。敏銳的人鵬很快就意識到了這一點。所以她回答錢老師：「處處為家，其實是沒有家。」錢老師看了她一眼，默然。[50]

所謂「家」也各有不同。托爾斯泰在《安娜・卡列尼娜》卷首說的「幸福的家庭都是相似的，不幸的家庭各有各的不幸。」清代戴震如錢老師所言，屬於「陸王心學體系內（intra-systemic）」，「屬於同一個『論述領域』（discursive domain）」，就談過某種家庭內部的情形：「尊者以理責卑，長者以理責幼，貴者以理責賤，雖失謂之順；卑者、幼者、賤者以理爭之，雖得謂之逆。……人死於法，猶有憐之

---

50 劉人鵬：〈遊牧主體：《莊了》的用言方式與道——用一種女性主義閱讀（錢新祖的）《莊子》〉，見《台灣社會研究季刊》第29期（1998年3月），頁103。這是一篇「以一種離開的方式來紀念，也以一種彰顯差異的方式來親近」（頁125）錢老師的文章。我猜錢老師要是讀到了，會莞爾一笑，然後認真地與人鵬進行一種目的在「去我執」的對話：「從自我的中心解放出來而對話地（dialogically）進入他人（倫按：她人？）的境界」。見張詩薇、何立文記錄，〈訪錢新祖老師〉，收入錢新祖：《思想與文化論集》，頁414。

者，死於理，其誰憐之。」[51]人鵬也指出：「『家』也不是一個滋養人
免於差異、衝突、暴力、不安與死亡的地方；逐水草而居的遊牧人總
有她歇腳安息甜蜜的家，而整潔安康固定家人的『家』內外，總也蠢
蠢欲動著紛爭分離的放逐或出走或壓抑。」[52]在無人知道的角落裡隱
藏著家暴、傷痕、飲泣的「家」，不正因為某些人「太嚴」，咬定死
理，搞「以理殺人」而造成的嗎？有這樣的「家」，倒不如出家、無
家為愈。

　　佛門有「浮屠不三宿空桑」之戒，歌德（Johann Wolfgang von
Goethe）筆下的威廉・邁斯特（Wilhelm Meister）也遵守塔樓社（the
Society of the Tower）立下的規矩：「在同一個屋頂下，我居停的時間
不能超過三天，……這些誡律旨在讓我四處漂流，並預防我生出任何
一點定居之想。」（"I am not to remain more than three days under the
same roof, ... These commandments are calculated to make my years true
journeyman years and to forestall the least temptation to settle
anywhere."[53]）。這些誡律，是否也為了避免被「家」套牢呢？

　　人鵬在上錢老師的課時，留下了一段筆記：

> 大家都希望自己不是無根的浮萍，不是無家可歸的浪子。有固
> 定的中心或許使人心理感覺安全。然而對莊子來說，有家，有
> 固定中心的安全感，實為假象；莊子所主張的，是「無中之
> 中」的「環中」。

---

51 戴震：《孟子字義疏證》（北京：中華書局，2008年），頁10。

52 劉人鵬：〈遊牧主體：《莊子》的用言方式與道——用一種女性主義閱讀（錢新祖的）
　　《莊子》〉，頁103。

53 Johann Wolfgangvon Goethe, *The Collected Works, Volume 10, Conversations of German
　　Refugees, Wilhelm Meister's Journeyman Years: Or, the Renunciants*, eds. Jane K. Brown
　　(New Jersey: Princeton University Press, 1989), p.101.

細味錢老師這段話，他同意莊子的見解：「家」帶來的安全感，只是一種「假象」。

江勇振先生在他的《留美半生緣：余英時、錢新祖交鋒始末》書中，基於對錢老師的同情，倒是給了他一個「詩性的正義」（poetic justice，這個詞通常用來指「惡有惡報」；我則反用其意，指「善有善報」）：他讓錢老師「贏得美人歸」，從而有了一個「家」。[54] 其實，依錢老師的思路，我疑心他是否願意接受這樣的安排。

錢老師既然同意莊子對「家」的看法，他也就採用了莊子的路數，如人鵬所分析的：

> 莊子理想的用言方式是一種遊牧的表演，而其所以如此，並不只是語言遊戲，而是對「道」的本體論的模仿，因為宇宙本身即為恆常的無限的辯證的「物化」過程。[55]

依人鵬所謂的「（錢新祖的）《莊子》」，錢老師會如何理解他與余英時先生的「交鋒」呢？

人鵬就錢老師解《莊子・齊物論》中的話「今且有言於此，不知其與是類乎？其與是不類乎？類與不類，相與為類，則與彼無以異矣」，而有對莊子、對錢老師如下的觀察：

> 他不把自己的話語當作特權，於是可以將自己從說話主體中抽回來，批評自己對別人的批評，因此，自己的話語和他人的話語同樣是自我磨滅、自我取消的。也就是，自己在說話的當兒

---

54 江勇振：《留美半生緣：余英時、錢新祖交鋒始末》，頁415以後。

55 劉人鵬：〈遊牧主體：《莊子》的用言方式與道——用一種女性主義閱讀（錢新祖的）《莊子》〉，頁103。

就把自己去中心化，批評者永遠自我批評。

正言與反言相依為命，相生相成，所有的話語都是以與之相反
的話語為產生條件，每一句話之所以能說，是由於存有上本來
蘊含了與此一句話相反的話語，於是每一個語句永遠可以為其
他語句所取代，而自我取消。[56]

這仍是錢老師「去我執」的對話的題中應有之義。他明白余英時先生
那套體系背後的預設，明白余先生不可能去質疑那套預設；他也明白
自己大概是尋不到與余先生發生交會的「交叉路口」的。儘管知道大
概沒用，而且大概還不免會坐實了余先生的成見，但他仍然努力將自
己的立場在余先生面前「前景化」（ "foregrounding" ），這正是一種
「去我執」的對話方式。

（宋）家復在他為紀念錢老師而寫的那篇論文的最後，有如下的
觀察：

錢新祖話語世界裡的非溝通則是深深地根植於話語規律性對於
話語領域具有必然塑造性的話語結構本身，當他好不容易自我
重構轉入另一個話語領域的時候，往往正是他注定要生活在那
些還受原話語規律性支配的人們誤解、猜疑與封殺的時
候。……錢新祖遊牧式的歷史認同以及「通過對話的方式與相
互溝通的程序來建構一個多元中心的相互主觀世界」的希望卻
必須生活在非溝通或無溝通的話語結構歧異陰影之下，他的職
業生涯不幸正好坐實了這個陰影。斯人也，而有斯疾也。他本
人精神韌性極強，橫逆不斷，還常曉諭我們學生從不同系統之

---

56 劉人鵬：〈遊牧主體：《莊子》的用言方式與道──用一種女性主義閱讀（錢新祖的）
《莊子》〉，頁107-108。

問的相互有限性中學習謙卑的態度。我還記得那是1990年在臺大文學院新大樓102教室裡，他談到〈中國的傳統思想與比較分析的「措詞」（rhetoric）〉一文發表後所接到的批評時，茫然地望著講桌這頭的我們自問：「**但是還沒有人問到──如果根本就沒有交叉路口怎麼辦？**」當時沒人接腔，只有淡淡憂鬱隨著風中的煙霧和菸草香瀰漫全室。[57]

這段話最準確地將錢老師這一生的悲劇性點了出來。而且還留下了一段重要的證詞，讓我們可以猜想錢老師晚年「生活在非溝通或無溝通的話語結構歧異陰影之下」的感受。

錢老師的遊牧生涯，如上文所言，依賴的是不一樣的「路數思想」之間偶爾交匯的「交叉路口」。是這些「交叉路口」，讓我們有了擺脫鎖死我們的特定時空，「出於此」而「入於彼」的機會。儘管我們永遠不可能「偶開天眼」（「一個在時空之外而又是完全客觀的超絕世界」），但能夠進入「異端」、異己、「異文化」的他者世界，也算是次好（second best）的選項了：

在後結構與後現代的今天，比較分析的「措詞」所允諾的已不可能再是超時空的真理，而應該是不同系統之間的相對有限性（finitude）。[58]

然而，錢老師遭遇到的是我們這個時代裡「非溝通或無溝通的話語結

---

57 宋家復：〈思想史研究中的主體與結構：認真考慮《焦竑與晚明新儒學之重構》中「與」的意義〉，見《台灣社會研究季刊》第29期（1998年3月），頁103。

58 以上引文皆見：錢新祖，〈中國的傳統思想與比較分析的「措詞」（rhetoric）〉，收入錢新祖：《思想與文化論集》，頁90。

構歧異陰影」，不少自信找到了「超時空的真理」的論者，大概是不能或不願與錢老師進行「去我執」的對話的。

甚至，那些有本事進入「異端」、異己、「異文化」的世界的人們，很可能會被看作怪物。記得波特萊爾（Charles Pierre Baudelaire）自嘲，他把能與陌生人將心比心的詩人，比成了在精神上人盡可夫的「靈魂的廟妓」：

> 靈魂的廟妓，把自己滿腔的詩與慈悲，都獻給了不期而遇、萍水相逢的人，獻給了相逢而不相識的人。
>
> this divine prostitution of the soul giving itself entire, all its poetry and all its charity, to the unexpected as it comes along, to the stranger as he passes.[59]

在我們這個世故的世界裡，去尋找可以與異己交匯的「十字路口」，也許會讓人覺得冒犯。

---

[59] 這是波特萊爾《巴黎的憂鬱》（*Le Spleen de Paris*）書中的話。引文中的英文部分，摘自以下的網站：https://www.poetrynook.com/poem/crowds，上網時間：2023年4月4日。中文部分由我自譯。我找到的幾本中譯本，都不肯把「靈魂的廟妓」一語譯出。見Charles Pierre Baudelaire著，亞丁譯：《巴黎的憂鬱》（*Le Spleen de Paris*）（臺北：遠流出版公司，2006年），頁58-60；及Charles Pierre Baudelaire著，郭宏安譯：《巴黎的憂鬱》（臺北：新雨出版社，2014年），頁64-66。

錢春綺的譯本較好，他譯成了「靈魂的神聖賣淫」，見錢春綺譯：《惡之花·巴黎的憂鬱》（臺北：光復書局，1998年），頁298。還算接近原意，但也是不準確的。

記得韋伯（Max Weber）引用過波特萊爾這個典故，但韋伯該書的譯者，也將此詞譯為「靈魂的神聖的賣淫」。

「廟妓」（Sacred prostitution）「又稱聖妓，是指在廟宇裡生活，為朝拜者提供性服務的人。」見網路上的維基百科「廟妓」條。希羅多德（Herodotus）對此有詳細的描寫。見希羅多德著，王以鑄譯：《歷史》（*Historiae*）（臺北：商務印書館，1997/1998年），頁108-109。

　　而錢老師終究沒有找到「交叉路口」：

　　　如果根本就沒有交叉路口怎麼辦？

這是阮籍的窮途之哭。

＊ ＊ ＊

　　錢老師住在臺大醫院時，我去探了病。我將 T. S. Eliot 的詩劇 *Murder in the Cathedral*（《聖堂殉道記》）中的一首詩抄在探病卡上，請照顧錢老師的月岑轉交給老師：

> They know and do not know, that acting is suffering
> And suffering is action. Neither does the actor suffer
> Nor the patient act. But both are fixed
> To an eternal action, an eternal patience
> To which all must consent that it may be willed
> And which all must suffer that they may will it,
> That the pattern may subsist, for the pattern is the action
> And the suffering, that the wheel may turn and still
> Be forever still.[60]

我現在將這首詩勉強意譯如下：

> 他們知道，也不知道：行動就是受苦
> 受苦就是行動。行動者不受苦，

---

60 T. S. Eliot, *Murder in the Cathedral*（《聖堂殉道記・註釋本》）(Taipei: Bookman Books, Ltd, 1986), p.8.

受苦者不行動。行動者與受苦者

雙雙鎖死在永遠的行動，與永遠的受苦中

我們都只能認命，求仁得仁，

亦復何怨；注定行動，

注定受苦。命數如此。

時光流轉，命數永存。[61]

聽月岑說錢老師醒來，反覆看了許久。

　　錢老師辭世後，是以天主教儀式行告別的。而天主教恰好就是 T. S. Eliot 這部詩劇中的主角 Archbishop Thomas Becket 的信仰。記得李敖對殷海光夫人夏君璐女士為殷海光舉辦基督教葬禮很不以為然，所以寫了篇〈殷鑒不遠，在夏后之世〉以諷諭此事。我不至於如此不近人情。卻仍然不免猜度：錢老師的告別式，是否與我抄的那首詩有關？

61　以下是顏元叔的譯筆：

他們知曉也不知曉，行動即是忍受，

忍受即是行動。行動者不忍受，

忍受者不行動。但是，兩者同樣固定於

一個永恆的行動裡，一個永恆的忍受，

我們大家必須承認也許這些都是命定的

大家必須忍受以使這些變為可能

如此那個型式能存在，因為型式即是

行動與忍受；如此，時輪可以旋轉可以停頓

永恆停頓。

見歐立德（T. S. Eliot，或譯艾略特）原著，顏元叔譯：《大教堂內的謀殺》（臺北：驚聲文物供應公司，1970年），頁19-20。

我的翻譯，大概滲入了一些中國的命數觀，因而沖淡了Eliot筆下的基督教色彩。交匯點同時也是分歧點；儘管明白兩者間的分歧與隔閡，姑且任之。

我自己很難解釋當時為什麼會抄這麼一首詩給病中的錢老師，也許是覺得我們只能無可如何地接受命數吧。現在想來，如果將認命視同殉道，也就有了積極的意義。

　　下一次去探病，正是錢老師辭世的當天下午，他的病情突然惡化，已經不在了。我撲了個空。見到醫院的工作人員正在收拾病房，以備下一位病人入住；心中一個念頭一閃而逝：「我本淮王舊雞犬，不隨仙去落人間」。那不止是失落與悵惘，啞了，咽住了，問不出一句話；隔著一道「死」牆，我們兩頭無語。

　　辭世的錢老師，對我而言，陷入了一種意味深長的沉默。德里達（Derrida）談到書寫（writing）在發信人「根本的或絕對的缺席」（a radical or absolute absence）（也就是死亡）後，仍然能夠再次發揮作用，這才能稱之為書寫。[62]而「根本的缺席」主張自己「絕對的在場」（Radical absence claims absolute presence.），這正是我感受到的「意味深長的沉默」，那筆楮難窮的沉默。

　　也許他仍在莊子的「無何有之鄉」與「廣漠之野」，繼續遊牧下去：「心驚巢燕年年客，身羨游僧處處家；唯有春風能領略，一生相伴到天涯」。[63]

劉季倫
殺青於二○二三年四月五日寒食

---

62 Simon Glendinning著，李永毅譯：《德里達》，中文部分，頁77；英文部分，頁70。

63 陸游的〈寒食〉。引詩與一般常本不同。見於我收藏的黃秋岳（黃濬）題詩，我比較喜歡這個版本。

峽雲映日欲成霞溪水深饺淺見沙又向蠻方
作寒食驅持厄酒對梨花心驚策與年之密身
羡游僧處:家唯有春風能領略一生相伴到天涯
菊甫先生屬書即希正挽　　　　　　　　　　　　　　侯官黃濬鑴敬菴詩

陸游〈寒食〉

黃秋岳（黃濬）題詩，筆者收藏。

目次

第一章

緒論

第一節　問題之提出

　　陳第的代表作《毛詩古音考》在古音學史上有承先啟後的重要意義，其破除叶韻、直言古音的創舉，奠定了清代古音研究的基礎。在音韻學史上，陳第的一席之位似是理所當然。[1]而由於《毛詩古音考》發明「本證」、「旁證」之法，為胡適所激賞，視之為顧炎武的前驅，譽為「打不倒的方法」，象徵由「空虛想像的理學」邁向一個「搜求證據」的「新時代」[2]；於是，陳第被視為「考證學的先鋒」[3]，又成為思想史上的重要人物。近年來，考證學與思想史的關係，又成為學者的論題。

　　我們首先檢視幾位治學術史的學者對陳第的認識：

　　梁啟超的《清代學術概論》（1912年2月）[4]，稱顧炎武（1613-1682）為有清一代學術「開派宗師」（頁20），論其研學要訣在於博證，並謂：

1　如王力：《漢語音韻學》（1935年），頁273；張世祿：《中國音韻學史》下冊（1938年），頁267；董同龢：《漢語音韻學》（1954年），頁237-239。

2　胡適：〈幾個反理學的思想家〉，《胡適文存》第三集第二卷。

3　如容肇祖有〈記考證學的先鋒陳第〉一文，載《大公報‧史地周刊》，1936年5月8日84期。容氏基本觀念來自胡適，余英時先生已指出，見《歷史與思想》，頁117，註4。

4　括弧內年月為該書初版年月，以下皆同。

其自述治音韻之學也，曰：「……列本證、旁證二條，本證者，詩自相證也，旁證者，采之他書也，二者俱無，則宛轉以審其音，參伍以諧其韻……」（〈音論〉），此所用者，皆近世科學的研究法；乾嘉以還，學者固所共習；在當時則顧炎武所自創也。（頁21）

查〈音論〉卷中，梁氏所引實為顧炎武抄錄陳第〈毛詩古音考自序〉之語，梁氏一時失察，輕易將陳第的成績送給了顧炎武，直到寫《中國近三百年學術史》（1936年4月），仍對陳第隻字不提。

　　錢穆先生的《中國近三百年學術史》（1937年5月）則宣稱「亭林之治古音，乃承明陳第季立之遺緒」（頁135），並指出：

梁氏《學術概論》，誤以陳氏本證旁證語為亭林自述，因謂亭林為漢學開山，證據既誤，斷案自敗。（頁136）

自是確論。但其後述及焦竑（1540-1620）[5]亦喜考證，又有按語：

按焦氏《筆乘》有〈古詩無叶音〉一條，考證精確，不下陳第。焦、陳同時，未知孰為先唱。（頁136）

對於陳第治古音之緣起經過及其與焦竑的關係似極不詳。後來，錢先生寫《朱子新學案》（1971年9月），論及考證，一時疏忽，卻說：

5　焦竑生年有1541、1540、1539年三說，此依錢新祖先生說，定為1540年。參Edward T. Ch'ien. *Chiao Hung and the Restructuring of Neo-Confucianism in the Late Ming*，頁31。

顧炎武〈音論〉自言據《詩經》通古音之法，曰：「列本證、
旁證二條，本證者，詩自相證也，旁證者，采之他書也，二者
俱無，則宛轉以審其音，參伍以諧其韻。」（第五冊，頁237）

又重新回到梁啟超的錯誤。

胡適對陳第的討論較多[6]，主要稱揚他「搜求證據」的方法，〈幾
個反理學的思想家〉（1928年2月）一文中說：

顧氏完全採用陳第的方法，每考證一個古音，也列舉本證、旁
證兩項，但搜羅更廣，材料更富，證據更多。陳第考「服」字
古音「逼」，共舉出本證──十四，旁證──十，顧氏作《詩
本音》，於「服」字下舉出本證──十七，旁證──十五。
（《胡適文存》第三集，卷一，頁60）

查顧炎武《詩本音》，並沒有分別本證旁證，「服」字下注：

古音蒲北反，與匐同，考服字《詩》凡一十七見，《易》三
見，《儀禮》三見，《禮記》二見，《爾雅》一見，《楚辭》六
見，叶同。（《詩本音》卷一）

胡適自己將「詩凡十七見」稱作「本證」，以下加起來稱為「旁證」，
後來學者多逕予採用，如容肇祖〈記考證學的先鋒陳第〉（1936年5

6　見《胡適文存》第一集卷二〈清代學者的治學方法〉（1921年11月）、第三集卷一
　　〈幾個反理學的思想家〉（1928年2月）、第三集卷二〈治學的方法與材料〉（1928年
　　9月）以及〈中國哲學裡的科學精神與方法〉（1959年7月第三次東西哲學家會議論
　　文，中譯收於牧童文史叢書《中國哲學思想論集》第一冊，頁2-33）。

月）一文引言中即錄胡適此語，余英時也說：「例如顧炎武研究古音，用本證和旁證的方法，就源自陳第的《毛詩古音考》。」（《歷史與思想》，頁107）

　　胡適在〈中國哲學裡的科學精神與方法〉（1959年7月）一文中又曾提及：

　　　　焦竑（1541-1620），在他的《筆乘》裡提出了一個理論的簡單說明（大概是他的朋友陳第的理論），以為……（《中國哲學思想論集》，頁23）。

實則，焦氏《筆乘》出版在先，陳第讀後心有戚戚。這一段歷史，容後詳論，此處要指出的只是：由前述點點滴滴看來，幾位治思想史的學者，對於陳第古音學的來龍去脈以及實際內涵，其實僅具一個模糊的印象。

　　至於考證學與思想史的關係，首先提出的是余英時[7]。他認為：思想史的發展一方面固然時時受到外在環境的影響，但另一方面，思想史也有它自己內在發展的邏輯。而一個思想傳統的內在發展的邏輯，必然離不開該傳統中的某些中心問題。貫穿於整個儒學傳統中的一個中心問題是：「尊德性」與「道問學」的爭持，此一內在的緊張，成為儒學不斷發展的基本動力之一。清代的考證學，雖採取了反理學的形式，卻正是理學內部的長期爭論逼出來的邏輯發展。理學發展到王陽明以後，儒家「尊德性」的領域開拓已至極限，明末清初理學轉化為經學，象徵著「尊德性」向「道問學」的過渡；而另一方面，時至

7　參余英時：〈從宋明儒學的發展論清代思想史〉（1970年）、〈清代思想史的一個新解釋〉（1975年），二篇均收於《歷史與思想》一書。又，〈清代儒家知識主義的興起初論〉一文亦闡發同樣觀點，《清華學報》新十一卷第一、二期合刊，1975年。

晚明，兩派之爭持在哲學層次上已到了各自堅持立場無法說服對方的境地，則儒學發展的自然歸趨是：義理的是非取決於經典，於是經典考證興起，「道問學」精神逐步開展。因此，理學本身的發展，已邏輯地涵蘊著經學考證的出現。[8]這樣，明清之際考證學的興起，便不能解釋為一孤立的方法論的運動，實則與儒學的內在發展相應。

在這樣的解釋架構下，余先生如何處理陳第的個案？首先，他認為：明代傾向於智識主義的儒者可粗分為二大派，一是在哲學立場上接近朱子者，從理論上強調讀書的重要；一是實際從事考證工作者，在理學門戶之外，於博文方面有具體的貢獻（〈從宋明儒學的發展論清代思想史〉，《歷史與思想》，頁98、106）。陳第當然屬於後者。又說：

> 陳第著《毛詩古音考》也不過是要糾正明人廢學之病。所以焦竑為之作〈序〉有云：
>
> > 世有通經學古之士，必以此為津筏。而簡陋自安者，以好異目君，則不學之過矣！（《澹園集》，《金陵叢書乙集》，卷十四，頁二下）
>
> 在理學問題上，陳第尊重陽明，但不滿意王學末流之弊。他曾說：
>
> > 我朝二百餘年，理學淵粹、功業炳燿，惟王文成。然文成之教，主於簡易，故未及百年，弊已若斯。（《書札燼存》，轉引自容肇祖，頁276）
>
> 同時，他的格物說也與王陽明相近。所以，說陳第論學傾向於

8　以上根據余英時先生：〈清代儒家知識主義的興起初論〉之中文摘要寫成。

　　智識主義則可，必謂其反理學則恐不符真相。(《歷史與思想》，
　　頁108-109)

末句辨陳第並非反理學，是針對容肇祖論陳第之文（名為〈考證學與
反玄學〉，見《明代思想史》），余先生要強調的是：考證學的意義並
不在於「反玄學」，考證方法和反理學並無必然關係。

　　從以上余先生對陳第的論述，我們可以提出下面的問題：

　　一、既然「從事實際考證工作者」是在「理學門戶之外」，與哲
學立場無關，那麼很可能實際從事考證工作者與進行思想論爭者根本
是不相干的兩批人；這樣，以思想史上的爭論解釋考證學的興起，是
否中肯？

　　二、陳第著《毛詩古音考》，動機是在「糾正明人廢學之病」
嗎？至少，由余先生所引焦竑〈序〉言，看不出二者的關係。陳第著
書的自覺動機與意圖是值得重視的，因為這牽涉到從事考證是否「為
思想服務」[9]。

　　三、余先生認為：在理學問題上，陳第「尊重陽明」，同時，「他
的格物說也與王陽明相近」，當然，強調這一點，是為了說明陳第並
不「反理學」，但一個「論學傾向於智識主義」，並且還從事於實際考
證的學者，竟然是尊重陽明而不是程、朱，在余先生以程、朱為傾向
重智主義，陸、王傾向反智主義的前提下，頗饒趣味。余先生還舉了
一個「有趣的例子」，就是焦竑，「在清代，他是以考證聞名的；而在
明代，他卻是一位理學領袖，為王門泰州一派的健者」。余先生以此
說明「考證與反理學不能混為一談」，而且，對於明中葉以後考證學
的萌芽作如下解釋：「從思想史的角度看，它是明代儒學在反智識主

9　余英時先生語，見〈清代思想史的一個新解釋〉，《歷史與思想》，頁149。

義發展到最高峰時開始向智識主義轉變的一種表示。」但不論如何，這兩個例子最引人注意之處似乎是：當時「富於考證興趣的儒者」[10]竟都是傾向王學的，而王學基本上是被余先生認為有反智主義傾向的。從這裡，似乎可以引出二種想法：一是考證學可以由王學開出；二是考證學根本與思想路數無關。

錢新祖先生注意到了焦竑的例子，在〈焦竑及反程朱正統之潮流〉（"Chiao Hung and the Revolt against Ch'eng-Chu Orthodoxy"）[11]一文及《焦竑與晚明理學之重組》[12]（*Chiao Hung and the Re-structing of the Neo-Confucianism in the Late Ming*）一書中專論，認為焦竑是心靈相當獨立的學者，他極為反對程、朱正統之重視傳註，而以《爾雅》為標準的注解——只解語言，不解義理；因此，他重視小學考證。他之所以考證，乃奠基於他的王學心靈，並非「重智」，更非承繼朱子之重博學。錢先生〈焦竑及反程朱正統之潮流〉一文的副標題是：「左派王學為清初漢學之一源」（The Left-Wing Wang Yang-Ming School as a Source of Han Learning in the Early Ch'ing），姑不論「漢學」是否等同「考證學」，至少，以焦竑為例，而說左派王學是清代漢學之源，我們可以提出下列問題：

一、焦竑是否可作為明代考證學的代表人物，而稱之為「清代考證學的先驅」（"a pioneer of Ch'ing critical scholarship"，頁276）？關於此點，錢先生只有認定而沒有論證，錢先生討論焦竑思想處多，而沒有詳論焦竑在考證方面的實質成就。

---

10 以上五引文俱見〈從宋明儒學的發展論清代思想史〉，《歷史與思想》，頁109。

11 收於Wm. Theodore de Bary編*The Unfolding of Neo-Confucianism*，頁271-301。

12 此書已由宋家復翻譯為中文。即：錢新祖著，宋家復譯：《焦竑與晚明新儒思想的重構》，臺北：臺灣大學出版中心，2014年。當年我依梅廣老師的指示，將這一節的初稿呈請錢老師指正。錢老師對於書名之中譯躊躇良久，反覆討論，最後修改為《焦竑與晚明理學之重組》。在此保留當年此一中譯書名。

二、如果說「左派王學」的心靈可以開出「漢學」研究，那麼，何以被錢先生認為更著名的王門泰州學派人物李贄（錢先生稱之為"who was probably the most notorious 'wild ch'anist' of the T'ai-Chou school"，頁296），並不從事考證；而真正有考證專著且對清代古音學大有影響的陳第，則根本不是「左派王學」泰州一派的份子？如果說，錢先生的「考證」僅指"critical scholarship"；那麼，李贄的"critical"精神似乎不成為一種"scholarship"；而陳第之"scholarship"是否精神旨趣主要是"critical"的，尚待深入考察分析。

由這兩個問題，我們認為：清代考證學是由明代王學開出的想法，尚須斟酌。

那麼，明清考證學之起，究竟與程、朱或陸、王思想有沒有關係？我們應當如何解決這個問題？

由前述思想史上的討論看，我們發現，學者共通的問題在於：對於明末實際從事考證的學者其人及其學術淵源不曾深考，以至於重點只放在「思想」方面作一廂情願的設想。余英時先生曾提及：「我們要個別地檢查每一個考證學者的思想背景、宗派傳承，看他的考證究竟有什麼超乎考證以上的目的。」（〈清代思想史的一個新解釋〉，《歷史與思想》，頁149）要釐清考證學之興起與思想史的關係，這的確是基要工作。本文即試圖由陳第著手，深入考察其學術、思想之背景及內涵，作為瞭解此一問題之起點。之所以選擇陳第，乃因為他曾被視為考證學的先鋒，但其學術實際不論在思想史上或古音學史上，都只有朦朧的介紹（詳前），迄今未有全面之研究。[13]

---

13 本節曾蒙錢師新祖批正，細心指出譯文錯誤多處，並在觀念上多所啟發，謹此敬致謝悃。

第二節　研究材料

　　此時此地，欲對陳第之生平與學術作全面研究，所遭遇的重要難題是：第一手資料不全——《陳一齋全集》臺灣無書[14]。

　　《陳一齋全集》係道光二十八年陳第七世從孫陳斗初所編，凡三十五卷，內含[15]：《伏羲圖贊》二卷、《尚書疏衍》四卷、《毛詩古音考》四卷、《屈宋古音義》三卷、《松軒講義》一卷、《意言》一卷、《謬言》一卷、《書札》一卷、《薊門塞曲》一卷、《兩粵遊草》一卷、《寄心集》六卷、《五嶽遊草》七卷、《薊門兵事》二卷、《考終錄》一卷（為陳第友人董應舉所撰）；並附〈七世祖一齋公年譜〉一篇。[16]存福建。今臺灣得見者唯《尚書疏衍》、《毛詩古音考》、《屈宋古音義》（以上三書均有多種版本，見參考書目）、《意言》（明萬曆刊本）、《謬言》（明萬曆刊本）、《兩粵遊草》（明沈有容刊本）、《松軒講義》（明萬曆刊本）、《書札爐存》（明萬曆刊本）及《寄心集》（清陳斗初重刊本）。又《連江縣志》卷二十二〈藝文志〉，陳第著作尚有《二戴粹纂》、《海防事宜》、《東番記》，注云「三集均逸而不傳」，然《東番記》已經方豪先生考得。[17]此外，金雲銘《陳第年譜》錄陳第〈遺誡〉（頁142）云：「獨《麟經直指》，屬草夫（按當作「未」）就，而病奪之耳。」觀書名，《二戴粹纂》當係《禮》學著作，《麟經直指》則是《春秋》

14　當年無由得見《全集》。近日始獲蔣秋華學長贈《一齋詩文集》，謹致謝忱。陳第著，郭庭平點校：《一齋詩文集》，福州：福建教育出版社，2012年。

15　參方豪〈陳第東番記考證〉引民國二十四年八月私立福建協和院出版《協大學術》第三期金雲銘著〈本校陳氏書庫福建人著述解題〉之〈陳一齋全集解題〉，《方豪六十自定稿》，上冊，頁850。

16　參方豪：〈關於陳第及其《東番記》之研究〉，《中央日報》四十四年九月廿六日第四版。

17　詳方豪：〈陳第《東番記》考證〉，《方豪六十自定稿》。

學。本文原欲全面考察陳第之學術，並略及其生平行事及思想，但在
文獻不足的情況下，先作以下兩點說明：

一、就考察生平言，其七世從孫陳斗初之《一齋公年譜》及友人
董應舉之《考終錄》當極具參考價值，惜闕。補救之計：今有金雲銘
著《陳第年譜》一種[18]，成書於民國三十四年福建樵川[19]，得地利之
便，曾見《一齋集》全豹，故關於生平部分，凡此地未見之書，則自
金《譜》轉引。然金《譜》可信度若何？就其徵引可覆按者驗之，除
有漏句誤字外，尚可採信。至於關鍵資料為金氏遺漏之可能性，由於
陳第之生平及思想並非本文研究重點，故目前暫不多慮。

二、陳第之學術著作，大抵在於經學，包括《易》、《書》、
《詩》、《禮》、《春秋》五經，文獻所限，本文之討論僅及《詩》、
《書》二端；而其《詩經》學實乃考求《詩經》古音，故謂之「古音
學」。然則，古音學與《尚書》學二者已可以盡陳第之學術乎？就本
文意圖解決之問題言，曰：足矣。蓋古音學為陳第學術成就光輝所
在，其講求考證尤為後世稱道，然其論《尚書》，則一反考證精神，
乃至云：「孰是書也，而可以偽疑之乎？故疑心生，則味道之心必不
篤矣！」（《尚書疏衍》，〈古文辨〉，頁8a）此與廓清叶音舊說，講求
「考證」之陳第，似判若二人！故必《尚書》學與古音學並觀，陳第
之學術精神及旨趣始得其全。本文欲探究陳第之學術來龍去脈以及涉
及當前思想史爭論之問題，則《尚書》學與古音學或已可代表。至其
《易》學《伏羲圖贊》，〈自序〉云：「以朱筆為陽，黑筆為陰，兩畫
即成兩儀，四畫即成四象，八畫即成八卦，十六畫之即成十六卦……

---

18 臺灣銀行經濟研究室編，《臺灣文獻叢刊》第303種。

19 見書前〈自序〉。按《福建師範大學學報（哲學社會科學版）》1986年第2期，頁84-
86〈戚林八音作者初探〉，作者鄒光樁為撰該文，曾訪金雲銘先生，謂：「金先生係
福建師範大學圖書館館長，雖已八十二高齡，但談起他抗戰勝利前夕所編之《陳第
年譜》，仍瞭若指掌。」（頁85）附誌於此。

唯以六十四卦者繪為三尺之圖，縣之座右，久之坐臥行立常若圖之在目也者，又久之若見陰陽消長之數，天地鬼神之機也。」[20]《四庫提要》詆之曰：「大抵皆臆造之說，不足為據。」[21]「支離穿鑿、一無可取。」[22]今既不見其書，由〈自序〉所云，似非關考證，則姑信《提要》之說，暫置勿論。[23]唯是書附〈雜卦傳古音考〉一篇，當屬古音學研究範圍，《提要》曾贊以「用其所長，轉勝於全書……如移以附所作《古音考》，則庶幾矣。」今傳本《毛詩古音考》後附有此篇，亦係本文研究對象。

第三節　研究旨趣

　　由第一節，我們發現：當學者把《毛詩古音考》的出現當成思想史的問題來處理時，事實上是由於陳第提出「本證」、「旁證」二詞表面予人「方法論」的震撼；於是將陳第化約為明末「考證學」出現的代表人物，再由思想史去解釋時，又將「思想」局限於程、朱或陸、王學派，不免有將學術發展簡單化之嫌。而就古音學史來說，第三章將提到：學者（當然不是所有學者）又常將陳第之「古無叶音」說視為劃時代的創見，將陳第視為「始明古今音異」的第一人（詳後），這也未免「簡單化」之嫌。本文研究陳第之學術，想嘗試突破一些陳陳相因習以為「常識」的簡單化說法，在檢討陳第之某些觀念或學術成就時，總希望呈現該觀念或該門學術之歷史發展縱線，以突顯陳第

---

20 轉引自朱彝尊《經義考》，卷五十八，頁318。

21 《四庫總目‧經部‧易類存目二》，《伏羲圖贊》卷二。

22 《四庫提要‧經部‧易類五》，《易用》卷五（陳第長子祖念撰）。

23 按當年寫碩論時未見《伏羲圖贊》，對於陳第思想之討論亦欠深入。後得見賈順先：《宋明理學新探》（成都：四川人民出版社，1987年）一書第九章〈注重「實功」「實事」反對空談的陳第〉，對於陳第思想有較全面之研究，附誌於此。

對傳統之承繼，以及真正創發所在；並呈現與陳第同時代學者的觀念水平，以明陳第在當時超越或不及之處；這樣，將陳第放在歷史環境裡，在縱橫相交的座標面上，一方面求取陳第學術成就之定位，一方面也深入各門學術內部，瞭解其發展狀況，有了具體詳實之瞭解後，再回頭重新思考第一節的問題，嘗試提出一己之心得。

因此，本文研究旨趣主要是「史」，而不僅止於為陳第之學術發幽抉奧。事實上，就陳第學術本身來說，古音學發展至今日，已有了千百倍於陳第的成果；《尚書》學史上，陳第幾無地位。而以今日《尚書》學的研究成果來看，單是在梅鷟已經考證《古文尚書》之偽以後，陳第猶忠心耿耿於《古文尚書》，尊之為「聖經」這一點，已足使陳第之《尚書疏衍》黯然無光。第一節已經提到了本文關懷的問題所在，陳第是本文想略窺明清之際學術轉變之跡的一個起點，想藉著陳第這一已被認為具有代表性的個案，真正深入這位學者所從事之學術內部，去瞭解該門學術本身發展的軌跡，以澄清一些思想史上的說法；並評估陳第個人之成就在學術發展史上之意義。因此，本文在引述資料時，有時並不因為該資料本身表達正確高明之觀念，而僅取其代表某一時代出現的某種看法，呈現某一觀念歷史發展之軌跡。

本文之寫作，既是以閱讀前代及當代學者之著作中產生的問題為起點，寫作中，研究之方向亦因研究中所產生之新問題而進行，故底下先將本文思考的問題，以及由研究心得而安排出的章節敘述如下：

陳第在明代中葉以後王學學風盛行的環境裡，為何孜孜於古音之考證？其考證古音，與王學有關嗎？或另有其思想背景？他是一個怎樣的人，竟在普世大談心性之學中對古音產生了興趣？他是為了糾正明人廢學之病而作《毛詩古音考》嗎？一般說焦竑首先提出「古無叶音」，然後影響陳第，那麼，焦竑的想法又是怎麼產生的？當時還有其他學者討論嗎？

　　以上種種問題之追究結果，產生了本文第二章〈陳第之生平、著作及思想〉以及第三章第一節〈陳第研究古音之背景與動機〉；在這些問題之追究過程當中，本文發現：「古無叶音」之觀念最初是陳第那名不見經傳的父親木山公告訴他的，假如唐宋以來一直以「叶音」解決古韻的問題，而時至明代，竟連一個泛泛之輩都能議其非，是否我們對於「叶音」的瞭解尚須重新檢討？確實明瞭了「叶音」來龍去脈，始能對陳第之「徹底廓清叶韻說」（董同龢《漢語音韻學》，頁238）的意義有正確之體認。而「叶音」說由隋唐至明，經過了一段長遠的歷程，故本文用了頗長的篇幅完成第三章第二節〈「古無叶音」說考論〉，對歷史資料重行討究，結果澄清了一些過去習以為「常識」的觀念，發現「叶音」根本不是自始便與「古音學」背道而馳的，古音學的起點，可以推到「協音」的時代。既然「古音學」的歷史發展必須重新瞭解，則陳第「古無叶音」說的歷史意義亦必須重行評估，於是以「陳第『古無叶音』說析論」結束此節。

　　陳第除了提出「古無叶音」說之外，是否還有其他的音韻觀念，決定他的考證方向，並指導他的研究工作？為此，本文又有〈陳第的音韻觀念〉一節。當然，明白了陳第的基本觀念之後，我們還要追究一個關心的問題，便是：陳第被視為清代考證學的先驅（詳〈問題之提出〉一節），究竟他的考證，運用了哪些方法與材料？他的「考證」如果是劃時代的，究竟影響的因素是什麼？為什麼他能異軍突起地建立了「本證」與「旁證」之法？這對詞語之提出，在古音學之發展上，代表的意義是什麼？研究結果呈現於第三章第四節〈論陳第之考證〉。所得結果相當意外，因為發現陳第之古音考證，實在承繼多於創發，在考證古音的材料與方法各方面，陳第皆無異軍突起之發明，本文於是重新評價了陳第在古音學發展上的貢獻。在重新評價之前，本文又想知道，除了習知的近代現代音韻學者對陳第簡單的敘述

之外，清人踵繼陳第之研究而後轉精，清代的古音學者又是如何評價
陳第的？集合清代學者之論評與本文自己的研究所得，完成了〈陳第
古音學總評論〉，以結束第三章對陳第古音學的討論。

　　第四章討論陳第之《尚書》學。陳第《尚書疏衍》一書在《尚
書》學史上默默無聞，經仔細閱讀，果然在見解、材料、方法各方面
皆無足述，故僅以第一節〈《尚書疏衍》概述〉略作交代；但也在其
中發現了值得思考的有趣問題：同一位學者，為何在兩種學術的表
現，歧異若是？再者，研讀過《疏衍》一書之後，本文已將研究目標
定於陳第辨偽古文為真一點，由辨真偽之考證，再次研究陳第之考證
精神。而為此研讀前人之著作時，竟發現了額外的問題，即：前人總
以《古文尚書》之辨偽與理學立場有關，或曰：理學家護衛古文，而
非理學家則能客觀考證（戴君仁先生說）；或曰：程、朱一派反古
文，而陸、王一派衛古文（余英時先生說，詳第四章第一節），則朱
子成為問題，因為朱子是道地的「理學家」，而傳統又說朱子始疑古
文之偽，如何解釋？為此，本文先考明《古文尚書》辨偽之歷史，重
行研讀朱子著作時，卻發現：前人以為朱子已疑《古文尚書》偽作，
實是積非成是之誤解，但因誤解歷程已久，非三言兩語可以辨明，故
先成〈論朱子未嘗疑《古文尚書》偽作〉一篇，作為附錄，在討論陳
第之護衛古文時，有關朱子部分，即以「附錄」之意見為主。辨明朱
子對《古文尚書》的態度，旨在澄清學者對《古文尚書》辨偽歷史的
瞭解，及其與思想史之關係，與陳第相關之問題，亦可獲得更進一步
的解釋。關於陳第辨《古文尚書》為真，本文思考的問題有：陳第之
前，梅鷟已經考證古文之偽，陳第仍然護衛，究竟是有意護經，或是
仍然基於考證的態度，只是在研判資料時有不同的意見？這問題牽涉
到梅鷟的考證，若將兩人之書略作比較，是否可以突顯陳第問題所
在？若再與閻若璩之考證比較，是否又可突顯不同時代之考證特色？

比較研究結果，發現若不以成敗論英雄，陳第與梅鷟各有優缺點，其實不相上下，而閻若璩的考證則完全是另一種學術型態了。這其中轉變之跡，當是本文完成後的下一步工作。前述種種問題之探究，完成了第四章〈陳第的《尚書》學〉各節，以及第五章第一節〈陳第古音學與《尚書》學成績大異之原因試說〉。

第五章第二節〈問題之澄清與發展〉是對第一章第一節提出的問題作回顧，提出研究心得；而一組問題之暫獲解決，同時也湧出新的問題，那便與陳第無關，而留待日後研究了。

因此，本文以問題之追究為寫作動力；為陳第之學術作歷史定位性之研究，是旨趣所在。

第二章

陳第之生平、著作及思想

第一節　生平

陳第，字季立，號一齋，又號子野子（見《意言》）、溫麻山農（見〈世善堂藏書目題辭〉）。明世宗嘉靖二十年（1541），誕生於福建連江西郊化龍橋北。歷史上，曾有幾位音韻學人才皆隸籍福建，如吳棫（約1100-1155）、黃公紹（咸淳元年〔1265〕進士）、鄭樵（1102-1160）等，因此，福建有「音韻學的故鄉」之稱。[1]

陳第之父木山公為一名秀才，轉而為吏，其生平行事，除焦竑（1540-1620）曾為作〈陳木山公小傳〉[2]，以及陳第著作中偶爾提及外，名不見經傳。然陳第一生事業及主要學術成就，其父木山公具有關鍵性之影響力，故在介紹陳第生平之前，首先對其父略作勾勒。

木山公名應奎，字元瑞，生於明武宗正德四年（1509），卒於明神宗萬曆七年（1579），年七十一。因寓意《莊子・山木篇》山中之木處夫材與不材之間，故別號「木山」。少年時奇氣自負，補邑增廣生，文尚獨創，屢不得志於科場，已而罷去，隱身群掾。性善酒，喜直言，澹於財物，人稱其廉平。嘉靖三十九年（1560）作吏漳州，漳州漁人林可玉等六人受誣繫獄待誅，木山公得其狀言，力反獄案，卒使六人得釋，公以是得義名。生平好賑人急，或貸以多金，負即弗

1　參許在全：〈試論宋代福建人才的崛起〉，《福建師大學報（哲學社會科學版）》1981年第3期，頁99。

2　《澹園續集》卷十，《金陵叢書》第58冊，頁37。

問；又惡言人過，有聞必掩耳，謝以醉，若弗聞也者。臨終訓子曰：「獨行不愧影，獨寢不愧衾，晝卜妻子，夜卜夢寐，此古人實學也，小子勉之。」[3]

木山公對陳第的影響，學問方面，重要者約有二端，其一為「叶音之說，吾終不信」的意見，啟發陳第思考古音原委，終於完成《毛詩古音考》一書，為古音學之研究開闢了康莊大道。學者皆以為陳第之「古無叶音」說乃受焦竑啟發，殊不知第幼時木山公已提出此一問題[4]，叮囑陳第思考。陳第〈屈宋古音義跋〉云：

> 余少受《詩》家庭，先人木山公嘗曰：叶音之說，吾終不信，以近世律絕之詩叶者且寡，乃舉三百篇盡謂之叶，豈理也哉！然所從來遠，未易遽明，爾豎子他日有悟，毋忘吾所欲論著矣。

此說之分析詳第三章。此處僅表彰木山公對陳第啟導之功。本文亦由此發現一疑：木山公不過一隱身郡掾，「以儒術飾吏事」（焦竑，〈陳木山公小傳〉）之平凡地方官，非精於學術者，竟能對相襲千餘年[5]的「叶音」說提出充滿自信之質疑，除非簡單地歸因於木山公資稟過人，否則必有可探究者。蓋傳統以為說叶音者乃因不明古今音異，而焦竑、陳第始明，今見木山公亦能知叶音之非，而前此如唐、宋大儒竟皆不能曉，何以故？因此，本文第三章第二節特對叶音說之來龍去脈詳加考察，動機在此。

3　按此段據焦竑〈陳木山公小傳〉撮要寫成。

4　按：據錢新祖先生《焦竑與晚明理學之重組》（*Chiao Hung and the Restructuring of Neo-Confucianism in the Late Ming*），頁280，《筆乘》初刊於萬曆八年（1580年），而木山公卒於前一年（1579年），固不及見，故木山公之意見早出，與焦竑無關。

5　此就傳統說法，叶音說起於徐邈（344-397年），本文另有所見，詳第三章。

其二為富有創見的精神，上文已提及，木山公「文尚獨創」，試屢不偶，終於罷去，不隨流俗之氣已然可見。陳第嘗憶道：

> 先人木山公資品極高，時以己意論斷經書，迄今思之，皆有至理。（《書札爐存》，頁28）

第所著書，就今之所見，皆富創意。如《毛詩古音考》固是徹底推翻「叶音」之說，直言古音；《世善堂藏書目》之分類，亦與眾不同，詳後。〈尚書疏衍自序〉曾謂：

> 余少受《尚書》家庭，讀經不讀傳註，家大人責之曰：傳註，適經門戶也，不由門戶，安入堂室？余時俯首對曰：「竊聞：經者，徑也，門戶堂室自具，兒不肖，欲思而得之，不敢以先入之說錮靈府耳。」家大人默然，閱歲，詰以疑義，余謬縷悉以對，家大人曰：是不無一隙之明，顧鑿井而飲，孰與寄汲之易易也。（頁1a）

獨立思考之精神，陳第較木山公有過之而無不及。然而，經過全盤考察，陳第之不讀傳註，其所強調並非以「己意解經」，乃是欲透過原典上同古人，更直接與聖人心靈相契。此將詳論於第四章。陳第後來終於「取古今註疏詳悉讀之」（〈疏衍自序〉頁2a），完成了《尚書疏衍》一書，蓋欲報其先人於地下（見〈自序〉頁2b）。

事業方面，陳第中年之投筆從戎，亦受木山公鼓勵。木山公有二子，長子名穀，字又山，次子即第。二人性情不同，第嘗有〈思兄詩〉云：

少年夜讀，一几一燈，⋯⋯兄默我言，兄靜我躁。（〈嗟思詩〉
六篇之五，《寄心集》，卷五，頁3a）

木山公觀察到二子之異，故各寄予不同之期望：

公曰：穀也狷，第也狂。狷者可畢業文場，狂者令如投筆故
事，乘一障以自見，可乎？（焦竑，〈陳木山公小傳〉）

嘉靖年間：北有俺答犯邊，南有倭寇擾境，二十九年庚戌（1550），陳
第十歲，有潮河（近古北口）之變，木山公閱邸報，每恨無丈夫子當
關，為朝廷灑一腔熱血，第聞之，即能心領其意。[6]性之所近，加上父
親期許，又得大司馬譚綸之薦，第終效命疆場。木山公頗感安慰：

（第）功名日有聞，（木山）公躍馬往視而喜，日飲滿為常，
曰：吾有丈夫子當關，稍舒國家北顧憂，亦云快哉！（焦竑，
〈陳木山公小傳〉）

從軍是陳第的壯年功業，當他三十三歲初晤俞大猷，大猷便讚道：
「子當為名將，非一書生也。」（《連江縣志・儒林傳》，頁222）然
而，陳第終未以沙場名將傳於後世，千載名山事業，卻是晚年的古音
學成績。這大約是木山公及陳第皆始料未及的。但無論壯年之功業，
抑或晚年之學術，木山公之影響皆不容忽略。

　　陳第一生，大致可分三個時期，三十三歲之前是位書生，在鄉里
講學，但時時關心國事；三十三至四十二歲身為武將，致志於建立事

6　見金雲銘：《陳第年譜》。頁5引道光舊譜。

功；四十三歲至離世，則遊心五經，並縱情山水，完成了一生重要的論著與詩篇。底下略作敘述。

第少年時，肄業經史之暇，學擊劍，喜談兵，流露豪邁狂氣，〈感昔詩〉云：

> 憶我少年日，悲歌弄寶刀；飲酒動一斗，馳馬弗知勞。(《寄心集》)

嘉靖廿九年（1550），陳第十歲，俺答犯古北口，焚掠三日乃去，第為此「涕泣傷之」[7]。十九歲補弟子員，試輒冠軍。嘉靖四十一年（1562），戚繼光征倭至閩，陳第與晤，為定平倭策。次年五月，戚繼光破倭於連江馬鼻，陳第曾與諸紳勒石紀其功。是後數年，第在福州、漳州、榕城等地講學，並曾晤「三教先生」林兆恩，林氏於嘉靖三十年至四十四年之間，在莆田仙遊一帶講學，從遊者多為諸生[8]，第〈答陳于虞書〉曾憶道：「弟幽僻之好素濃，仕進之思頗淡，曾與莆中子谷子[9]高臥禪林。」（金《譜》，頁16引）林氏之三教合一思想，陳第當略受濡染（詳本章〈三〉思想）。嘉靖四十四年（1565），謁潘碧梧[10]先生於福州，隆慶三年（1569），則從潘氏講學於漳州，學者雲集，第調停於諸生之間，並作〈尚行訓示漳中諸生〉（《寄心集》，卷二，頁1b），「尚行」為陳第重要思想，詳後。隆慶五年（1571），又遊學福州，作〈洗心訓〉示三山諸生（《寄心集》，卷二，頁1b）。次年仍在榕城講學。

---

7 見金《譜》頁5引陳第〈上後府俞公書〉。

8 參林國平：〈略論林兆恩的三教合一思想和三一教〉，《福建師範大學學報（哲學社會科學版）》，1986年第2期。

9 按林兆恩號龍江，又號子谷子。

10 潘氏為陳第明師，第曾有〈祭潘碧梧先生文〉（參金《譜》頁15，其他不詳。

　　神宗萬曆元年（1573），為陳第生命的一個轉捩點。九月，從俞大猷學兵法，前已言及，大猷見之便曰：「子當為名將，非一書生也。」此後即入大猷幕中相隨。[11]時年三十三。次年至京師，明年得俞公之薦謁薊門總理戚繼光，並上書譚綸大司馬，論獨輪車制，司馬嘆服，即補授教軍官以董其事。車成，論功。萬曆四年（1576），領京營軍三千出薊鎮防秋；冬，上書於譚綸請纓，謂：「誠於九邊之中，而擇其地之最重，於重地之中，而擇其事之最難者，使第居之，假以便宜，寬之文法，有不能斬將搴旗，奠固疆土，垂功名於竹帛者，非夫也。」（金《譜》，頁25引）次年，譚公題補第為潮河川提調。數年之間，外撫強夷，內訓疲卒，著有功績。萬曆八年（1580），兵部尚書方逢時題補第為薊鎮三屯車兵前營游擊將軍，以署參將駐漢兒莊（喜峰口），用副總兵體統行事。次年春到任，明約束，興義學，正風俗，行之不久而軍民相安。萬曆十年（1583）春，喜峰口外，虜阿只孛賴於潘家口外，捕去射撥軍人，第乃上書戚總理，自請出關征剿，以遏跳梁。冬十月，周邦傑奉天子命閱兵薊鎮，第得薦語云：「遴才甌越，邁跡幽燕，棄舊學而機悟韜鈐，撫新軍而恩覃醪纊。」（金《譜》，頁48引）奉旨賞銀。

　　萬曆十年是陳第生命又一轉捩點。是年七月，制府吳兌之表弟周楷，以書及禮帖託第為之配賣青布五千餘匹於軍士，扣月糧為價；第不願剝兵士以奉權勢，因辭其布，璧其儀，由是忤軍府。十一月，以此去官。第為此事曾作密啟致戚總理，云：「此心自誓，寧得罪於上司，不獲罪於士卒……官職去留，所關甚小，操守得失，所關甚大。第雖至愚，知所擇矣。」（金《譜》，頁49引）又曾作〈奉答小司空我渡陳公〉書，明此事原委，並謂：「……大丈夫要當磊磊落落，遇時

11　參金《譜》引陳第〈告俞盧江先生文〉（頁20）。

則振翮雲霄，不遇則曳尾泥塗，隨其所居，無不夷坦，安能枉己從人，依權媚事⋯⋯」（金《譜》，頁50引）又〈答友人袁有賢書〉云：「所謂當世偉男子者，非謂有順無逆，有利無害，謂順逆利害不動於衷耳。」（同上）陳第風格之高潔，凜然可見。去官後，仍留薊鎮，萬曆十一年（1583）春二月，戚繼光因受謗，奉調往粵，第以戚公去，悒悒有感，是年夏，亦南歸。結束十載戎旅生涯。

　　南歸途中，將歷年在薊所成詩篇，結成一帙，題名《薊門塞曲》，是為著書之始。又乘便登泰山，是為遊五嶽之始。此後數年，便以登覽、著述豐富了晚年的生命。萬曆十二年（1584），歸連江，築「倦遊廬」於西郊，杜門讀書，以吟詠自樂。「郊居近十年，未嘗一出戶，慶弔都不行，寧免人憎妒。」（〈園居詩〉）生命又至另一境界。萬曆廿三、廿五年有許撫台、金撫台二人欲再聘之，皆堅辭不就。萬曆二十三年（1595），刻《謬言》成書（各書簡介詳下）。廿五年（1597）又刻成《意言》一書。是年夏初，一則因「靜而思動，居而思行」，一則因「家書已付之豚子，年來又失其伉儷，內顧之念不關，逍遙之趣轉篤」（《答林日正書》），遂決意出遊。數年中，遍遊閩、粵、桂、贛諸名勝。萬曆二十九年（1601），編著《毛詩古音考》，尚未脫稿，又有建州（今福州）、溫陵（今泉州）之遊，冬十月，沈有容將軍為作〈兩粵遊草〉〈序〉，並與《薊門塞曲》合刻。次年，第六十二歲，與沈有容將軍同往臺灣（當時稱東番）剿倭，並著成〈東番記〉一篇[12]。明年二月，刻《薊門兵事》成，沈有容為作〈序〉。萬曆三十二年（1604）春，遊金陵，秋末，造訪焦竑，暢談「古詩無叶音」，相得甚懽，於是借讀焦竑家諸韻書，復加編輯《毛詩古音考》，焦竑且為「補其未備，正其音切」（〈毛詩古音考跋〉），三十四年（1606）夏

---

12 陳第〈東番記〉的研究，可參周婉窈：〈陳第《東番記》——十七世紀初臺灣西南地區的實地調查報告〉，《故宮文物月刊》第241期（2003年），頁22-45。

五月，《毛詩古音考》刻成。是後數年，又遊贛、鄂、金陵諸地。三十
七年（1609），第在南京，決志出遊五嶽，是年已壽六十九矣。先遊
九華、天臺、雁蕩諸勝，秋日擬出遊嵩山、華山，以病足不果。次年
歸連江，尋復遊金陵，明年遊嵩山。三十九年（1611），歸金陵，刻
《寄心集》成。翌年秋，往遊西嶽華山，是年冬，又刻成《尚書疏
衍》，焦竑〈序〉云：「季立平先生注意經術，《易》圖、《詩》韻，業
有成書矣。」知《伏羲圖贊》一書已先於此時刻成（確切年代無
考）。四十一年（1613），刻成《屈宋古音義》。翌年，往遊北嶽恆
山，四十三年（1615）夏，又往遊南嶽衡山。陳第有一至友董應舉
（1557-？），號稱「罵友」[13]，曾謂陳第有「五嶽障」（〈答陳季立
書〉，《崇相集》卷八，頁40），又於〈答蘇雲浦〉書云：「季立七十有
五，去死不遠，遊遍四嶽矣，且欲遊南嶽，每言遊一嶽，鬚白反黑，
足瘡盡愈，以山水為醫王。」（《崇相集》，書三，頁6）可見陳第此時
之遊，幾是瘋狂地投入山水；《連江縣志》載：「第老而好遊，足跡遍
五嶽，每出輒數年，祖念（陳第長子）馳數千里，泣請以歸。」（卷
廿九，〈明孝友傳〉，頁232）其執著蓋非常人所及。南嶽遊畢，秋日
歸連江，旋即臥病，四十四年（1616）夏末，家居曝所藏書，編《世
善堂藏書目》，秋，刻成《五嶽遊草》，萬曆四十五年（1617），第七
十七歲，正月返連江，病革，三月，離開人世。

　　焦竑曾謂陳第有「三異」：

　　　身為名將，手握重兵，一旦棄去之，缾缽蕭疎，野衲不若，一
　　　異也；周遊萬里，飄飄若神仙，不可羈紲，而辭受硜硜，不以

---

13 董應舉《崇相集》有〈答蘇雲浦〉一文，謂：「弟平生有罵友二，一是陳季
　　立，……」（書三，頁6）《崇相集》卷二詩「陳季立病，念之有賦」亦謂：「平生好
　　爭論，好友輒相罵。」（頁46）

秋毫自點，二異也；貫串馳騁，著書滿家，其涉獵者廣博矣，
而語字畫聲音，至與繭絲牛毛爭其猥細，三異也。（〈毛詩古音
考序〉）

洵為知言。當其投筆而起，棄文從武，便有斬將搴旗、奠固疆土之宏
慨，避易就難，冀「騏驥之足，必騁於康莊，而後捷可見也；鵬鳥之
翼，必翔於寥廓，而後大可知也。」（金《譜》，頁25引陳第〈上大司
馬譚綸書〉）然而一旦歸返山林，又毫不以去留為悲喜，疏狂訪名
勝，有「直須看盡洛城花，始共春風容易別」的豪興。豐沛的生命
力，昂揚又執著的精神，抱持「丈夫生世間，如彼長江水，瀦則淵渟
渟，流則浩瀰瀰，建業與立言，隨時任所履」（〈詠懷〉十首之五，
《寄心集》，卷一，頁2）之信念，使他從戎則長驅遠略，論學亦深造
有得。

　　第有二子，長子名祖念，字修甫，號心一，《連江縣志》入〈孝
友傳〉（卷二十九），著有《易用》五卷，《四庫提要》謂：「祖念學不
及其父，而說《易》乃勝其父……其每卦之論，皆逐爻尋理，務以切
於人事為主，故名曰用。」（〈經部‧易類五〉）次子名肇復，字問
心，《連江縣志》卷三十三有傳（頁208），《連江縣志‧藝文志》著錄
有《易用補遺》二卷。肇復有子名元鍾，字朵采，一字孝受，長詩詞
古文，《縣志》入〈文苑傳〉（卷二十七，頁225），著作據〈藝文志〉
有《易問述》一卷、《春秋戰國史記》、《環海志》一卷、《會山樓詩
集》一卷，並編有《閩中唐宋元明詩文編》。

第二節　著作簡介

　　陳第之著作大約可分下列三類：

一　詩文

　　詩作最早結集的是《薊門塞曲》，含在薊十載所作詩篇近百餘
首，以其身在邊塞，故名塞曲（見〈自序〉，金《譜》，頁53引）。後
又有《兩粵遊草》，有詩有文，萬曆廿九年合刻《塞曲遊草》，沈有容
為作〈序〉，云：「余嘗至薊，未嘗至粵，今讀《塞曲》戚戚然，若陟
降於灤河孤竹之墟；讀《粵草》栩栩然，若神游於五羊八桂之境
也。」[14]萬曆三十九年（1611），彙萃生平四言、五言古詩，合為一
帙，謂：「意有所託，身有所歷，感慨乎古今，論思於親友，夫孰非
心？夫孰非心之所寄？」（〈寄心集自序〉[15]）故名曰《寄心集》。卒前
一年（1616）又刻成《五嶽遊草》，長子祖念〈跋〉曰：「先是，嘗刻
《薊門塞曲》、《兩粵遊草》及《寄心集》。金陵焦太史謂：『有風人之
遺，其動物感時，不讓杜子美、白樂天。』」（金《譜》，頁141引[16]）
雖或有溢美，然可見其詩作特色在於「動物感時」。朱彝尊（1629-
1709）《明詩綜》、《靜志居詩話》錄陳第詩多首，但未有詩評。陳田
《明詩紀事》則謂：「季立詩抒寫性情，不拘一格，時有警動之作。」
（己籤，卷十八，頁14-2173）

　　文章方面，棄薊歸田之後，萬曆三十一年曾刻成《薊門兵事》，
沈將軍亦為之序，其書此地未見，觀金《譜》所引，蓋輯錄在薊數年
書札章表等而成，可見其在薊經歷。又有《書札燼存》一卷，編成於
萬曆廿九年（1601）。另有〈東番記〉一篇，為陳第萬曆三十年

14　沈有容：〈合刻《塞曲》《粵草》序〉。陳第著，郭庭平點校：《一齋詩文集》（福
　　州：福建教育出版社，2012年），頁3。

15　陳第：〈自序〉，陳第著，郭庭平點校：《一齋詩文集》（福州：福建教育出版社，
　　2012年），頁92。

16　陳祖念〈跋〉，陳第著，郭庭平點校：《一齋詩文集》（福州：福建教育出版社，
　　2012年），頁313。

（1602）與沈有容將軍往東番剿倭後作，記在臺聞見。此次戰役，陳第隨沈將軍在臺灣海面殲滅倭寇，事後偕有容泊舟臺灣，第以此被稱為「最先渡臺之學者」。[17]〈東番記〉原刻久佚，後經方豪先生在沈有容《閩海贈言》中考得，此篇詳細記述臺灣原住民族生活，方先生謂為「臺灣古史重要文獻」[18]。《連江縣志‧藝文志》又著錄有《海防事宜》謂：「逸而不傳。」（頁192）

二　雜記雜論

有《謬言》、《意言》二種，各一卷。《謬言》為晚年家居訓子之言，含〈論學〉、〈論聖〉、〈論經〉、〈論性〉、〈論政〉、〈詩文〉、〈諸子〉、〈論兵〉八篇，長子祖念問名於第，第以為：「惡足名，無已，名之為《謬言》。」（〈自序〉）刻時尚餘一編「頗異，恐駭聞見」（〈意言自序〉）者，原藏之故篋，越兩年又檢出，增數十條，質於其友林日正，以為無叛於道，故刊行於世，是為《意言》。二書性質相似，皆可見陳第之思想大概，此地猶存萬曆乙未（1595）、丁酉（1597）原刊本。此外，有《松軒講義》，蓋講學期間所著。

三　經學

錢謙益《列朝詩集》曾謂陳第：「其學通五經，尤長於《詩》、《易》，論兵學，論文章，皆鑿鑿有根據。」（丁集第十一）陳第臨終〈遺誡〉云：「吾少受父兄訓，專欲以發揮五經為業。」（金《譜》，頁142引）陳第著述之業，蓋以五經為主。《詩經》方面，著《毛詩古

17　朱玖瑩：〈最先渡臺之學者——陳第〉，《文史薈刊》第一輯。
18　參方豪：〈陳第《東番記》考證〉，《方豪六十自定稿》，頁845-880。

音考》，雖為《詩》而作，內容則屬古音學；此外，「又衍《毛詩》作《屈宋古音義》」（〈遺誡〉，同上引），二書性質相同；《尚書》方面，著《尚書疏衍》四卷；本文討論陳第之學術，即以上述三書為主。《易經》方面，作《伏羲圖贊》，其友董崇相最稱誦之，謂：「諸書中《圖贊》為最。」（〈答陳季立書〉，《崇相集》卷八，頁44）又謂：「（第）平生著書多自出意，《伏羲圖贊》尤為超絕，一筆圓成，當與〈太極圖〉表裡，斷然千古無疑也，予雖與兄議論間相左，至於此書則噤。」（〈祭陳一齋文〉，《崇相集》，祭文頁17）惜此地不可見。《禮》學有《二戴粹纂》，陳第不信《周禮》，謂：「《周禮》非尚古之書。」（見《尚書疏衍》卷四，頁42a）《儀禮》則未見討論。《春秋》學方面，著有《麟經直指》，就書名看，蓋拋棄三《傳》，專研《春秋》經文之作，但屬草未就而病篤，今已不見。

陳第藏書甚富，晚年編成《世善堂藏書目》一書，今所見之本，為「連江陳第手自編定，而其子孫時時增益其間者」（乾隆六十年鮑廷博〈跋〉）。是書之編纂，在目錄學方面，為編排獨具創意之作，先分經、四書、子、史、集、各家六大類，底下再分小類，許世瑛先生謂：「詳其類名，較以前各家特為詳悉。立類標準亦與眾不同，頗具創造之精神。如分置釋經之《爾雅》與通俗之字學於異部；特立《四書》類以與經類對立；集類之分小類，兼用時代、人物、體裁三個標準；史類新設鑑選、明朝記載、訓誡書、四譯載記、類編等小類；皆其特優之點。」（《中國目錄學史》，頁188-189）蓋陳第並非終生埋首書堆之專業學者，戎馬餘生，雲遊著述為娛，常能不拘舊格，別出心裁。

第三節　思想

底下分三點論述陳第之思想：

一　思想特色

陳第對於古今不同之勢，看得最通達，書中屢屢提出不可泥古非今的見解：

> 今日之言，非昨日之言，今日之事，非昨日之事，況於千萬世乎？故泥古者陋，達時者智。(《意言》，頁10)

> 識時達變，可與言道，拘儒多是古而非今，是遠慕麟鳳而近薄雞狗也，不知雞狗之用實當於晨夕。(《意言》，頁17)

蓋陳第十年戎旅生涯，著有事功，是從事實務的人才，思想頗務實。又曾謂：

> 亦有高明之士，博極載籍，然於國朝典制之書，未嘗弘覽；故與之談古則應，與之談今則退。又有博雅之士，淹貫古今，然性情背違，不可施之政事，君子所以嘆才難也。……故博古者貴通今，明理者貴達數，知道者貴治情。(《松軒講義》)

「博古」固然高明，但尤貴在「通今」，亦即求能「致用」，可以「施之政事」。他的經世思想也是相當切實而不唱高調的，如謂：

> 志在經世，何論戎馬經術；志不在經世，亦何論戎馬經術。如必經術皆是而戎馬皆非，則將傳所載如孔明、趙充國、郭子儀、岳武穆諸賢，亦在所擯斥矣，國家將何所恃賴乎？(《書札爐存》，〈答趙思國書〉)

經世不分文武，因為文武皆是道是學：

> 蓋道無不在，學無不在。如必以文為道為學，而以武為非道非
> 學，是淺之乎其論道學也已。(《書札爐存》)

要經世就要「達世務」：

> 識時務者在俊傑，若不達世務，終難致用。(《松軒講義》)

至於具體談到經世之道，陳第對於「利」的看法是值得注意的，他相
當務實地正視民生「利」的問題，不似腐儒以為利即貨財，盲目避之：

> 張生問：「孟子言義不言利，何謂義？何謂利？」曰：「爾以何
> 者為義，何者為利乎？」曰：「義乃道理，利乃貨財也。」
> 曰：「若以貨財為利而不言，則天子不問國課，庶人不理家
> 業，文臣不覈賦稅，武吏不稽兵食，是亂天下也，如之何而
> 可？且道理豈可空空無所著乎？」張生請問，曰：「義即在利
> 之中，道理即在貨財之中。」張生未達，曰：「利者，益己損
> 人，厚己薄人之謂；義者，公己公人，視人猶己之謂。如同此
> 賦稅也，出納平允則為義，私其羨餘則為利；同此兵食也，給
> 散公明則為義，稍有侵剋則為利；又如同此酒食，養親則義，
> 不顧父母之養則利；同此衣服，讓兄則義，不恤兄弟之好則
> 利。豈酒食衣服之外，別有所謂義，別有所謂利乎！即如讀書
> 作文，豈非聖賢君子之事，然其心曰：「吾欲藉此以澤民」，則
> 為義矣，其心曰：「吾欲藉此以肥家」，則讀書作文亦利矣。況
> 其他乎？故義利二字看得分明，則自天子以至庶人，不離國課

家業之中，自有公己公人之道。其學乃不流於虛，而天下家鄉
受其益也。」(《松軒講義‧義利辨》)

陳第認為：義利之辨，不在於所處理的對象是聖賢君子之事或貨財之
事，乃在於一己如何用心，以道德心處理酒食衣服或貨財，就是義，
而若不存道德心，即使面對聖賢君子之事如讀書作文，亦不能稱為
義。陳第又認為：所謂「利」就是物盡其用，謀全民之利：

牛馬用其力，虎豹用其皮，故或利其生以益世，亦或利其死以
資民，《春秋》經世之道也。(《意言》，頁9)

利並非不可求，而是要謀他人之利：

心作利人之想，口發利人之言，身行利人之事，仁也其庶乎？
(《謬言》，頁1)

己欲利而不奪人利，奚病言利；己欲名而不妒人名，奚病言
名？(《意言》，頁9)

至於為政之道，雖然重在謀全民之利，則當以民生為本，而民生又以
食為本，謂

天下不可一日無政，尤不可一日無食，故民生之樂，莫飽若
也，民生之苦，莫饑若也。(《意言》，頁2)

又謂：

問儒者治生為急，其言何如？曰：名言也，庶人足一家，天子
足四海。(《意言》，頁26)

因此，陳第思想特色在於務實，義利之辨不離民生日用。

二　對於「道」的看法

本文第四章討論陳第之《尚書》學時，將提及陳第一重要觀念，
即：他認為「理道可千載而互思」(《尚書疏衍》卷二，頁6b)，究竟
陳第對於「道」的體認如何？此處略作探討。

陳第認為：

視、聽、言、動，道之實體也；視、聽、言、動之中節，體道
之實功也。(《謬言》，頁1)

「視、聽、言、動，道之實體」意謂，道即體現於人與外界交接之各
種活動中。譬如：有「視」的活動，才能體現「非禮勿視」等「視之
道」。而使「視」的活動中節，亦即合乎道德法則，便是人「體道」
的切實功夫。陳第所以要強調視、聽、言、動為道之實體，蓋因其務
實，特重力行，嘗謂：

今有好古之士，窮年兀坐，百無猶為，存想虛明景界，以為真
得，及其應接紛紜，遂失虛明所在，依然舊時技倆矣，何益之
有？……故士而專於靜坐，則士之業廢矣；農工賈而靜坐，則
農工賈之業廢矣，天下豈有廢業而可以為道乎？(《松軒講義》)

體道必須在人倫日用之中，不能離開正常生活而專事靜坐。「心」與「事」亦不能判分，不能只保「心體」而不務實事，曰：

> 夫兢業在心，所以兢業在事。……今儒者之言曰：兢業，心體也，學者保此心體而已，事為之末，不足致意，是歧內、外而為二，判心、事而為兩，故往往騖於虛名，而無當於實用，豈聖人之學乎？（《書札爐存》）

蓋皆針對當時「瞑目端拱以言心性」（〈學周論〉，《松軒講義》，頁43）者發言。關於「心」，陳第曾言：

> 審諸心而言，則言庶幾矣，反諸心而行，則行庶幾矣，孰謂道之玄而聖之遠？（《謬言》，頁1）

認為只要反諸心而言行，則言行便庶幾近道矣。據此，陳第所體會的「心」是近於「良知」之心的。至於「道」，由以上所引述看，非形上意義的理道，乃是人倫日用的道德規範，如：

> 君子言道，無瞬而不言，言于妻子，言于僕俾，一啟口在也。君子行道，無息而不行，行于食飲，行于坐臥，一舉足在也。（《謬言》，頁8）

又如：

> 曾子曰：夫子之道，忠恕而已矣；孟子曰：堯舜之道，孝弟而已矣；周子曰：聖，誠而已矣；非實體者，孰能知其言之至乎？（《謬言》，頁5）

聖人之道，即是忠恕、孝弟、誠等道德價值。

　　將永恆不變的「道」作如此體會，優點是踏實，缺點則是以人為社會規範為「道德」。陳第《尚書疏衍》強調「聖賢異世而同心」（卷一，頁5）的理道，「理道」指五倫等，如「君臣之精神」（卷二，頁9a），認為君即使失道，仍是君上，臣即使聖賢，仍是臣下，君臣是無法改變的綱常關係（詳第五章第一節）。

三　思想路數

　　由以上述論可見，陳第之思想內容有陽明心學影響之跡，這在明代王學盛行之後，只是風氣之下自然而然的影響，而陳第本人與陽明學派卻無直接關係。陳第曾謂：

> 我朝二百年餘年，理學淵粹，功業炳耀，惟王文成。然文成之教，主於易簡，故未及百年，弊已若斯。（〈答許撫臺〉，《書札爐存》，頁19）

欣賞陽明其人，但對陽明之「教」卻有微詞。事實上，將王學流弊歸因於「文成之教主於易簡」，已顯露陳第對於陽明之學可能並不是十分契應的。陳第其實是以一己獨立自由之心靈在各學派之間優游，擇善而從的。譬如，他曾說：

> 問：主敬之學拘乎？曰：匪敬弗聚，惡乎拘。良知之學簡乎？曰：致知難矣，惡乎簡。問其弊，曰：善用之，無弊也；或者宋人之弊愚，今人之弊詐乎；與其詐也，寧愚。（《謬言》，頁3）

主敬之學也好，良知之學也好，善用之皆無弊，退一步說，則前者易愚，後者易詐，二者擇一，倒寧取主敬之愚，不見得心儀良知之學。又曾判朱、陸之辨之是非，謂：

> 或問：朱、陸之辨孰是孰非？曰：皆是皆非。或曰：是非，白黑也，必有分矣，皆是皆非，何也？曰：由其學皆可以入道，故謂之皆是，自其所學言之也；由其爭皆不可以語道，故謂之皆非，自其所爭言之也。（《意言》，頁3）

他認為：不論朱、陸，自其所學言之，皆可以入道，這裡，陳第掌握了成德之學的殊途同歸，而並不特別歸屬程、朱或陸、王的任一派。又，陳第本人頗好讀書，對於白沙、陽明之不強調讀書，亦有微詞：

> 書不必讀，自新會始也；物不必博，自餘姚始也。（《謬言》，頁37）

可見陳第在思想上根本不專主一家之學。曾與三教先生林兆恩遊，使他也不排斥釋、道。關於三教合一，他認為：

> 問：三教果合一乎？曰：其心一，其教三，故農、工、商皆衣食其家者也，其事各異；三聖皆愛利天下者也，其教亦異矣。以其教而併異其心，非也；以其心而強同其教，亦非也。（《意言》，頁6）

認為三教殊途同歸而有其同異。問佛，則曰：「聖人也。」（《謬言》，頁14）問莊子，則曰：「六經之外，能開戶牖，其識不可及也。」

（《謬言》，頁40）至於學問路數，則更是求其自得，漢學宋學[19]皆非其所主，謂：

> 宋人之詆訾漢儒也過甚，陰主其傳註而陽以為不知道也。今人之詆訾宋儒也抑又甚，其心悅其力行而口以為不知變也。豈未聞夫子竊比之義乎？（《謬言》，頁36）

因此，陳第雖接受了一些心學的影響，但本身並非一理學家。而且，不論思想或學術，都不歸屬任一派別。

---

19 按明代已提出漢、宋學問題，參林慶彰：〈明代的漢宋學問題〉。

第三章
陳第之古音學

第一節　陳第研究古音之背景與動機

　　上一章已略提及，陳第討究古音，緣起於其父木山公之疑叶音說，當時木山公只是提出了問題：「以近世律絕之詩，叶者且寡，乃舉三百篇盡謂之叶，豈理也哉？」（〈屈宋古音義跋〉）但因叶音說由來已久，木山公一時亦未有突破性之新見，因而寄望陳第：

　　　　爾豎子他日有悟，毋忘吾所欲論著矣。（同上）

陳第索證於古書，漸有創穫：

　　　　余於時默識教言，若介于胸臆，故上綜往古篇籍，更相觸證，久之豁然自信也。（同上）

日後讀焦竑之《筆乘》，其中有「古詩無叶音」一條（卷三，頁63）[1]，與素日所見相合，油然而喜，謂：「此前人未道語也，知言哉！」（〈毛詩古音考跋〉）萬曆三十三年（1604）遊金陵，便親訪焦竑，談及古音，欣然相契；又得焦氏借所未讀書，並加以補正，將萬曆二十九年（1601）已輯而未備之《毛詩古音考》修纂補充，萬曆三十四年

1　前一章已述及，木山公卒於《筆乘》初刊前一年，故疑叶音之非為其創見，與焦氏無關。

（1606）夏刻成行世。後因屈、宋《楚辭》音往往與《詩》合，萬曆四十一年（1613）又完成「屈宋古音義」一帙。

木山公並非深於學術者，他能注意到叶音問題，並且提出質疑，表示叶音問題在當時可能已具有某種程度之普遍性，一般讀書人都注意到；而為什麼當時一般讀書人都能注意到叶音問題，本文以為或與下列諸事有關：

一　《詩集傳》之流傳

明自太祖以來，試士專以四書五經命題，諸書各有定本。五經中，「《詩》主朱子《集傳》」[2]，此後《詩集傳》成為士子必讀書目，而《詩集傳》以叶音說《詩》韻，人所共知。木山公既曾求第[3]，當讀《詩集傳》。當時學者針對《詩集傳》之叶音而提出討論者大有人在，如楊慎：

> 虞字一也，此詩一音牙，一叶五紅，詩有二章而叶音二變，使詩五六章尾句同者，亦五六變乎？（《古音略例》，頁336）

蓋《詩集傳》卷一〈召南・騶虞〉第一章：「彼茁者葭，壹發五豝。于嗟乎騶虞！」虞字注「叶音牙」；而第二章：「彼茁者蓬，壹發五豵。于嗟乎騶虞！」虞字則注「叶五紅反」（頁27）。同一「虞」字，在同一篇詩中，可以同時叶二個毫不相關的音，而字義並無不同，楊

2　《明史》卷七十，〈選舉志二〉：「科目者，沿唐宋之舊，而稍變其試士之法，專取《四子書》及《易》、《書》、《詩》、《春秋》、《禮記》五經命題試士，蓋太祖與劉基所定。……《四書》主朱子《集註》……《詩》主朱子《集傳》……。」（頁1694）

3　見焦竑：〈陳木山公小傳〉，《澹園續集》十。

慎加以批評了，但楊慎的解決方式卻是溫和的，他緊接著說：

> 不知古詩有屢章而尾句同者，多不叶。（同上）

認為這只是個別字例的處理問題，如果詩是屢章而尾句相同，那麼尾句不必叶音。對於「叶音」本身，並未置疑；而且，楊慎對於「叶音」還有一套特殊的理論，詳本章第二節〈明代的叶音〉。焦竑的批評則是革命性的了，焦氏《筆乘》卷三曰：

> 騶虞一虞也，既音牙，而叶葭與豝；又音五紅反，而叶蓬與豵……如此則東亦可音西，南亦可音北，上亦可音下，前亦可音後，凡字皆無正呼，凡詩皆無正字矣。（頁63）

因而宣稱「古詩無叶音」。同樣是針對《詩集傳》的不合理叶音而發。

又，楊慎之《轉注古音略》成於嘉靖十一年（1532）[4]，書前附〈答李仁夫論轉注書〉，與李氏討論叶音問題（按楊慎以為叶音即轉注），是當時關心叶韻者不唯慎也。

據黃景湖先生研究，《詩集傳》裡〈國風〉一百六十首當中就有一一〇七處朱熹注了切語（包括一般反切和叶音反切）[5]，而大批的「叶音」（包括反切與直音）又顯現上述不合理的問題，士子讀《詩》，需要朗誦，音韻是個重要的問題，只要稍為留心，便不難產生疑問。

4　按書前有楊慎題辭，署「嘉靖壬辰九月二十九日」，見《升菴雜刻二十二種》，萬曆戊戌（1598年）刻本。

5　參黃景湖：〈詩集傳注音初探〉，《廈門大學學報》1981年第4期，頁136-146。

二　楊慎之古音學著作風行一時

　　楊慎（1488-1559）於明世宗嘉靖三年（1524）謫戍雲南[6]之後，投荒之暇，寄情於著述，隨作隨刊，風行天下。與古音有關者有：《轉注古音略》、《古音餘》、《古音略例》、《古音後語》、《古音獵要》等，嘉靖年間已有刊本[7]；又有以「丹鉛」為名之考證雜錄多種，刊於嘉靖二十六年（1547）。而隆慶三年（1569）便有陳耀文（嘉靖二十九年進士，生卒年不詳）作《正楊》以糾楊慎之謬，書前有李袞〈序〉，曰：

　　　　用修著《丹鉛餘錄》等書，至數十百種，搜奇抉譎……以是聲譽籍甚，從同無異詞。（學生本，頁1）

可見隆慶三年之前，楊慎之書已盛行於世。則木山公當及見，唯並無確切資料可證。楊書之盛行又由下述可見：胡應麟（1551-1602）於萬曆十八年（1590）為辨證楊慎之誤而作《丹鉛新錄》，書前之〈引〉云：

　　　　今（用修）所撰諸書，盛行海內……（《少世山房筆叢》，世界本，頁71）

　　萬曆三十五年刊顧祖訓編《狀元圖考》亦謂：

　　　　（用修）久居滇，益綜群籍，著作愈精，為海內宗，風流雅

6　參陳文燭：〈楊升菴太史慎年譜〉，《國朝獻徵錄》卷二十一，臺灣學生書局本冊二，頁865。慎於次年正月抵雲南。

7　今「國家圖書館」善本書室猶存嘉靖刊本。

致，人多稱之。（清初武林陳氏增補本，卷二，頁41下，〈楊
慎〉條）

俱可見楊書流傳當時。

就現有文獻資料看，楊慎研治小學之最初動機並不易追究。但知
楊慎學術方面極廣，據焦竑所編《升菴外集》百卷，含天文、地理、
宮室、人物、器用、飲食、經說、史說、子說、雜說、文藝、人事、
詩品、詞品、字說、動物、植物諸類，且素稱博洽好古[8]，則古音研
究特其「博古」之一端耳。但楊慎也曾刻意強調字學音韻之重要，
《古音後語》引《顏氏家訓・勉學篇》曰：

顏之推曰：世之學者讀五經，是徐邈而非許慎；賦頌，信褚詮
而忽呂忱；《史記》，專皮（徐）、鄒而廢篆籀，《漢書》，悅
應、蘇而略《蒼》、《雅》，不知書音其支葉，小學其宗系也。[9]

認為字學較音韻更重要。又引〈朱考亭答楊元範書〉云：

8　參陳文燭：〈楊升菴太史年譜〉，《國朝獻徵錄》卷二十一，臺灣學生書局本頁865。
9　按楊慎此處殆憑記憶，與原文略有出入，原文作：「夫文字者，墳籍根本。世之學
　　徒，多不曉字：讀五經者，是徐邈而非許慎；習賦誦者，信褚詮而忽呂忱；明《史
　　記》者，專徐、鄒而廢篆籀；學《漢書》者，悅應、蘇而略《蒼》、《雅》。不知書
　　音是其枝葉，小學乃其宗系。」（〈勉學〉第八，頁207）又按：據王利器注，「褚
　　詮」指褚詮之，《隋書・經籍志》著錄「《百賦音》十卷，宋御史褚詮之撰。」呂忱
　　撰《字林》，晉人；「徐」指宋中散大夫徐廣，曾作《史記音義》；「鄒」指南齊鄒誕
　　生，亦曾撰《史記音義》；「應」指後漢應劭，著有《漢書集解音義》；「蘇」指曹魏
　　蘇林，《漢書敍例》有引；《蒼》指三《蒼》（李斯《蒼頡篇》、揚雄《訓纂篇》、賈
　　魴《滂喜篇》），《雅》指《廣雅》（張揖撰）、《小爾雅》（孔鮒撰）。（《顏氏家訓集
　　解》，頁208）

　　字學音韻是經中一事，先儒多不留意，然不知如此等處不理
　　會，卻枉費了無限亂說牽補，而卒不得其本意，益甚害事也。

按此處朱子原作：「字畫音韻是經中淺事，故先儒得其大者多不留
意，然不知此等處不理會，卻枉費了無限辭說牽補，而卒不得其本
意，益甚害事也。」（《文集》卷五十，頁856）楊慎更易數語，其尤
重音韻小學之意昭然。楊慎以該博之學養，頗不滿於當時習俗浮薄之
學風：

　　近日之學，謂不必讀書考古，不必格物致知，正《荀子》所謂
　　喬宇嵬瑣者也。[10]（《丹鉛雜錄》卷一，頁4）

「讀書考古，格物致知」是楊慎所重視的，然其學駁雜，徒務博而
已，古音學著作雖多，卻觀念模糊。其說「叶音」，採「四聲互用，
切響通用」之說而略加修正，譬如，說「日」有「人忍任日」四聲，
因為「日生於若木」，故可以叶音「若」，而「人忍任日」四聲因與
「日」的意義無關，故不能叶音（〈答李仁夫論轉注書〉），並認為
「叶音」就是「展轉其聲而注釋為他字之用」的「轉注」（詳〈答李
仁夫論轉注書〉及《古音後語》），將字學與音學混為一談。關於楊慎
對於叶音的解釋，詳本章第二節。此處僅指出：由於楊慎古音觀念不
清楚，故其書風行天下之後，也更容易讓人發現問題。而楊慎雖然採
信「叶音」之說，卻也在某些個別字例上指出某音為古之「正音」而
非叶，如：

---

10 按《荀子・非十二子篇》：「假今之世，飾邪說，文姦言，以梟亂天下，喬宇嵬瑣，
　　使天下混然不知是非治亂之所存者，有人矣。」

> 栲，去九切，《說文》本作……《爾雅》栲山《疏》亦云……
> 然則栲之音口，正音也，非叶也。（《古音略例》，〈詩叶音例〉，
> 頁337）

其說「叶音」之不合理，易使人懷疑叶音之非，而說某些字音乃古之
正音而非叶，恐亦啟發人「古有正音，非叶也」的觀念。陳第曾謂楊
慎「博採精稽，猶未敢斷言非叶也」（〈毛詩古音考跋〉）、「尚依違於
叶音可否之間」（〈屈宋古音義跋〉），焦竑亦批評楊慎「猶未斷然盡以
為古韻也」（〈毛詩古音考序〉）。可見焦竑、陳第皆研讀楊慎著作而有
個人心得。再舉一例：徐光啟（1562-1633）曾著《毛詩六帖講意》，
據考當成於萬曆二十六至三十一年（1580-1585）間[11]，其中「正叶」
一目，〈國風〉一卷「小戎」曰：

> 楊用修所著《古音略》云：……愚以謂若只如此叶，顧亦未便
> 可解也。此為秦人詩，當省秦人語音。……當謂古今沿革多所
> 不同，惟方俗音韻日用相傳，當中古不變，古人為詩……止是
> 用其方言，稱情而作，若了此旨，便能宛轉相通，並無窒礙，
> 何須用叶？（頁110）

徐氏以為古無叶音，只是依方言押韻，今人只要以方言去讀，便能得
其本音，此說本文無意評論，唯指出徐光啟之不滿叶音，亦針對楊慎
《古音略》而發。又，徐氏《毛詩六帖講意》乃為傳授生徒以應科舉
而編[12]，則徐氏留意叶音問題，當同時受朱子《詩集傳》及楊慎古音
著作之影響。

11　參程俊英：〈徐光啟的詩經研究〉，《中華文史論叢》1984年第3輯。
12　同上。

三 明代戲曲盛行

　　明人留意叶音問題，疑與當世戲曲盛行不無干係。講求韻叶，為戲曲特色之一，而戲曲之韻又不同於詩，蓋詩韻平仄分用，而曲則平仄通押[13]，《詩經》中的一些「叶韻」，有些其實是因四聲不同而「叶」，例如，《詩集傳》中有「望，叶音亡」（頁2177）、「翰，叶胡千反」（頁2224）等，表面情形類似。明人留心戲曲者，或鑽研曲律曲譜，或從事戲曲創作，北曲多參《中原音韻》，南曲多準《洪武正韻》[14]；然據張師清徽《明清傳奇導論》，明代傳奇「犯韻」情形極多，則是否因為以方音押韻，而依韻書為標準則是「叶韻」或「犯韻」？總之，因留心戲曲而注意到叶音問題，當是極自然的。楊慎本身亦是戲曲作家，有曲作《陶情樂府》及《洞天玄記》、《孝烈婦唐貴梅傳》等傳世。焦竑今傳著作似無戲曲一類，然明沈寵綏之《度曲須知》[15]，書前列「詞學先賢姓氏」[16]，其中有「焦漪園（諱竑，字弱侯，山東日照人，萬曆乙丑狀元）」，其後注明：「以上名諸公，緣著作有關聲學，予前後二集稽採良多，用識爵里，不忘所自云。」與焦竑並列者尚有周德清、關漢卿、王實甫、沈伯時、王元美等，皆或有曲學論著，或有戲曲創作。可見焦竑亦曾有著作與戲曲有關。在戲曲盛行之時代環境中，多人留意到韻叶的問題，是很可理解的。

　　雖然當時多人討論「叶音」問題，但意見並不一致。如前舉楊慎認為叶音即轉注；而徐光啟以為不必叶音，以方音讀詩即可（按各人心目中之「叶音」是否相同，此處不擬細說，「叶音」在各時代之意

---

13 參鄭騫：《北曲新譜》，藝文。

14 參〔明〕沈寵綏：《絃索辨訛》，《歷代詩史長編》二輯（五）。

15 按沈寵綏生卒年不詳，《度曲須知》有〈自序〉兩篇，均作於崇禎十二年（1639年）。

16 參《歷代詩史長編》二輯（五），頁191。

義，留待下節討論。）也有人對「叶音」深信不疑的，如王驥德《曲律》（成於萬曆三十八年，1610年）論平仄第五云：

> 古無定韻，詩樂皆以叶成，觀三百篇可見。（《歷代詩史長編》二輯之四，頁105）

認為古代根本沒有定韻，詩皆以叶音而成，蓋指隨處為押韻而改讀。

　　由以上討論我們可作如下推測：明代以來，由於大談叶音的《詩集傳》成為士子必讀書目，加上講求韻叶的戲曲盛行，而楊慎又曾著力討治古音，著作風行一時，觀念上卻多漏洞，種種原因湊集，使得嘉、隆、萬曆年間，引起許多人注意古代「叶音」以及「古音」問題。這是由環境背景上談此時論說「叶音」之普遍性。另外，「叶音」說本身理論之發展，此時也已到了問題重重、亟待檢討的地步了，此詳第二節〈叶音說歷史考〉。

　　考察陳第言論，日常「醉飽經傳子史」（〈意言小序〉），曾教人「讀書當讀史」（陳第〈與林培之書〉）[17]，又教人「精熟五經」[18]，似未嘗強調音韻小學之重要，而處於當時王學盛行之學風中，其從事於古音考證之意義何在？〈毛詩古音考自序〉云：

> 夫《詩》以聲教也，取其可歌可詠，可長言嗟嘆，至手足舞蹈

---

17 按陳第云：「夫讀書當讀史，詩文實在所緩。史者古人實用，貴得其神髓，故定心忍性，死生不動，古人有之，持以自校，則德進。」（金《譜》八，頁78引）讀史的重要，乃是與「詩文」比較而得，並且，讀史的意義在於「進德」的「實用」性，並非經、史比較而重史；而且此似陳第偶發之論，並非一貫重史，陳第最重之學術，仍是經學，甚至以經書為信史，詳第四章〈陳第之《尚書》學〉。

18 董應舉：《崇相集》卷八〈答陳季立書〉：「承丈教我精熟五經，誠是矣，若以此遂謂天下無讀書人，弟謂不然。」（頁38）

而不自知，以感竦其興觀群怨事父事君之心，且將從容以紬繹
夫鳥獸草木之名義，斯其所以為詩也。若其意深長而于韻不
諧，則文而已矣。故世人篇章必有音節，田野俚曲亦各諧聲，
豈以古人之詩而獨無韻乎？（頁1a）

謂《詩》教在於「聲」，音韻和諧始能歌詠，長歌詠嘆中始能收陶情
益智之功。則考明古音之意義在於使古詩得其韻讀，據此，考求古音
似是為「詩教」服務。焦竑為《毛詩古音考》作〈序〉亦云：

韻之於經，所關若淺鮮；然古韻不明，至使《詩》不可讀，
《詩》不可讀，而正得失、動天地、感鬼神之教或幾于廢，此
不可謂之細事也。

古韻不明則《詩》教廢，說同陳第。然試再深一層去看，這並不是考
古音的真正動機所在。蓋若僅僅為了音韻和諧，不失其所以為詩者，
則依朱子《詩集傳》之叶音改讀，豈不有同樣的效果，且尤簡便易
行？陳第在《屈宋古音義》卷一「居」音「倨」下注：

如、居相韻，以今音讀之亦順，然古音不可不知。（頁18b）

顯然考古音並不單為了讀來和不和諧的問題，因為「以今音讀之亦
順」，但卻仍強調「古音不可不知」。陳第〈屈宋古音義自序〉又云：

……使天下後世篤信古音而不疑，是區區論著之夙心也已。
（頁2a）

其真正動機，大概還是個「反本修古，不忘其初」（《讀詩拙言》，頁
13b）的求知興趣。可見焦、陳時代，猶在理學傳統中，時人有「韻
之於經，所關若淺鮮」的觀念，古音研究尚未成風氣，時人亦不覺其
事重要，苦心孤詣者唯有在「詩教」的堂皇說詞下肯定自己的工作意
義，強調研究古韻的重要，但理由卻是說得不夠充分。

陳第〈毛詩古音考跋〉云：

> 使見者謂為是也，古音自此可明；謂未盡也，觸類引申必自是
> 始；如謂非也，則以待後世子雲而已。噫，大道難明，至學未
> 易辯也。

「大道難明，至學未易辯」道出了自以為曲高和寡的心聲。觀此，也
可見陳第所關心實在於知識本身，「陳第著《毛詩古音考》，也不過是
要糾正明人廢學之病」[19]的說法似須商榷，若為糾正時人廢學之病，
當由入門基礎學開始，乃以難明之至學欲砭普世廢學之病，理無可
通。陳第以求知的興趣、嚴謹的方法，著成《毛詩古音考》，在普世
廢學的時代，成為空谷足音，後人看來，的確可認為這構成對當世人
的一種批評。但若要說是陳第本人著書的「動機」，則尚須斟酌。今
日我們用「廢學」一詞，「學」字的意義基本上是知識之學，但在陳
第則不然，陳第心目中的「學」是「成德之學」，此觀其《謬言》可
知。《謬言》第一目即〈論學〉，四十條中，無一論及知識之學，如第
一條便是「視、聽、言、動，道之實體也；視、聽、言、動之中節，
體道之實功也。」其他則論及「聖門之學」、「主敬之學」、「良知之
學」等，「學」的意義，不在於知識。《毛詩古音考》之作，雖有求客

19　余英時：〈從宋明儒學的發展論清代思想史〉，《歷史與思想》，頁108。

觀知識的趣味（詳第三章第三節），但並不能因此而認為陳第是個
「論學傾向於智識主義的學者」[20]，必須將陳第的古音學與《尚書》
學並觀，才能對陳第之學術旨趣有接近事實的瞭解。蓋陳第之著述不
只《毛詩古音考》，還有其他經學著作。就《尚書疏衍》來說，梅鷟
廣稽博引，考證《古文尚書》偽作，不能算是廢學者，陳第卻大加批
評，謂：「孰是書也，而可以偽疑之乎？故疑心生，則味道之心必不
篤矣。」（《尚書疏衍》卷一，頁8a）以「反考證」的態度，批評另一
位從事經典「考證」的學者（詳第四章第三節），這其中還有複雜的
情況需要解釋。

　　陳第又有〈毛詩古音考詠〉：

> ……著書雖絕妙，違世空沉冥。所以揚雄氏，皓首《太玄》
> 經。《毛詩》本古韻，自少聞趨庭。晚逢焦太史，印可愜心
> 靈。稽援慚寡陋，孤唱誰當聽。寂寞棄篋笥，寸衷曾不悔。匪
> 為一時言，冀以俟千載。（《寄心集》卷三，頁9a）

寂寞孤唱，本不奢求見知當時，自視為名山事業，必待知之後世。陳
第研究古音，遙契揚雄，重新肯定並發揚揚雄所代表的學術傳統，在
當時代的確不同凡響。楊慎、焦竑之「博古」，在作風上都有把學問
當「古董」賞玩的興味；陳第則不同，他重建一個學術傳統，而且表
現了卓越的成績，嚴謹的態度，迴異當世。[21]不到百年，即有顧炎武

---

20 余英時：〈從宋明儒學的發展論清代思想史〉，《歷史與思想》，頁109。

21 按陳第遙契揚雄之說，承梅老師提示。梅老師又指出：陳第「意言」之風格與揚雄
　　《法言》極接近，而不同於明代一般格言式的文字，見陳第取徑之高。聞之頗受啟
　　發，謹誌此以待進一步研究。又，梅老師經常以更寬廣的視野啟發我思考問題，在
　　此敬表謝忱。

踵其業[22]，揚其光。陳第為古音之重構開蹊闢徑，啟有清一代古音學研究之門，而此中天地之大，殆亦始料未及。

第二節　「古無叶音」說考論

一　「叶音」說歷史考

近代研究音韻學史的學者，對於「叶音」（或稱叶韻）往往作如下解說，且認為陳第在古音學史上之成就，在於破除叶韻，直言古音。如王力謂：

> 南北朝以後，研究《詩經》的人有「叶韻」的說法。因為當時的人讀起《詩經》來，覺得許多地方的韻不諧和，於是他們以為某字該改為某音，以求諧和，這就是所謂「叶韻」，或稱「叶句」。……到了陳第，然後把「叶韻」之說根本推翻。（《漢語音韻學》，頁235、238）

張世祿謂：

> 到了六朝、隋、唐一般音義家，凡是遇見上古詩歌或其他韻語裡和當時音讀不和的地方，往往改讀字音，以求諧和。……這種協句、合韻之說，又為宋人「叶韻」之所自出。……叶韻原來是用後代的語音勉強合於古書中，和研究古音的根本觀念相違背。……明代楊慎、陳第諸人竭力排斥叶韻的謬誤；……陳

---

22 按康熙十九年（1680年），顧炎武有〈音學五書後序〉，此書數刻，如康熙六年（1667年）便曾刻於淮上，參《顧亭林先生年譜》。

第……抱著這種語音歷史和地域的觀念，所以能破除叶韻，直言古音。(《中國音韻學史》，下冊頁262、265、267)

董同龢謂：

……他們用自己的音來讀《詩經》，覺得某字不合，就臨時改為自己認為合宜的音。後來一度盛行的「叶韻」說，也就是從此開始的。……由我們看，所謂「叶韻」實在是以今律古而削足適履的辦法。……能澈底廓清叶韻說的是與焦竑同時的陳第。(《漢語音韻學》，頁237、238)

學者大致認為叶音之說起於六朝。因為不明白古今音異，於是隨意改讀古詩，以今音強合古韻，因此，叶韻是「和研究古音的根本觀念相違背」的。又認為直到明代陳第（1541-1617）才徹底推翻了這種錯誤的叶音觀念。張世祿甚至說：「近代古音學的創立，完全是由破除叶韻的迷障。」(《中國音韻學史》，頁266)焦竑（1541-1620）曾說：

古韻久不傳，學者于《毛詩》、《離騷》，皆以今韻讀之，其有不合，則強為之音，曰：此叶也，……如此則東亦可音西，南亦可音北，上亦可音下，前亦可音後；凡字皆無正呼，凡詩皆無正字矣，豈理也哉？(《焦氏筆乘》，〈古詩無叶音〉，卷三，頁63)

陳第云：

……故以今之音讀古之作，不免乖剌而不入，于是悉委之叶。(〈毛詩古音考自序〉)

認為叶音是以今律古、不明古韻的作法，而主張「古無叶音」。陳第著有《毛詩古音考》及《屈宋古音義》二書，其旨趣便在於「發明古音，以見叶音說之謬也。」（〈屈宋古音義凡例〉）

　　然而，叶韻說與古音之考求果真背道而馳嗎？至少，清人曾有異說，江永（1681-1762）云：

　　　　唐人叶韻之叶字亦本無病，病在不言叶音是本音，使後人疑詩中又自有叶音耳。（《古韻標準例言》，廣文本頁5）

錢大昕（1727-1786）亦曾云：

　　　　其後沈重作《毛詩音》，于今韻有不合者謂之協句……，所云協句即古音也。（《音韻問答》，《潛研堂文集》卷十五，頁1b）

認為沈重協句、唐人叶韻之音，實乃古之本音。若依此見，則「叶韻」之起，即追究古音之始，叶韻說與古音之考求並不相悖。

1　六朝隋唐之協韻

　　此一時期，尚未見「叶韻」用法，唯有「協韻」、「合韻」、「取韻」諸詞，[23]後世皆以為名異實同。以下試作討論。

　　張文軒（1982：97）主張：「徐邈著《毛詩音》時，引作參考的《毛詩》『鄭音』中就已經有叶韻。」所據唯〈商頌‧長發〉「為下國駿厖」《釋文》注：「厖，莫邦反，厚也。徐云：鄭武講反，是叶拱及寵韻也。」（頁107）鄭音是否叶韻本文暫採保留態度，原因如下：

23　《詩‧商頌‧長發》厖字《釋文》注：「鄭音武講反，是叶拱及寵韻也。」（頁107）偶用叶字（抱經堂本、經注本、四庫本皆同），未知是否後世所改。

（1）曹憲《博雅音》（約590-618）[24]卷四釋詁「肜」字有平上二
讀（亡江反、亡項反，頁1532），則鄭音上聲一讀就不大可
能是鄭玄臨時為韻而改讀。戴震《聲韻考》云：「古音之說
近日始明，然考之於漢，鄭康成箋《毛詩》云：『古聲填、
寘、塵同』，及注他經言：『古者聲某某同』、『古讀某為
某』之類，不一而足；是古音之說，漢儒明知之，非後人
始創議也。」（卷3，頁3a）鄭玄既深明古今音異，則為韻
而任意改讀的可能性不大。再者，若「武講反」一音果為
鄭玄臨時以己意改讀，則曹憲為何收入博雅音中？

（2）「是叶拱及寵韻也」很可能是徐邈的解釋語。上文提及：此
一時期尚未見「叶韻」用法，僅此一處例外，是否原貌，
不得而知。況且，徐邈的意思是：鄭之所以採用上聲一
讀，是為了與上聲的拱字及寵字押韻，所謂「叶……韻
也」，與為韻而隨意改讀的「叶韻」無關。

或以為，「叶韻」之說，今可考者當起於許邈（344-397）[25]，本文亦
以為不然。所資材料見於《經典釋文・毛詩音義》引，凡三例：

1. 〈召南・行露〉「何以速我訟」，《釋文》：「訟，如字。徐取
韻音才容反。」

2. 〈邶風・日月〉「寧不我顧」，《釋文》：「本又作顧，如字。
徐音古，此亦協韻也。」

3. 〈小雅・巧言〉「曰父母且」，《釋文》：「且，徐七余反。協
句應爾，觀箋意宜七也反。」

---

24 參董忠司：《曹憲博雅音之研究》，頁3，及〈顏師古所作音切之研究〉，頁520。

25 據《晉書》卷九十一〈儒林傳〉（鼎文本，頁2358），徐邈於晉安帝隆安元年（397
年）卒，年五十四，當生於晉康帝建元二年（344年）。

2、3例之「協韻」、「協句」實陸德明（約550-630）解釋語，似不易
遽定徐邈是否有協韻之說。張文軒（1982：99）以為：「『協句』、『協
韻』的說法，沈重、陸德明多次使用，而『取韻音』只此一見，如果
不是出自徐邈，便成了無根之木。」說服性似猶不足。經考察，三例
之「取韻」音或「協韻」音皆非隨意改讀：例1.之訟字，切二、全王
收有平、去二讀（詳容反、徐用反），徐取韻音「才容反」即「詳容
反」一讀。[26]而最早的顧野王（519-581）《原本玉篇》訟字音似縱
反，縱字音子凶反，亦是平讀。例2顧字，《尚書·微子》「我不顧行
遯」，《釋文》注：「音故，徐音鼓。」（頁45）此處顧字並非韻腳字，
而徐注上聲，知《詩·日月》章顧字上聲一讀非徐為韻而臨時改讀。
例3.且字，按《釋文》中「且」字徐音凡九見，除此一處音七餘反
外，其他八處作「子餘」、「子胥」、「子余」切[27]，唯聲母有精清之
別，若徐邈為韻而改讀，為何改聲母呢？則或者徐音中「且」有「子
餘」、「七餘」二音；或者此處「七」字乃涉下文而誤，「七餘」切即
「子餘」諸切。又，周祖謨〈唐本毛詩音撰人考〉，（《問學集》，頁
162-167）提及《詩·靈臺》「王在靈囿」，《釋文》云：「囿音又，徐
于目反。」周氏謂：「徐作于目反者，取與『麀鹿攸伏』協韻。」（頁
162）然《左莊·十九年》「取蒍國之囿以為囿」，《釋文》注：「音
又，徐于目反。」（頁233）囿非韻腳字，而徐有「于目反」之音，則
〈靈臺〉詩之「于目反」一音，顯非臨時改讀。周祖謨又謂：〈文王
有聲〉「王后維翰」，《釋文》：「翰，戶旦反，徐音寒。」是為協韻
（頁162），然《釋文》「翰」字徐音凡四見，不一定出現於韻腳，而

26　才與詳有從母、邪母之異，但早期韻書中從邪二母關係密切，經常互通。參杜師其
　　容〈毛詩釋文異乎常讀之音切研究〉（1965年，頁52）。

27　《詩·巧言》作七餘反，《詩·君子偕老》、〈東門之枌〉、《禮記·曾子問》、《莊
　　子·大宗師》、〈在宥〉、〈天運〉，皆作「子餘反」，《詩·溱洧》作「子胥反」，《莊
　　子·德充符》作「子余反」。參簡宗梧：《經典釋文徐邈音之研究》，頁192。

皆作平聲[28]，疑徐多存古音，或徐之方音近古，徐以其本音注之，而
「協句」、「協韻」、甚至「取韻」，皆陸德明解釋語。故「協韻」之說
不得謂始自徐邈。

《經典釋文》中又引沈重（500-583）[29]協音二例，本文以為，協
韻說可考者，實濫觴於此，但也很難說是以己意臨時改讀。

> 1. 〈邶風・燕燕〉「遠送于野」，《釋文》：「野，如字。協韻羊
>   汝反。沈云：協句宜音時預反，後仿此。」
> 2. 〈邶風・燕燕〉「遠送于南」，《釋文》：「南，如字。沈云：
>   協句宜乃林反，今謂古人韻緩，不煩改字。」

沈重「協句」的「時預反」與「乃林反」二音，就現有資料看，還找
不出確切的根據；但我們可以由當時音韻觀念以及學術發展情況，對
沈重協句取音的態度，作比較合理的瞭解。過去，學者多根據例2說
明二種態度，其一是陸德明的「今謂古人韻緩，不煩改字」，可以董
同龢先生語作說明：「這是表明他又不大贊成改音叶韻的說法。對於
古書韻語與後代不同，他的看法是：古人用韻比較寬，『南』與
『心』雖不同韻，也可以勉強押得。」[30]其二是沈重的「改字」以叶
韻，即「用自己的音來讀《詩經》，覺得某字不合，就臨時改為自己
認為合宜的音」[31]。陸德明的態度，容後詳論。關於沈重，若果如上

---

28 《左傳・成十六年》「翰胡曰」，徐「音韓」。〈文王有聲〉「王后維翰」、〈板〉「大宗
　維翰」、《禮記・孔子閒居》「惟周之翰」，徐皆「音寒」。又，簡宗梧亦有「仙民
　（徐邈字）多存古音」之結論。

29 《周書》卷四十五，〈儒林傳〉載沈重「開皇三年（583年）卒，年八十四」（鼎文
　本頁810），《北史》卷八十二同。則沈當生於北魏宣武帝景明元年（500年）。

30 董同龢：《漢語音韻學》，頁239。

31 同上，頁237。

述，是臨時以己意改讀，則背後的假定是：沈重根本不知古今音異，且態度輕率，任意給音。但事實上，古今音異的觀念，自漢以來，學者皆深明之，鄭玄、劉熙、韋昭、顏之推等都有明言[32]，若說音義家沈重獨不知曉，理無可通；而既知古今音異，卻又師心臆造音讀，亦難理解。其次，我們也不當低估前代學者的治學態度，以為他們會毫無根據、不負責任地臆說。據本文研究，即使是大為世人詬病的朱子叶韻音，都有其自以為是的理論根據（詳後）。既是學術，就有它在方法、態度上的基本要求，結論容或有錯誤，但在態度上，我們卻不能設想古代音義家是如此不嚴謹，不講根據。再者，據本文研究所得，後人以為唐顏師古的「合韻」是以意改讀的「叶韻」，根本誤解。顏氏實為以古代韻文推考某字「古有某讀」，是在「古今音異」的認識下，以考證的方法，求知古音。沈、顏時代相距不遠，則沈音「南」為「乃林反」，態度或方法上不必只有「任意改讀」一種可能。也很可能是據古代韻文而考知古音「南」為「乃林反」；甚至，當時存有富古音色彩的「尼心反」一讀，沈重取以為協韻音，也不是全無可能。陸德明所謂「改字」，也不一定只有「臨時改為自己認為合宜的音」一種解釋。

　　至於陸德明，《釋文》中陸氏協韻音有二十二處之多，並不是以為「古人韻緩」而不主張「協韻」；只是，對於「協韻」的確切意義，我們還需要精密地檢查所有的材料，作正確的瞭解。底下便對陸氏二十二個協韻音一一分析。

---

32 錢大昕：「曰古今音之別，漢人已言之，劉熙《釋名》云：『古者曰車聲如居……今曰車聲近舍。』韋昭辯之云：『古皆音尺奢反，從漢以來始有居音。』此古今音殊之證也。」（〈音韻答問〉，《潛研堂文集》卷十五，頁1a）；顏之推（531-591年後）云：「古語與今語殊別。」（《顏氏家訓・音辭篇》，頁473）

1. 上所舉例1「野」字，陸德明謂「協韻羊汝反」，查《周禮・夏官・職方氏》「其澤藪曰大野」，《釋文》「野」下注云：「如字，劉音與。」劉當指劉昌宗，「與」字《廣韻》上聲音「余呂切」，即陸之「羊汝反」，則陸氏此音並非憑空杜撰。[33]

2. 〈終風〉「惠然肯來」，《釋文》：「如字，古協思韻，多音梨。」「古協思韻」已可見陸氏仔細觀察過古代押韻情況，所謂「協」音，著眼點在於「古」韻，而非以今音讀之。至於「梨」音，亦有所本。查《儀禮・少牢饋食禮》第十六「來女孝孫」，《釋文》：「依注音釐，力之反，……劉音釐。」（頁163）釐梨雖有之韻、脂韻之別，然〈終風〉「來」與之韻「思」字押韻，陸氏脂之不別；「梨」音當即劉昌宗之「釐」音。按《釋文》中脂之不別之例所在多有，如脂韻彝字（以脂切），《釋文》音以之反；飢（居夷切）音居疑反（之韻）；尼（女夷切）音女持反（之韻）等，俱是以之切脂[34]，或謂：若「音梨」乃取自劉昌宗，則陸氏何不照抄，音「釐」？然《釋文》中注音用字不統一乃常見現象，如「車」字即有「尺遮反」、「尺奢反」、「昌蛇反」三同音異切[35]，則陸氏取劉音作協韻音而謂音梨，亦無足奇。「梨」音即劉昌宗之「釐」音。

3. 〈蟋蟀〉「職思其居」，《釋文》：「義如字，協韻音據。」查〈唐風・羔裘〉「自我人居居」，《釋文》：「如字，又音據。」此居字與故字韻[36]，不言「協韻」，而言「又音」，參〈蟋蟀〉章注「義如字，協韻音據」，知當時居有平、去二音，義各異。

33 《周禮》一則，說本張文軒〈試析陸德明的協韻〉，頁125。
34 參王力：〈經典釋文反切考〉，頁24。
35 同上，頁40。
36 〈羔裘〉：「羔裘豹袪，自我人居居。豈無他人？維子之故。」

4. 〈北山〉「或出入風議」，《釋文》：「如字，協句音宜。」查顏
師古（581-645）《匡謬正俗》曾云：「或問誼、議二字今人讀
為宜音，得通否？」（卷六，頁73）顏、陸（約550-630）時代
相當，則議之平聲讀亦為時音。

5. 〈采薇〉「歲亦莫止」，《釋文》：「音暮，本或作暮，協韻武博
反。」全王僅「暮各反」一讀，即「武博反」。協韻音即本
音，音暮是讀為假借字音。

6. 〈采蘋〉「宗室牖下」，《釋文》：「如字，協韻則音戶。」協韻
音「戶」又見於隋釋道騫《楚辭音》殘卷：「下，協韻作戶
音。」[37]騫公為陳隋間人，與陸德明時代相當，而同一協韻
音，二者或共有所本。

7. 〈著〉「俟我於著乎而」，《釋文》：「直居反，又直據反，又音佇；
詩內協句宜音直據反。」陸氏已明言「著」字有「直居反」、
「直據反」、「佇」三音，「直據反」並非臨時為協句而改讀。

　　以上七例協韻音，俱有所據。以下十四例，則皆見於《切韻》又
音。這就牽涉到《切韻》與《釋文》成書孰早的問題，究竟又見於《切
韻》又音的協韻音，是代表當時存在的音，或是《切韻》採取《釋文》
中的協韻音讀？查《切韻》成書於隋文帝仁壽二年（602）[38]，《經典釋
文》之成書年代，舊說在未入隋以前，但據張寶三先生考，書中多處
述及隋大業以後始置之地名，而此類地名為後人所增之可能性殊小[39]，
據此，則《釋文》成書尚晚於《切韻》，根本不可能是《切韻》採用

---

37 參周祖謨：〈騫公楚辭音之協韻說與楚音〉，《問學集》，頁173。

38 參王國維：〈書巴黎國民圖書館所藏唐寫本切韻後〉，《觀堂集林》卷八，頁357。

39 參張寶三：《毛詩釋文正義比較研究》（臺北：臺灣大學中國文學研究所碩士論文，
1986年），頁39-42。

《釋文》的協韻音。然今所見《切韻》，切一僅殘存部分上聲，切二僅存部分平聲，切三部分平、上、入聲，全王則僅去、入二聲全，平聲上、下及上聲中有闕佚。今《釋文》協韻音又見於《切韻》又音者，除少數見於切二、切三外（詳下），大抵見於全王，王仁煦既是「刊謬補闕」，則或疑是否有王氏搜索《釋文》協韻音之可能，然查王仁煦〈序〉，其所以刊謬補闕，乃因陸法言《切韻》「字少，復闕字義」，其宗旨並不似《集韻》之網羅舊讀；而且，並非所有協韻音俱見全王，而有些見於全王的又音，在《切韻》之前已經存在（詳下），則據此以推陸氏協韻音多採時傳又音，而非憑空杜撰，當非過論。

8. 〈關雎〉「鐘鼓樂之」，《釋文》：「音洛，又音岳；或云：協韻宜五教反。」全王：樂，五教反，又五各反。

9. 〈何彼襛矣〉「王者之車」，《釋文》：「協韻尺奢反，又音居；或云古讀華為敷，與居為韻。」全王：車，昌遮反，又音居。「尺奢反」一音，漢代已有，韋昭已謂：「（車）古皆音尺奢反，從漢以來始有居音。」

10. 〈柏舟〉「逢彼之怒」，《釋文》：「協韻乃路反。」全王：怒，乃故反，又奴古反。

11. 〈載馳〉「我思不遠」，《釋文》：「于萬反，注同，協句如字。」切三：遠，雲晚反。

12. 〈中谷有蓷〉「嘅其嘆矣」，《釋文》：「本亦作歎，吐丹反，協韻也。」切三：嘆，他丹反。全王：歎，他旦反。

13. 〈蜉蝣〉「於我歸說」，《釋文》：「音稅，舍息也，協韻如字。」全王：說，失熱反，又翼雪反，又失銳反。

14. 〈北山〉「或不知叫號」，《釋文》：「戶報反，召也；協韻戶刀反。」全王：號，胡刀反、胡到反。

15.〈都人士〉「萬民所望」，《釋文》：「如字，協韻音亡。」全
　　王：望，武放反，又武方反。

16.〈鳧鷖〉「福祿來為」，《釋文》：「于偽反，助也，注同；協句
　　如字。」全王：為，蘧支反，又于偽反。

17.〈雲漢〉「寧莫我聽」，《釋文》：「依義吐定反，協句如字。」
　　全王：聽，他定反，又他丁反。

18.〈崧高〉「戎有良翰」，《釋文》：「協句音寒。」切三：翰，胡
　　安反，又胡旦反。

19.〈韓奕〉「韓姞燕譽」，《釋文》：「譽，協句音餘。」切二：
　　譽，與魚反，又與據反。譽字《原本玉篇》已收「餘庶」、
　　「與舒」二反。

20.〈訪落〉「未堪家多難」，《釋文》：「如字，協韻乃旦反。」全
　　王；難，盧（按當為誤字）旦反，又奴丹反。

不見於《切韻》，且目前尚未尋獲來源者，僅有以下二例：

21.〈靜女〉「美人之貽」，《釋文》：「協韻，亦音以志反。」
22.〈載馳〉「載馳載驅」，《釋文》：「字亦作驅，如字，協韻亦音
　　丘。」

但陸氏此二處皆用「亦音」，則或為時傳又音。《禮記‧曲禮》
「禮不諱嫌名」，鄭玄《注》：「嫌名謂聲音相近，若禹與雨，丘與區
也。」（《禮記正義》卷三，頁58）則从「區」之「驅」字有「丘」一
讀，不無可能。

檢查過以上二十二例，知陸德明協韻音幾乎全為現成音讀，無一
虛構。《經典釋文‧序錄》云：「夫質有精麤，謂之好惡（竝如字），

心有愛憎稱為好惡（上呼報，下烏路反）；當體即云名譽（音預），論
情則曰毀譽（音餘）……此等或近代始分，或古已為之，相仍積習，
有自來矣，余承師說，皆辨析之。」知異音別義其來已久，如上所引
惡字二音，《顏氏家訓・音辭篇》已謂此音見於葛洪、徐邈[40]；而譽字
《原本玉篇》已收餘庶、與舒二反。此皆非陸氏師心臆造。（按此處
僅追究其音是否杜撰，至於以音別義是否為「強生分別」[41]，與此處
論旨無關。）而陸氏之以協韻說詩，更非不知古今音異，戴震
（1724-1777）《聲韻考》已有說：

> 唐陸德明《毛詩音義》雖引徐邈、沈重諸人、謂合韻、取韻、
> 協句[42]，大致就詩求音，與後人漫從改讀名之為協者迥殊，而
> 〈召南〉華字云「古讀華為敷」，于〈邶風〉南字云「古人韻
> 緩，不煩改字」，是陸氏固顯言古人音讀及古韻今韻之不同
> 矣。（卷三，頁3a）

謂陸德明乃「就詩求音」，且深知古今音異。就上文考論，知陸氏協
音多來自時傳又音或古注古讀，並非「用自己的音來讀《詩經》」，而
「又音」就今日之瞭解，造成原因之一是古今音變[43]，因此，又音中
可能包含了古讀。此外，陸氏明言「古人韻緩」，則表示已經觀察過
古韻，「不煩改字」正顯示其意欲保存古韻原貌，若果如後來學者以

---

40 〈音辭篇〉：「夫物體自有精麤，精麤謂之好惡；人心有所去取，去取謂之好惡。此
　　音見於葛洪、徐邈。」
41 顧炎武：《音論》卷下〈先儒兩聲各義之說不盡然〉條，以及錢大昕《十駕齋養新
　　錄》卷一、卷四、卷五論及一字兩讀，有類似意見，皆以為兩聲各義乃後來經師強
　　生分別，周祖謨〈四聲別義釋例〉，《問學集》，頁82-83。
42 按陸氏不曾言合韻，合韻乃顏師古所用，詳下文。
43 參金周生：《廣韻一字多音現象初探》，輔仁大學中研所碩士論文，1979年。

為是：「用自己的音來讀《詩經》，覺得某字不合，就臨時改為自己認為合宜的音。」（見前引）則三百篇當注協音者絕不止二十餘字。陸氏言「古人韻緩」無礙於其說協音，並非「古人韻緩」與「協音」為互不相容之兩派。

學者注書時考慮到押韻問題以決定音義，今可見最早者為魏晉之孫毓[44]，〈王風・揚之水〉「揚之水，不流束蒲」，《釋文》：「如字，毛云：草也，鄭云；蒲柳也。孫毓云：蒲草之聲不與戍、許相協，《箋》意為長。今則二蒲之音未詳其異耳。」協韻之說或許與此有關。由於協韻音皆存於又音或古注古讀中，因此，「協韻」音中便保存了古音。

陸德明之後，唐代注釋家說協韻者有：顏詩古（581-645）、李善（630-689）、李賢（651-684）諸人。顏氏注《漢書》，協韻凡七十二處[45]，去其重，共六十一字注協音。師古不言協韻，而言「合韻」，張文軒以為避諱使然，蓋其曾祖名協，字子和[46]。七十二例中，有六十九例原因在於聲調，據目前初步之觀察，有下列各種情況：

1. 已見於《釋文》者，如「翰，合韻音韓」（卷87〈校獵賦〉）、「望，合韻音亡」（卷二十二〈郊祀歌・天門〉）、「顧，讀如古，協韻。」[47]（卷七十三〈諷諫詩〉）。

---

44 陸德明《經典釋文・敘錄》：「毓字休朗，北海平昌人，晉預州刺史。」《隋志》題毓為「晉常沙太守」；《魏志・臧霸傳》「孫觀……假節從太祖討孫權戰，被創薨。子毓嗣，小至青州刺史。」嚴可均《全晉文編》卷六十七「毓字仲，……魏時嗣父觀爵……入晉為太常博士……」，知其時代在魏晉時，早於徐邈。

45 董忠司：〈顏師古所作音切之研究〉，頁540，及張文軒：〈從初唐協韻看當時實際韻部〉，頁193-199。

46 參張文軒：〈從初唐協韻看當時實際韻部〉，頁191。《梁書》卷五十有〈顏協傳〉。

47 按唯此處用「協」字。

2. 取異音別義之破音者，如「喜，合韻音許吏反」，查《漢書‧廣陵王傳》「何用為樂心所喜」，韋昭注：「喜，許吏反。」《漢書‧循吏傳》「霸少學律令，喜為吏」，師古注：「喜，謂愛好也，音許吏反。」又，《莊子‧讓王》「不祈喜」，《釋文》：「喜，如字，徐許記反。」知喜原有去聲一讀。如此之例凡八，「喜」之外有：「喪，合韻音先郎反」（〈賈誼傳〉〈鵩鳥賦〉）、「來，合韻音郎代反」（〈司馬相如傳〉〈封禪文〉）、「聞，合韻音問」（〈韋賢傳〉〈自責詩〉）、「居，合韻音基庶反」（〈韋賢傳〉〈戒子詩〉）、「易，合韻音戈赤反」（〈揚雄傳〉〈長楊賦〉）、「漁，合韻音牛助反」（〈揚雄傳〉〈解嘲〉）、「學，合韻音下教反」（〈敘傳〉〈述匡張孔馬傳〉）。[48]

3. 殘存古讀音，師古考信者。如：「信，合韻音新」（卷一〇〇），《漢書‧王莽傳上》「信鄉侯佟」，師古注云：「〈王子侯表〉清河綱王子豹始封新鄉侯，傳爵至曾孫佟，王莽篡位，賜姓王，即謂此也。而此傳作信鄉侯，古者新、信同音故也。」可見合韻音即古音。且師古是今可見最早以古代韻文及方言等資料考證古音者，吳棫《韻補》在方法及旨趣上正是承繼顏師古，詳本章第四節。師古「合韻」絕非不知古今音異。

《四庫提要》曾批評師古：「唯拘於習俗，不能知音有古今，其註《漢書》動以合聲為言，遂與沈重之音《毛詩》，同開後來叶音之說。」實則師古〈漢書敘錄〉已明言「古今異言，方俗殊語」，不僅知古今音異，且知語有方俗。而由以下二例，尤可見師古「古韻」觀念清晰，並不以今律古：

---

48 詳參張文軒〈論「協韻」和「讀破」的關係〉（頁115-116）。

1. 《急就篇》卷一：「尹李桑，蕭彭祖，屈宗談。」師古注：
　「……以談合桑，古韻疏也。」（頁15b）[49]

2. 《急就篇》卷二：「痛無忌，向夷吾，閎并訢，竺諫朝。」師
　古注：「以朝韻吾者，古有此音，蓋相通也。班固〈幽通賦〉
　曰：巨滔天而泯夏，考遄愍以行謠，終保己而貽則，里上仁之
　所廬。類此甚多，不可具載。」（頁9a）[50]

若師古心目中之合韻意謂「以今音讀之不協，則臨時改讀」，則此處
大可予一叶韻音以解決，毋須解釋「古韻疏」，又引其他韻文以證古
讀。師古注《漢書》，如此之例甚多：

1. 卷三十二〈張耳傳〉注：「蘇音祇敬之祇，音執夷反；古音如
　是……今其土俗呼水則然。」（頁8a）

2. 卷一下〈高帝紀〉注：「戇，愚也，古音下紺反，今則竹巷
　反。」（頁22a）

---

49 師古注意到談、桑押韻是特殊的古韻現象，也是極精密的觀察。清人研究發現不少
　談部與陽部押韻的例子，以例外押韻視之。如段玉裁《六書音韻表》第八部「趪」
　字下注云：「本音在第十部，《詩‧殷武》合韻監、嚴、濫字，又〈桑柔〉以瞻韻
　相，〈天問〉以嚴韻亡、饗、長，《急就章》以談韻陽、桑、讓、莊，皆第八部、第
　十部合韻也。」時至南宋，王應麟於此處注：「談，徒甘反，叶陽韻。」才真是不
　明就裡的叶韻。

50 師古的「類此甚多，不可具載」，是詳實的結論。近人周祖謨、羅常培合著的《漢
　魏晉南北朝韻部演變研究》對兩漢韻文通盤整理，有更具體的說明：「東漢的關中
　人杜篤、班固、傅毅、馬融的韻文中所表現出來的方音現象跟《急就篇》非常相
　近。特別是魚宵通押的例子，在他們的韻文很多，《急就篇》中有三處魚宵通押，
　這是最值得注意的現象。」（頁151-152）王應麟於此則注：「朝叶餘韻，《漢書‧敘
　傳》昭叶符，驕叶隅。」識見遠不如顏師古。

不僅通今考古，且時以方音為古讀之佐證，不為無識。以韻文及方音考證古讀，師古實為先鋒。

是後，李善注《文選》、李賢注《後漢書》，協韻亦大抵承襲前說。李善協韻音凡二十九，其中如：「顧，讀如古，協韻」（卷十九〈諷諫〉）等，已見於《釋文》；又有取自當時讀破音者六[51]，，茲不贅述。至於李賢，其注《後漢書》，協韻音凡三十八，有同於前人者，如「野，協韻音神渚反」（卷五十九〈思玄賦〉）等；又有取自時傳讀破音者五[52]；此外，如「竄，協韻七外反」（卷四十〈兩都賦〉），查《釋文・周易音義》，陸注：「竄，七亂反；徐又七外反，逃也。」亦古讀。

論述至此，知六朝隋唐以說協韻著名之學者，其所注協韻音，皆非師心臆造，而是來自時傳又音或舊注古讀，顏師古且能以考證之法證明古讀。當時「協韻」之義，僅止於「押韻」。因此，江永所謂：「唐人叶韻之叶字亦本無病，病在不言叶音是本音，使後人疑詩中又自有叶音耳。」（見前引）以及錢大昕所謂：「其後沈重作《毛詩音》，于今韻有不合者謂之協句……所云協句即古音也。」（詳前）皆是正確的說法。

隋唐之時，另有一派《文選》學者，專以方音為協，如公孫羅《文選音決》：「莽，協韻亡古反，楚俗言也。凡協韻者，以中國為本，傍取四方之俗以韻，故謂之協韻。然於其本俗，則是正音，非協也。」[53]這或許是今可見最早對「協韻」下定義者，謂「協韻」即以方音讀方言文學，不無見地；然只考慮方俗語殊，未思及古今音異。

---

51 參張文軒（1984-4：116）。

52 參張文軒（1984-4：117）。

53 轉引自周祖謨〈騫公楚辭音之協韻說與楚音〉，《問學集》，頁175。

後世對此派提出討論者並不多見。[54]

　　由以上考論，可對六朝隋唐之協韻作如下敘述：

1. 「協韻」音既來自時傳又音或古注古讀，則協韻說中已不自覺地保存了古音，此點清代學者江永、錢大昕早已提出。

2. 說「協韻」者，已具有表現古韻面目之興趣，陸德明「古人韻緩，不煩改字」一語顯然可見，若僅為當時誦讀方便，以今音合古韻，則韻緩與否根本不必究及，「古人韻緩」一語實表示陸氏已觀察過古韻不同今韻之現象，「不煩改字」則是試圖保留古韻本來面目。而顏師古以韻文及方言考證某些協韻音的確是「古代有此一讀」，更已是考證古音之先驅矣。此為自覺地留意古音古韻。

因此，六朝隋唐之「協韻」說與古音學並非背道而馳；甚至，古音學之濫觴即在「協韻」說中。

2　宋代的叶韻

　　北宋沈括（1029-1093）亦被後人批評為叶音說者，然遍檢沈氏書，唯《夢溪筆談》卷十四論及：

>　　觀古人諧聲有不可解者，如玖字、有字多與李字協用，慶字、正字多與章字、平字協用，如《詩》「或群或友……以燕天子」、

---

54 南宋周密以及明代徐光啟亦有類似觀念，周密謂：「古人但隨聲取協，方言又多不同……」（《齊東野語》卷十一，頁751），徐光啟云：「古人為詩，那得韻書，如今人對本子咿唔，止是用其方言，稱情而作，若了此旨，便能宛轉相通，並無窒礙。」（《毛詩六帖‧國風‧小戎》，頁110）但是否受此影響則無資料可證。

「彼留之子，貽我佩玖」、「投我以木李，報之以瓊玖」……如
此極多；又如「孝孫有慶……萬壽無疆」、「黍稷稻粱，農夫之
慶」，《易》云：「西南得朋，乃與類行；東北喪朋，乃終有慶。」
「積善之家，必有餘慶，積不善之家，必有餘殃。」……如此
亦多。今《廣韻》中慶一音卿，然如《詩》之「未見君子，憂
心怲怲；既見君子，庶幾式臧」；「誰秉國成，卒勞百姓；我王
不寧，覆怨其正」；亦是怲、正與寧、平協用，不止慶而已。
恐別有理也。（頁261）

僅於諸字在古代韻文中協韻顯現的一致性致疑，為什麼古代韻文之押
韻成批地異於今音呢？此處實已觸及追究古音之線索，可惜未進一步
思考，只以「恐別有理也」放過了問題。然南宋毛晃增注、其子居正
校勘重增之《增修互註禮部韻略》，於十陽「爽」字下注：「沈括云：
古人詩之協韻也，音霜。」（頁405）「慶」字下注：「沈括云：古人協
韻，宜音羌。」不詳所據。陳第且曾以為協韻說肇自沈括，《讀詩拙
言》曰：

沈括云：「慶，古人協韻也，宜音羌。」諸儒遽以為然，故註
《詩》者一則曰叶，再則曰叶；近有《易》書，於「當」字注
云「本去叶平」，亦襲沈括之說也。（頁12b）

然查早於沈括之《集韻》（1039），平聲陽韻已收「爽」（音霜）、
「慶」（音羌，並注：通作羌），此二音為《廣韻》所無。則即使沈括
曾說協音，就上二例言，其音亦非臆造。
　　宋代另一叶韻說之要角為吳棫（約1100-1155），吳棫究竟是主
「叶韻」或「古人韻緩」或「考古音」，未有定論。大抵宋人多以為其

主叶韻，如樓鑰（1137-1213）云：

> 吳氏好古博洽，始作《詩補音》……而讀之者始知《詩》無不
> 韻，韻無不叶。（〈跋趙共甫古易補音〉，《攻媿集》，卷七十
> 三，頁190）

魏了翁（1178-1237）云：

> 《詩》、《易》叶韻，自吳才老始斷然言之。（〈詩友雅言〉，《鶴
> 山先生大全文集》，卷一百九十，頁911。）

陳振孫《直齋書錄解題》「毛詩補音十卷」下注云：

> 吳棫撰，其說以為《詩》韻無不叶者。（頁551）

焦竑、陳第以為吳棫考古音但不脫叶韻之羈，焦竑云：

> 《詩》必有韻……吳才老、楊用修著書，始一及之，猶未斷然
> 盡以為古韻也。（〈毛詩古音考序〉）

陳第云：

> 吳才老……有志復古，著《韻補》……，庶幾卓然其不惑，然
> 察其意，尚依違於叶音可否之間。（〈屈宋古音義跋〉）

但焦竑、陳第心目中之「叶音」，與上述宋人所謂「叶音」，意義是否
等同，猶待深究。

至於清代學者，則多主張吳才老為考古音之先鋒，如顧炎武（1613-1682）〈韻補正序〉云：

> 念考古之功，實始於宋吳才老。

錢大昕（1727-1786）〈韻補跋〉云：

> 世謂叶音出於吳才老，非也；才老博考古音以補今韻之闕……以求古音之正……。（《潛研堂文集》，卷二十七，頁262）

《四庫總目‧韻補提要》云：

> 自宋以來，著一書以明古音者，實自棫始。（卷四十二，頁867）

民國學者則多以為吳棫承陸德明「古人韻緩」之說而主通轉，如張世祿云：

> ……一派是採取陸氏韻緩不煩改字之說，把韻書上的韻部通合併用，以求古音；……以吳棫的《韻補》為代表。（《中國音韻學史》下冊，頁263）

董同龢先生云：

> 也許是受了陸德明那句話的影響，到了宋朝，吳棫作《韻補》，講古代韻語，就徹底實行「古人韻緩」的主張了。（《漢語音韻學》，頁239）

此說基本上仍是主張吳棫為考求古音者。那麼，究竟是後人的認定上出了問題，抑或吳棫本身的觀念在「叶音」與「古音」之間有糾纏？

　　以下先引陳振孫《直齋書錄解題》語，以略見吳棫《毛詩補音》之觀念及方法：

> 其說以為《詩》韻無不叶者，如來之為釐，慶之為羌，馬之為姥之類。《詩》音舊有九家，唐陸德明始定為《釋文》，〈燕燕〉以南韻心，沈重讀南作尼心切，德明則謂古人韻緩不煩改字，〈揚之水〉以沃韻樂，徐邈讀沃鬱縛切，德明亦所不載。顏氏《糾謬正俗》以傅毅〈郊祀賦〉穰作而成切，張衡〈東京賦〉激作吉躍切，今之所作，大略仿此。

要點有三：

　　一、肯定「《詩》韻無不叶者」，叶當指押韻，這在今日看，根本無須贅言，但在當時，不論依古注古讀或時音讀《詩》，韻皆有未諧者，《詩》韻究竟如何，尚是問題。如朱子亦曾說：「古人作詩皆押韻，與今人歌曲一般，(《語類》，卷八十，頁3306)《朱子語類》又曾載時人討論古詩究竟有平仄否：

> 《禮記》、《荀》、《莊》有韻處多，龔實之……一日問陳宜中云：「古詩有平仄否？」陳云：「無平仄。」龔云：「有。」辨之久不決。(《語類》，卷八十，頁3536)

俱見當時對於古詩是否押韻？是否分平仄？模糊不清。那麼，才老宣稱詩韻皆叶，自需提出證據，此即其《補音》、《韻補》之所以作也。

　　二、舊注保存之古音，陸德明有採擇失當者，如沈重讀南為尼心

切，陸氏卻謂不煩改字，(《韻補》卷一真韻錄了南字，尼心切，並注
「《毛詩》遠送于南，沈重讀」，而略去陸氏古人韻緩語，由此亦可
見，才老此處並不同意陸氏「古人韻緩，不煩改字」之主張。)〈唐
風・揚之水〉:「素衣朱襮，從子于沃。既見君子，云何不樂？」沃與
樂押韻，而陸氏卻未注沃字音讀，吳棫以為當從徐邈讀為「鬱縛
切」。此可見才老意欲盡量收集古注古讀，以彰顯詩韻。

　　三、追究古代音讀之方法如何呢？才老提出：大略模仿顏師古。
如師古曾考出：古代「穰」字有「而成切」一讀，見於《匡謬正俗》：

> 傅毅〈郊祀頌〉云:「飛紫烟以奕奕，紛扶搖乎太清，既歆祀
> 而欣德，降靈福之穰穰。」又張昶作〈華山堂闕碑銘〉云:「經
> 之營之，不日而成，匪奢匪儉，惟德是呈，匪豐匪約，惟禮是
> 榮，虔恭禋祀，黍稷惟馨，神具莘止，降福穰穰。」然則穰字
> 亦當音而成反，今關內閭里呼禾黍穰穰音猶然。(卷七，頁85)

同卷「激」字亦同，引張平子〈西京賦〉、郭景純〈江賦〉之韻而斷
言:「激字有吉躍音也。」(頁86) 才老書大抵即是以古代韻文為據
(當然，還有其他方法，容後再論。)，斷定某字古代尚有某讀。

　　以上可見，吳棫的工作根本就是在陸德明、顏師古的基礎上建立
的。此外，吳棫〈韻補序〉曾云:

> ……其用韻已見《集韻》諸書者皆不載，雖見韻書而訓義不同，
> 或諸書當作此讀，而注釋未收者載之。

其旨在於補《集韻》諸書之不足。《集韻・韻例》云:「凡經典字有數
讀……今竝論著，以粹群說。」其編輯旨趣在於網羅古今音讀，包括

隋唐之「協韻」音，如下音戶，收於卷五姥韻；西音先，收於卷三先韻；皆為《廣韻》所無。且有如下之例：

> 羹，臃也。〈魯頌〉、《楚辭》，《急就篇》與房、漿、穅為韻。
> （卷三，唐韻）

一似此音即由〈魯頌〉等韻文考得[55]，一字多音現象尤繁。此時異音不一定別義，如天有鐵因切、他年切二音，義同為「顛也，至高無上」，諸音並收，旨在示讀者：古代猶有此一讀。《韻補》旨趣既同《集韻》，則同樣顯現一字多音之現象，但方法上主要是由古代韻文考求。既仍採取韻書之形式，網羅舊讀，則讀古詩或作詩押古韻者皆可資以為用，若僅僅用其結果，而不究其原理，則可視為「叶音」之作。才老書成之後，徐蕆為作〈序〉云：「自《補音》之書成，然後三百篇始得為詩，從而考古銘箴誦歌謠諺之類，莫不字順音叶。」因此，吳棫之著作可謂叶音、考古音兼而有之；由考證方法看，可謂考古音之作，且的確有古音之觀念；然若由其效用著眼，則是叶音（指單為押韻和諧而改讀）之作。

因此，至吳棫為止，「叶音」說與考求古音並不矛盾。「叶音」說誤入歧途始於不明吳棫等考求古音原理者，捨本逐末，由考出的音讀表象去歸納原則，成為臆說。這就是程迥的「四聲互用，切響通

---

55 如邱棨鐊《集韻研究》即以為此音乃「據先秦漢魏晉之韻文辭賦叶韻例」，並以為「此《集韻》自注增音之例也」（頁58）。實則此音來自《左傳正義》，《左・昭十一年》「楚子城陳蔡不羹」，《正義》曰：「古者羹臃之字音亦為郎，故〈魯頌・閟宮〉、《楚辭・招魂》與史游《急就篇》羹與房漿穅為韻，但近世以來獨以此地音為郎耳。」

用」。[56]影響直至明代。其書今已不傳，但朱子曾與討論，並且採納其說，〈與程沙隨書〉云：

> 示及古韻通式，簡約通貫，警發為多。四聲互用，無可疑者，
> 但「切響」二字，不審義例如何？幸望詳賜指喻。……麒之為
> 極，十之為諶，似亦是四聲例也。近因推考，見吳才老功夫儘
> 多，但亦有未盡處，汎考古書及今方言，此類蓋不勝舉也。
> （《朱文公文集》，《別集》，卷三，頁1892）

《原本韓集考異》卷五〈鄆州谿堂詩〉朱子注云：

> 方（按指方崧卿）云：此詩十一章，以令叶強、以駭叶水，皆
> 古音也。……今按：古音之說甚善，吳才老《補音》、《補韻》
> （按當作《韻補》）二書其說甚詳。……沙隨程可久曰：「吳說
> 雖多，其例不過四聲互用、切響通用二條而已。」此說得之。
> 如通其說，則古書雖不盡見，今可以例推也。（頁2a）

程迴似未細究才老考音之方法旨趣，僅由其結果簡單化約為二條公式：一是「四聲互用」，一是「切響通用」。四聲互用殆指：一字可讀為其四聲相承之音，如十，是執切，禪母入聲緝韻；諶，氏任切，禪母平聲侵韻，諶字正是十字之平讀；而騏字，《廣韻》渠之切，群母平聲之韻，極，渠力切，群母入聲職韻，朱子殆以為：極字即是騏字的入聲讀。朱子由聲調著眼，謂之為「四聲互用」之例，而程迴則以聲母著眼，以此為「切響」之例，蓋指雙聲。其實，程迴推出「四聲

---

56 按《四庫提要》謂「迴書以三聲通用，雙聲互轉為說」（〈經部・小學類・韻補五卷提要〉），不知何據，本文則採朱子提及迴之「四聲互用，切響通用」為說。

互用，切響通用」兩條例是不難理解的，本來，由韻文考出的古讀，不外兩種情形：一是由原讀變其聲調，一則是由原讀變其韻類；變其聲調者如：寵字《韻補》丑隴切（上聲腫韻），《韻補》音癡凶切（平聲鍾韻），改為平讀，此則可視為「四聲互用」例；變其韻類而聲母、聲調均不變者如：雙，《廣韻》音所江切（平聲江韻），《韻補》音疏工切（平聲東韻），同是生母，而韻有江、東之別，此則「切響通用」例。然由此以探古音之例，則真正是以今律古了。而朱子竟欣然接受，且推而廣之，蓋以為讀古書時遇韻文處，只要依時音或變其聲調，或變其韻類，即可得其叶讀。「叶音」說從此有了錯誤的理論根據，且成為「叶音」的方便法門。

　　朱子絕非沒有古今異之觀念，不僅如此，且能考證古音，如：

　　衣叶於巾反者，《禮記》一戎衣，鄭讀為殷，古韻通也。（《楚辭辯證》下，頁399）

　　索與妭叶，即索音素；洪氏曰：〈書序〉八索，徐氏[57]有素音。（《楚辭辯證》上，頁383）

　　逝字從折，故可與害字叶韻。（《朱子語類》，卷一四○，頁5358）

　　雄與凌叶，今閩人有謂雄為形者，正古之遺聲也。（《楚辭辯證》上，頁391）

本文在此不擬討論音韻本身的問題，僅以上列資料顯示：古注古讀、

---

57 按此處「徐氏」指徐邈，見《釋文》。

諧聲字、方音等，皆是朱子考證古音之所以協的根據。然而，在理學家心目中，義理才是最重要的：

> 器之問《詩》叶韻之義，曰：「只要音韻相叶，好吟哦諷誦，易見道理，亦無甚要緊。今且要將七分工夫理會義理，三二分工夫理會這般去處；若只管留心此處，而於《詩》之義卻見不得，亦何益也。」（《朱子語類》，卷八十，頁3303）

因此，朱子雖有古音、古韻之認識，卻非學問致力所在，江永云：

> 叶韻者，《詩》中之末事，朱子取《韻補》釋《詩》，所以便學者誦讀，意不在辨古音，故「桃之夭夭，灼灼其華，之子于歸，宜其室家」、「晝爾于茅，宵爾索綯」……此類今音可讀，即不復加叶音……且朱子於經書既得其大者，古韻一事，不暇辨析毫釐……。《古韻標準·例言》

既然「只要音韻相叶，好吟哦諷誦，易見道理」（見上引），那麼，程氏的簡便法門也不妨推廣，於是，家可以叶「古胡反」（〈小雅·我行其野〉，見母模韻），又叶「谷空反」（〈召南·行露〉，見母東韻），因為「切響通用」（同是見母）；又可以叶音「谷」（〈召南·行露〉，古祿切，見母屋韻），因為「四聲互用」。再如，《楚辭·大招》，昭、遽、逃、遙為韻，朱子「遽」叶「渠驕反」，謂：

> 蓋字之從虡聲者，噱、臄、醵平讀音皆為彊；然則〈大招〉之遽，當自彊而為喬，乃得其讀。（《文集》，卷八十二〈書楚辭叶韻後〉，頁1492）

明楊慎（1488-1559）曾發其旨：

> 今按古音或四聲互用，或切響通用，此字則四聲、切響兼有之，
> 隱奧之極也。非朱子釋之，殆不可讀。（《古音獵要》，頁281）

蓋噱、臄、醵《廣韻》皆音「其虐切」，群母藥韻，彊音「巨良切」，
群母陽韻，正是其平讀，為「四聲互用」例；而叶「渠驕反」（按即
「喬」音，喬字《廣韻》音「巨嬌切」），則聲同群母，正是「切響通
用」例。以此二例叶音，幾乎無往不利，「叶音」說在錯誤理論支持
下，便離「古音」之追究愈遠了。[58]
　　再看朱熹弟子輔廣《詩經協韻考異》所云，更可肯定：「切響通
用」確是當時認定正確「叶音」之一原則：

> 陳云：按麥多與德、北、國字同韻，若從本音叶讀，當作麥北
> 反，或莫力反；今作訖力反，乃是殛字，切響不同，失其母
> 矣，吳氏如何用音，〈碩鼠〉同。（〈桑中〉，采麥條）

查《韻補》卷五質韻，麥音「訖力切」，下注云：

> 來年也。《白虎通》：閶闔風至生薺麥，不周風至蟄蟲匿。韋鋌
> 〈敘志賦〉：奉過庭之明訓，納微躬於軌則，勉四民之耕耘，
> 遂能辨乎菽麥。（頁187）

才老為何以「訖」為麥之反切上字，頗費解；但此正可見，程迥所言

---

58 按以上論朱子之古音觀念部分，材料多參考張素卿〈朱子叶韻說重探〉（未發表之
　手稿），意見則不盡同。

出於己見，不必為才老本意。《詩集傳・鄘風・桑中》「麥」字注「叶訖力反」，從《韻補》，由前引朱子〈與程沙隨書〉謂「切響二字不審義例如何」，似乎朱子於雙聲之分辨未盡瞭然，故麥字叶「訖力反」照抄吳棫；而輔廣引陳氏語以為：麥字若叶訖力反則聲母不同，違反「切響」原則，當依本音叶讀為「麥北反」或「莫力反」。又如：

> (〈螮蝀〉)命也。陳云：按彌賓反方與人字叶，雖轉卻本字，亦不害為切響同音，今方言亦有以命為民者。

按《詩集傳》此處叶「彌并」反，輔廣引陳氏語以為當叶「彌賓反」，雖已轉為「民」音了，但因聲母同，不違「切響」原則，亦屬正確叶音。又如：

> (〈小戎〉)脅驅，叶居懼反，又居錄反。陳云：居字皆當作邱……若用居字，切響不同，聲失其母矣。

驅字《廣韻》豈俱切，屬溪母，故主張將見母之居字改為同是溪母之邱字。

　　順此一路研究叶音，當然與古音之研究背道而馳。

　　討論至此，可對宋代之叶音作如下敘述：

　　一、吳棫承繼顏師古的方法，以古代韻文等材料考定某字古代猶有某讀，有意網羅舊音，補《集韻》諸書之不足，起初仍舊是追究「一字多音」之產物，只是重點放在古代，且不專由舊注音讀搜羅，更自行由韻文擬測。既是考定古代又讀，就方法上看，當然是「考古音」(只是「古」的時代斷限未曾確定)；然既採韻書方式，以今韻為通轉，則仍不免以今律古，其用則為叶音(為押韻而改讀)之資。

　　二、程迥由才老之書歸納為二條通則：「四聲互用」與「切響通用」，朱子同意，且以為：「如通其說，則古書雖不盡見，今可以例推也。」（見前引）終使叶音之說誤入歧途，在錯誤的理論根據之下，任意改讀。朱子雖具考證古音之興趣與本領，但在「只要音韻相叶，好吟哦諷誦」的主張下，並不重視古音之考證，因而也同時接受「四聲互用，切響通用」之簡便法門，使得《詩集傳》中雜有許多不合理的叶音，引起後代學者對「叶音」的質疑（詳本章第一節）。

3　明代的叶音

　　重要人物為楊慎，其叶音觀念基本上是承「四聲互用，切響通用」為說，而修正朱子之「可以例推」，其〈答李仁夫論轉注書〉云：

　　　　蓋轉注，六書之變也。自沈約之韻一出[59]，作詩者據以為定，若法家之玉條金科，而古學遂失傳矣；故凡見於經傳子集與今韻殊者，悉謂之古音。轉注也，古音也，一也，非有二也。……至宋吳才老深究其本源，作《韻補》一書，程可久又為之說曰：才老之說雖多，不過「四聲互用，切響通用」而已；朱子又因可久而衍其說云：明乎此，古音雖不盡見，而可

---

59 按元明人多以為韻書始於沈約，顧炎武《音論》卷上〈韻書之始〉曾辨之，謂：「學者皆言韻書本於沈約……約之前已有此書，約特總而譜之，或小有更定耳，而謂自約創始者，亦流俗人之見也。」（頁3a-b）清胡鳴玉《訂譌襍錄》亦有考：「誤以今世所傳《詩》韻為沈約所撰，其來已久，如元黃公紹《七音考》，周德清《中原音韻》，宋濂《洪武正韻》之類，無不極詆約韻為江左偏音，不足為據，不知約所撰《四聲》一卷久矣無存。……邵子湘氏謂……約所撰《四聲》一卷久已亡，繼之者隋陸法言氏，而法言所撰《四聲切韻》亦亡……最後有陰氏兄弟著《韻府》……明初至今用之，學者或尊之為沈韻，或指之為平水韻，皆是書也。」（卷七〈今韻非沈約本〉條，頁6-7）

以類推。愚謂可久「互用」、「通用」之說近之,「類推」之說可疑也。凡字皆有四聲,皆有切響,如皆可通也,皆可互也,則為字為音不勝其繁矣。原古人轉注之法,義可互則互,理可通則通,未必皆互皆通也。如天字為天、忝、舔、鐵,是其四聲也,他年切之外有鐵因切,是其切響也。其音忝、舔、鐵三音皆無義而不可轉,鐵因切則與方言叶,故止有切響可通,而四聲不互也。「日」之為字,有人、忍、任、日,是其四聲,其音若、音熱,是其切響,音「若」者,日生於若木,故《毛詩》之音叶之;音「熱」者,日本陽精而影炎,故《楚辭》之音叶之,今楚南方言猶呼日頭為熱頭,是其證也,四聲之平上去皆無義,故不互也。(《轉注古音略·附錄》)

其〈轉注古音略題辭〉則謂:

學者……猶謂叶韻自叶韻,轉注自轉注,是猶知二五而不知十也。(《升庵雜刻》二十二種)

楊慎將字學六書之轉注,與古音、叶音混為一談,又以字音與字義之相關(如日可叶音若,因日生於若木),以及方音之依據(如天可叶鐵因切,因方音有此讀)作為叶音轉注之「理」,固無可取。然其以「轉注」說音,卻其來有自。宋張有(1054-?)《復古編》[60]謂:「轉注者,展轉其聲,注釋他字之用也,如其無少長之類。」又曰:「轉注者,轉其聲,注其義。」蓋即以異音別義為「轉注」;其後明趙古則(1351-1395)《六書本義》有「轉注論」,推衍其說:

---

60 按年代不詳,書前有大觀四年(1110年)陳瑾〈序〉,當在北宋。

轉注者，展轉其聲而注釋為他字之用也。有因其意義而轉者，
有但轉其聲而無意義者，有再轉為三聲用者，有三轉為四聲用
者，至於八九轉者亦有之；……轉注之別有五，曰：因義轉注
者，惡本善惡之惡，以有惡也，則可惡（去聲，下同），故轉
為憎惡之惡……。又有傍音、叶音者，不在轉注例也，如：……
上下之下，讀如華夏，押於語韻則音戶；明諒之明，讀如姓名，
押於陽韻則音如芒；凡此之類，不能悉載，吳棫《韻補》協音
庶矣。（頁294）

蓋亦著眼於一字多音之現象，名之曰「轉注」，並試圖由音義之關係
作分類：但主張「叶音」不在轉注之例。由其對「叶音」之舉例說
明，可見此時「叶音」之意義已完全指為押韻而改讀了：上下之
「下」本讀「夏」，但押在語韻時就當改讀「戶」；明諒之「明」，本
讀「明」，但押在陽韻時就改讀「芒」，全失本旨。楊慎《古音後語》
抄錄此段文字，並加以評述：

右趙古則所論，其全見聲音文字通。首云展轉其聲而注釋為他
字之用，此可謂思過半矣……又云傍音、叶音不在轉注例者又
非也。雙音並義、傍音、叶音，皆轉注之極也……蓋轉注，六
書之變，而雙音、傍音、叶音又轉注之變也。（頁187）

以為叶音即轉注之變。此處楊慎並未糾正趙古則對「叶音」的說明，
可見亦同意，以為「叶音」即某字和不同韻類押韻時，便改讀以求
叶。楊慎曾著《轉注古音略》、《古音略例》、《古音餘》、《古音附錄》
諸書，有志遍考古音，但基本上相信古有「叶音」之實，只是在叶音
的領域裡糾正一些氾濫的說法（如朱子的「類推」之說）而已。並在

一些個別字例上，指出該字音為「古之正音」而非「叶音」，此點容
後詳論。此處僅指出：明代對叶音的觀念其實出自《詩集傳》以後對
一字多音現象浮面的觀察，與初期的「協音」無關，甚至與吳棫原意
也不必相關；但這卻成為普遍的流俗之見，流行於士子當中，譬如王
驥德《曲律》便說：「古無定韻，詩樂皆以叶成；觀三百篇可見。」
（《歷代詩史長編》二輯之四，頁105）；還有一些人，作詩時詞窮了
就隨意用韻而美其名曰叶音，楊慎便批評過此現象：

> 近世知崇古文而忽古韻，……或時于賦頌用韻止以意轉，小注
> 一叶字，問其音解，瞠然不能答也，是不以為鉤深致遠之淵，
> 而以為禦窮副急之府也。（〈答李仁夫論轉注書〉）

正因為叶音氾濫至此，引起人們懷疑也就容易了；是故即使是並不鑽
研音韻的木山公，也能疑叶音之非，而予陳第啟發。

　　焦竑、陳第推翻的，其實是被誤解後的叶韻。

二　陳第之前質疑「叶音」及提出「古有正音」者

　　由上一小節之討論，發現「叶音」的意義可以有二：一是「押
韻」；一是「臨時為押韻而改讀」。本節所論「叶音」，專指第二意
義。本節意欲將陳第之前已疑叶音之非或曾提出「古有正音」者作一
簡單述論，以作為下一小節評述陳第「古無叶音」說之依據。

　　前已引及，沈括曾云：

> 觀古人諧聲有不可解者，如玖字、有字多與李字協用，慶字、
> 正字多與章字、平字協用。如《詩》……；《易》云：……；

班固〈東都賦〉：……，如此亦多。……恐別有理也。（《夢溪筆談》，卷十四，頁152）

不論沈括是否泛言協韻，如陳第所言（見前所引），至少，由上語可見，沈括早已注意到古籍中特殊（指不同於當代的）押韻情形所顯現的一致性，「恐別有理也」已清楚透露了對「叶音」的質疑。事實上，古書中大批協韻音一致的現象，極易啟人疑竇，後來木山公、焦竑、陳第諸人之疑叶音，仍是由此一疑點出發（詳後），北宋沈括已然發覺，卻以「恐別有理也」輕易放過了此一問題。[61]

南宋項安世（？-1208），在《項氏家說》卷四「詩音」中指出：

吳氏《詩補音》，學者多疑之，但據陸氏《釋文》謂古人韻廣，遂不究吳氏之說；然《釋文》中稱協韻處亦不為少，則雖陸氏固不敢自信其韻廣之說也。且雜用眾韻謂之韻廣可也，今止用一韻，但與今韻不同，安得便以為廣？凡《詩》中東字皆協蒸字韻[62]；南字皆協侵字韻；下字馬字皆協補字韻；母字有字皆協止字韻；英字明字皆協唐字韻；華字皆協模字韻；為字皆協戈字韻；服字皆協德字韻；天字皆協真字韻；其所通韻，皆有定音，非泛然雜用而無別者，于此可見古人呼字，其聲之高下與今不同。……而世之儒生獨以今《禮部韻略》不許通用，而遂以為詩人用韻皆泛濫無準，而不信其為自然之本聲也，不亦陋乎？（頁12-13）

---

61 宋王楙：《野客叢書》（著成於慶元、嘉泰年間）卷六〈毛詩諧聲〉條，引上述《夢溪筆談》語，並有進一步的討論。又，同卷〈來南諧聲〉條及卷二十一〈車作居音〉條，皆是由古書韻語推斷古音，可參考。

62 按東字叶蒸字韻，如東韻弓字、夢字、雄字，在〈小戎〉、〈采綠〉、〈閟宮〉、〈斯干〉、〈正月〉、〈無羊〉諸章，皆與蒸韻字押。

其說以為：古音與今不同，而非「古人韻廣」。論點有二：其一，雜
用眾韻始得謂之韻廣，而今止用一韻，自有其規律一致性，只是與今
音不同，如何能說是「韻廣」？其二，由大批韻腳字押韻的一致性推
知：古音顯然與今不同。又指出時人錯誤觀念是：以當代韻書為準，
以為古人押韻比較隨便。此段文字以為：古人押韻出於自然之本聲，
毋須用「古人韻緩」去解釋，即，不可「以今律古」，清楚揭出：「古
有本音，非叶也。」之觀念。不僅此也，項氏在《家說》〈詩句押韻
疏密〉及〈詩音類例〉諸條，且曾歸納《詩經》用韻，強調「《詩》
韻皆用古音」（《詩音類例》，頁15），又曾參以「制字之初聲」，即諧
聲字；及「方俗之故言」，即方音，以考證《詩經》時代字之本音
（見〈詩音〉條，詳論見後文），古音研究之正確觀念及方法，在此
已具體而微。可惜項說湮沒而不彰，否則古音之系統研究在南宋項氏
時已可開始。

　　南宋末之魏了翁（1178-1237）亦曾論及古籍中押韻的規律性，
而推斷古韻古讀。其《詩友雅言》云：

> 六經中無茶、馬、下字韻，盡作茶、母、虎；無來字韻，只從
> 黎音。（《鶴山大全文集》，卷百九十，頁912）

> 潛龍勿用，下也；見龍在田，時舍也，以為經無下、馬一韻，
> 凡下皆音虎，如此時舍字亦音庶。（同上，頁911）

> 韻古下字盡音虎，《周易》潛龍勿用，下也，見龍在田，時舍
> 也（舍音戍），至〈井卦〉井泥不食，下也（亦音虎），舊井無
> 禽，時舍也（亦音戍）……。（同上，頁914）

《易》中華字多叶莘，與《詩》韻同。（同上，頁912）

由〈師友雅言〉引述語看，留意此一問題者尚不止鶴山一人，如：

> 楊李穆、王子正曾在潼川郡齋云：不特〈乾〉有時舍與下叶，
> 〈井卦〉亦有之，鶴山答云：井泥不食，下也（亦音虎），舊
> 井無禽，時舍也（亦音庶）。（同上，頁911）

> 李肩吾云：《毛詩》報之以瓊玖，叶李，音几；孔子以前九皆
> 音几，至孔子傳《易》有糾音，乃是不可久也，叶天德不可為
> 首也。至〈雜卦〉說咸感（按當作速）也，恆久也；渙離也，
> 節止也，其久字又叶止讀，疑〈雜卦〉是孔子以前書。（同
> 上，頁911）

李肩吾甚且以古音斷定古籍之時代，僅就上引一段資料看，推論雖嫌
粗率，然僅是技術未臻周密的問題，此一方法原則上是可行的。那
麼，時至宋末，對於《詩》、《易》之古音已有相當的認識。

　　元戴侗之《六書故》，輯成於延祐（1314-1320）間，卷十六
「行」字下注：

> 書傳「行」皆戶郎切，《易》與《詩》雖有合韻者，然「行」
> 未嘗有叒庚韻者；「慶」皆去羊切，未嘗有叒映韻者，如
> 「野」之上與切，「下」之後五切，皆古正音，與合異，非合
> 韻也。（頁44）

體會文意，戴氏所謂「合韻」，不同於清人所謂合韻，蓋清人之「合

韻」，如段玉裁謂：「音，本音在第七部，〈小戎〉合韻膺、弓、縢、
興字。」（《六書音韻表》卷四，頁26）是以古韻為分別古本音、合韻
之標準；而戴氏則顯然以今韻為斷，但在一些個別字例上指出其為
「古之正音」而非「合韻」，不為無見。

至明代楊慎，其研究古音之工作基本上是承繼吳才老：

> 其才老所取已備者不復載，間有復者，或因其謬音誤解，改而
> 正之，單聞孤證補而廣之；故非勦說雷同也。（〈答李仁夫論轉
> 注書〉）

但在觀念上則未能精審，幾乎承襲了前人講古音之各種說法，成為大
雜燴，如《詩》叶音例「南山有栲，北山有杻」下注：

> 慎按：栲，去九切，《疏》云：許慎讀栲為糗，今人言栲，失
> 其聲也。《爾雅》栲山樗《疏》亦云：許慎正讀為糗，是其明
> 證。然則栲之音口，正音也，非叶也。（頁9）

又，《轉注古音略》卷一虞韻「華」字下注：

> 華，古音同敷，《毛詩》「隰有荷華」，都且為韻；《楚辭》「采
> 疏麻兮瑤華」，與居、疎為韻；《周易》「枯楊生華，老婦得其
> 士夫。」《後漢書》「仕宦當作執金吾，娶妻當時陰麗華」，此
> 類極多，乃知古華字本有敷音，非叶也。（頁26）

亦是於個別字例上辨明其為古之本音而非叶，但前一小節已論及楊慎
論叶音即轉注，也同意古有叶音之實。另外，《轉注古音略》卷二麻

韻赦字下又注：

> 音與賒同，韓退之〈東方朔詩〉「群仙急乃言，百犯庸不科；
> 向觀睥睨處，事在不可赦」，吳才老作昌戈切，非。蓋古韻寬
> 緩，不必盡合今韻也。（頁51）

認為禡韻的赦字音讀為麻韻的賒字，不必改為戈韻字以與科字叶，於
此又接受「古韻寬緩」之說。所謂「不必盡合今韻」，其實仍是以今
律古，又以韓退之詩為例，取材上亦欠甄別。因此，楊慎雖在個別字
上指出古之正音非叶，但在古音觀念上，混合了「古韻寬緩」、「四聲
互用，切響通用」、「叶音即轉注」諸說，實則對古音情況模糊不清，
較之南宋項安世，猶差一截。如此必然開不出研究方向。

　　由以上論述可見：《詩》韻中，有些字出現於韻腳的頻率極高，
而所與韻者，又屬後世同一韻類，如「下」字必與後世姥韻字押韻，
這一明顯存在之客觀事實，只要稍為注意《詩》韻者即能發現，「古
有正音非叶」的觀念，早在宋代便已產生。時至明代，楊慎雖有大批
古音研究之著作，但在觀念上，不但未有進步，反而更為混淆了。

三　陳第「古無叶音」說析論

　　前已論及：叶音之說至明代，已成為普遍的流俗之見，焦竑〈毛
詩古音考序〉曾提及：「甲辰歲，季立過余曰：子言古詩無叶，誠千
載篤論，如人之難信何。」此語道出了當時破除叶韻觀念之並非水到
渠成，然此僅就俗見而言；若就學術基礎而論，經過宋以來點點滴滴
之發現，「古無叶音」早已呼之欲出。是以稍作思考者即不難有見，
如陳第之父木山公便是。

　　陳第之《毛詩古音考》與《屈宋古音義》二書，在觀念及目的上
只有一個明確的方向，便是：「皆以發明古音，以見叶音說之謬也。」
（《屈宋古音義・凡例》）本文以為，這便是陳第最成功之處，儘管此
觀念早已散見於前人著作中，但偶然的意見與有系統地展現一學術方
向，效果大大不同。陳第之完成發明古音以破叶音之謬的工作，與其
父木山公以及焦竑均有十分密切之關係，且在觀念上完全是一致的，
因此以下析論陳第之「古無叶音」說，資取材料便包括三者之說。

　　「古無叶音」理論之建立，主要可析為以下三點：

　　一、古書押韻之異於後世者，皆顯現特殊之一致性。此點在上一
小節已屢次提及，宋以來即不斷有學者發現，但從未徹底推翻叶韻之
說，而建立新的研究方向。沈括以「恐別有理也」（詳前引）輕易帶
過。是後，徐蕆作〈韻補序〉甚至以統計彰顯此一現象：

> 服之為房六切，其見於《詩》者凡十有六，皆當為蒲北切，而
> 無與房六叶者；友之為云九切，其見於《詩》者凡有十一[63]，
> 皆當作羽軌切，而無與云九叶者。（頁3）

然徐蕆並未因此而得出「古有正音，非叶也」的結論，而是用以證明
才老叶音無誤：

> 自《補音》之書成，然後三百篇始得為詩，從而考古銘箴誦歌
> 謠諺之類莫不字順音叶。（〈韻補序〉）

同樣的材料與現象，用以證明的學說卻是因人而異。後來，如魏了

---

63 廣文本作「凡十有一」。

翁、戴侗、楊慎等，則由此以證明個別字例之為古音而非叶音。時至晚明，即焦竑所謂：

> 古韻久不傳，學者於《毛詩》、《離騷》，皆以今韻讀之，其有不合，則強為之音曰：此叶也。（《焦氏筆乘》，卷三，頁63）

其不合理處已顯然可見，則由此而根本質疑叶音之非，直是自然而然。於是，焦竑由此而辨曰：

> 使非古韻，而自以意叶之，則下何皆音虎，服何皆音迫……（同上）

觀察到的現象與前人並無二致，然所下結論則具革命性。陳第據以立論的現象仍不脫此：

> 何母必讀米，非韻杞、韻止，則韻祉、韻喜矣；馬必讀姥，非韻組韻黼，則韻旅韻土矣；……（〈毛詩古音考自序〉）

只是陳第論辨提出的理由更多，詳後。

因此，在焦竑、陳第的時代，由古籍押韻顯現的一致性而推出「古無叶音」的結論，其竅門主要有二：其一，「叶音」之說已誤入歧途，顯見不合理。其二，宋以來學者對於啟人疑竇的特殊古韻，愈注意愈多，同類的例子一多，放在一起看，便容易歸納出普遍原則。

二、「古今一意，古今一聲」的假設。《毛詩古音考》陳第〈自序〉謂：

> 古今一意，古今一聲。以吾之意而逆古人之意，其理不遠也；
> 以吾之聲而調古人之聲，其韻不遠也。

推翻叶韻之說，基本上是強調古音不同於今音，古韻不同於今韻；然
而使古音古韻之重構成為可能，卻是基於古今有共同之理的假設，惟
其如此，由今以上推於古才有可能。木山公的疑點便是基於此一假設：

> 以近世律絕之詩，叶者且寡，乃舉三百篇盡謂之叶，豈理也
> 哉？（〈屈宋古音義跋〉）

木山公以近世律絕之詩鮮有叶音情形，因而推想：同樣是作詩，為什
麼《詩經》時代竟全用叶音？其基本假設是：既然同樣是「詩」，那
麼，必有其不隨時空而改變的本質或特性在，掌握此一特質，才不致
偏差了研究或解釋的方向。古音之研究，本屬廣義之史學（研究「歷
史」中之「語言」），對於歷史現象的瞭解，經常是通過某種對「現
在」的認識；某些研究，也唯有在承認古人與今人有共同的基礎時，
才有可能（雖然往往古今之異才是冰山上層部分）；否則，如果我們
假定古人與我們是完全不同的異類，那麼，許多對歷史的解釋都要打
上問號。對古代音韻的研究向來沒有離開對當代語言（譬如方言）的
瞭解，重構古代音韻系統尤其以當代語言為橋樑。因此，陳第一方面
宣稱「夫古今聲音必有異也」（〈屈宋古音義跋〉），一方面又提出「古
今一意，古今一聲」，實有其洞見。由古今音異，知古有定音不同於
今；而由古今同理，知古無「叶音」，且古之音韻可由今之音韻逆推。
　　三、《詩經》的韻自然天成，不似後代依傍韻書。既是自然成韻，
當然不可能有臨時改讀之叶韻情形，押韻的音必是當時本音無疑，這
也是最重要的一點。陳第云：

> 《毛詩》之韻，動乎天機，不費雕刻，難與後世同日論矣。
> （《讀詩拙言》，頁5a）

> 士人篇章，必有音節，田野俚曲，亦各諧聲，豈以古人之詩而
> 獨無韻乎？（〈毛詩古音考自序〉）

掌握《詩》韻出於天然之觀念，則叶韻說不攻自破。

　　以下再對陳第「古無叶音」說的論點細節部分作簡單述評，陳
第謂：

> 故以今之音讀古之作，不免乖剌而不入，于是悉委之叶；夫其
> 果出於叶也，作之非一人，采之非一國，何母必讀米，非韻杞
> 韻止，則韻祉韻喜矣；馬必讀姥，非韻組韻黼，則韻旅韻土矣；
> 京必讀疆，非韻堂韻將，則韻常韻王矣；福必讀偪，非韻食韻
> 翼，則韻德韻億矣；厥類實繁，難以殫舉，其矩律之嚴，即
> 《唐韻》不啻，此其故何耶？又《左》、《國》、《易象》、《離
> 騷》、《楚辭》、秦碑、漢賦，以至上古歌謠箴銘贊誦，往往韻
> 與《詩》合：實古音之證也。或謂三百篇詩辭之祖，後有作者
> 規而韻之耳，不知魏晉之世古音頗存，至隋唐漸盡矣。唐宋名
> 儒博學好古，間用古韻以炫異耀奇則誠有之，若讀坴為姪以日
> 與韻，堯誠也；讀明為芒以與良韻，皋陶歌也：是皆前于《詩》
> 者，夫又何放？且讀皮為婆，宋役人謳也；讀邱為欺，齊嬰兒
> 語也；讀戶為甫，楚民間謠也；讀裘為基，魯朱儒譴也；讀作
> 為詛，蜀百姓辭也；讀口為苦，漢白渠誦也；又家，姑讀也，
> 秦夫人之占；懷，回讀也，魯聲伯之夢；斾，巾讀也，晉滅虢
> 之徵；瓜，孤讀也，衛良夫之譟：彼其閭巷贊毀之間，夢寐卜

　　笙之頃，何暇屑屑模擬，若後世吟詩者之限韻邪？（〈毛詩古
　　音考自序〉）

是由三點辯論叶音之非：

　　一、詩篇作者不同，又來自不同地域，如果真是作詩時可以意亂
叶，臨時改讀，何以不同地方不同的人作出的詩，《詩》韻顯出如此
之規律性，竟似後代有韻書一般？這裡陳第說法實未周密，因為此處
論點集中在空間性，而「地有南北……音有轉移」（〈毛詩古音考自
序〉）亦為陳第所提出的命題，而今采之非一國的詩，音韻竟然一
致，那麼，除非陳第提出三百篇曾經標準音正定之假設，否則便是只
顧及時代而未顧及地域；但是，若提出三百篇乃以當時標準音正定之
假設，則以地域不同而押韻一致為古有正音之論證，又全無意義了。

　　二、自上古歌謠等以至秦碑漢賦，用韻皆與《詩》合，更可見古
代字有正音。陳第又設問：或許有人會提出辯難，認為《詩經》以後
用韻同於《詩》者，是模仿《詩》韻，但一些《詩經》以前的用韻，
其同於《詩》，便不是模仿之說可以解釋的了。陳第在這裡理論邏輯
沒有問題，但使用材料如：所謂〈堯誡〉出於《淮南子》：「戰戰慄
慄，日謹一日，人莫躓於山而躓於垤。」（卷十八，頁1b）是否真能
代表堯時音韻？而所謂〈皋陶歌〉，則出自《尚書・皋陶謨》，為後人
述古之作。[64]今日在使用這類材料時，對於其能代表之時代，皆格外
審慎，是學術研究累積的成果；而在陳第之時，則關係到對於古籍的
態度問題，此點容後討論陳第之《尚書》學時，再予細論。但就此一
論點而言，陳第在實際處理材料時分出「本證」與「旁證」確是良
策，既是考證《詩》韻，那麼基本上以《詩經》本身之證據為主，被

64　參屈萬里：《尚書釋義》，頁20-23及頁42。

認為是《詩經》以前或以後的材料僅作為旁證，便使有問題的材料不至於在作證時份量太重，關於本證旁證之問題，詳本章第四節，此處僅略及。

三、舉出一些非文士所作之歌謠韻語，謂其既出於閭巷讚毀之間，夢寐卜筮之頃，則必是出於自然口語，可以代表當時音讀，而這些音讀又同於《詩》韻，則《詩》音必是當時正音無疑，後世吟詩限韻乃是人為規律，古人並不如此，尤其役人嬰兒等口語之韻竟與三百篇之韻可以相互參證，更可見《詩》音非叶。此一小段論證所據材料有二個問題：其一，古籍以文字寫定之民間歌辭等，是否全然未經潤飾，為口語原貌，無法遽斷；其二，所取例證，「宋役人謳」、「魯朱儒謔」、「秦夫人之占」、「魯聲伯之夢」、「晉滅國之徵」、「衛良夫之譟」皆出自《左傳》[65]，「齊嬰兒語」出自《戰國策》[66]，「楚民間謠」出自《史記》[67]，「漢白渠誦」出自《漢書》[68]，「蜀百姓辭」出自《後漢書》[69]，時段似乎過長，陳第或因以為直至「魏晉之世，古音頗存」(〈毛詩古音考自序〉)，故取材不避後漢；然以今日看來，漢魏音已可劃歸另一時期，不與《詩經》時代之音混同。且所舉之例包

65 《左・宣二年》華元答役人歌：「牛則有皮，犀兕尚多，棄甲則那。」役者又歌：「從其有皮，丹漆若何。」

《左・襄四年》朱儒歌：「臧之狐裘，敗我于狐駘。」

《左・僖十五年》晉伯姬之占：「姪其從姑，六年其逋，逃歸其國，而棄其家。」

《左・成十七年》聲伯之歌：「濟洹之水，贈我以瓊瑰，歸乎歸乎，瓊瑰盈吾懷乎。」

《左・僖五年》滅國謠：「丙之晨，龍尾伏辰，均服振振，取虢之旂。」

《左・哀十七年》渾良夫譟：「登此昆吾之虛，綿綿生之瓜，余為渾良夫，叫天無辜。」

66 《戰國策・齊策六》：「大冠若箕，修劍拄頤，攻敵不能，下壘枯丘。」

67 《史記・項羽本紀》：「楚雖三戶，亡秦必楚。」

68 《漢書・武帝紀》：「且溉且糞，長我禾黍，衣食京師，億萬之口。」

69 《後漢書・廉范傳》：「廉叔度，來何莫，不禁火，民安作，平生無襦今五袴。」

括宋、齊、楚、蜀等等，地域性似未措意。

由以上論述，可對陳第古無叶音說小結如下：

一、隋唐時期的「協音」與宋明的「叶音」大異其趣，陸德明的協韻其實保存了若干古音，且在自覺層次上也意圖保存古韻原貌；講「合韻」的顏師古，更可謂考古音之先鋒，其在《匡謬正俗》一書中之古音考證，為吳棫師法，陳第的工作基本旨趣與方法是直承隋唐的。江永謂：「唐人叶韻之叶字亦本無病，病在不言叶音是本音，使後人疑《詩》中又自有叶音耳。叶韻，六朝人謂之協句，顏師古注《漢書》謂之合韻，叶即協也，合也，猶俗語言押韻，故叶字本無病。」（《古韻標準‧例言》）大抵能得其實，要注意的便是，這只是說「唐人」，並不包括宋明人的叶音。

二、在「叶音」已成為不合理的濫說之後，加上楊慎觀念混淆之著作大行於世，其中漏洞顯而易見，此時焦、陳起而徹底推翻之，實乃瓜熟蒂落。甚至於在宋代，若非學術籠罩於理學之下，以吳棫、朱子等之古音學素養，若專力於此，未嘗不可獲致可觀的成績。項安世早已提出了研究《詩經》音韻具體而微之架構，若非蜻蜓點水式的稍一論及，而以專著研究，則根本無須經過楊慎之轉折。宋明在古音研究之學術基礎幾乎一致，而宋則失之交臂，明則開花結果，箇中原因，殊堪玩味，卻非本文所能詳論。

三、陳第提出「古無叶音」，能在著作中反覆推闡此一觀念，並指導研究方向，便脫開以往「叶音」之實用（即求誦讀之便）旨趣，而明確標出新的研究領域。此為其最大貢獻所在。

第三節　陳第之音韻觀念

一　「時有古今，地有南北」

近人講古音學史，陳第之「時有古今，地有南北，字有更革，音有轉移，亦勢所必至」成為名言[70]。然錢大昕（1727-1804）曾云：

> 日古今音之別，漢人已言之，劉熙《釋名》云：「古者日車聲如居⋯⋯今日車聲近舍。」韋昭辯之云：「古皆音尺奢反，從漢以來始有居音。」此古今音殊之證也。（《音韻問答》，《昭代叢書》壬集卷十）

謂漢人已注意古今異音的問題[71]，本文亦已論及。事實上，自漢以來，談及音讀問題，幾乎無人不具古今音異的觀念；至於語音之地域性，《漢書・地理志》亦已述及：

> 民有⋯⋯音聲不同，繫水土之風氣。

顏之推（531-591後）更明言：

> 夫九州之人，言語不同，生民以來，固常然矣。（《顏氏家訓・音辭篇》）

70　土力（1935：273）：「陳第的見解，比吳棫、楊慎的見解高了許多。因為他能知道『時有古今⋯⋯音有轉移』時地的觀念，在音韻學上最為重要。」張世祿（1938：267）：「謂：『時有古今⋯⋯亦勢所必至』，他抱著這種語音歷史和地域的觀念，所以能破除叶韻，直言古音。」董同龢（1954：238）：「能澈底廓清叶韻說的是與焦竑同時的陳第。他悟到『時有古今⋯⋯音有轉移』」。

71　戴震亦曾提及漢儒鄭玄已知古音，見註24。

因此，陳第提出此一命題之意義並不在於其「始悟」，而是能以專著反覆闡明此意，將研究方向確定指向建構古音。其後不久顧炎武繼之，清代接連幾位學者投身於古音研究之新天地，獲致可觀之成績。就客觀影響言，可推陳第為首功。是以章炳麟（1869-1936）所謂「自陳季立始明古今異音」（〈重刊古韻標準序〉，《章氏叢書》《文錄》二，頁750），王國維（1877-1927）所謂：「自明以來，古韻上之發明有三，一為連江陳氏古本音不同今韻之說……。」（《觀堂集林》卷八，〈五聲說〉，頁348）「始明」或「發明」其意應為：始發而明之，乃是將已有之觀念闡明清楚。

然而，再仔細考察上述名言，則發現其實包含了一個今日看來錯誤的想法，即：

> 然一郡之內，聲有不同，繫乎地者也；百年之間，語有遞轉，繫乎時者也。況有文字而後有音讀，由大小篆而八分，由八分而隸，凡幾變矣，音能不變乎？（《讀詩拙言》，頁1a）

陳第以為，先有文字，後有語音，文字會變，語音當然跟著變；與現今語文知識並不相符。

陳第研究古音，掌握得最清楚的觀念是語音的演變，認為一代有一代之音。對於「古」音的時代，具有分期之概念，而不似前代學者籠統地以為今日以前便是「古」。在他的觀念中，大約先秦至兩漢是一期，魏晉一期，隋唐又一期。〈毛詩古音考自序〉謂：

> 《左》、《國》、《易象》、〈離騷〉、《楚辭》、秦碑、漢賦，以至上古歌謠箴銘贊頌，往往韻與《詩》合，實古音之證也。（《毛詩古音考》）

認為漢代以前音韻都可算《詩經》音的年代。但這只是概略之說法，陳第仍然注意到，這段期間內音韻已可見演變之跡，《讀詩拙言》謂：

> 自周至後漢，音已轉移，其未變者實多。（頁1b）

因未變者多，故仍屬「韻與《詩》合」之同一期。魏晉雖可算另一時期，「讀六朝必考六朝之音」（《讀詩拙言》），但是「魏晉之世，古音頗存」（〈毛詩古音考自序〉），仍可見先秦古音之遺留。而隋唐則是古音「漸盡」（同上）的新階段了。直到今日，古音之研究大體仍可分「上古音」及「中古音」兩期，陳第看出「古音……至隋唐漸盡矣」（同上），已然分別了上古音與中古音。而中古以前音韻，較細密的研究又分別先秦音、兩漢音、魏晉音，由上述可見，此點陳第也已見端倪。這一觀念，對於他將音韻材料分出「本證」、「旁證」，相當重要，且對古音學之發展具有貢獻，詳本章第四節。

　　另有一點值得注意的是陳第「以今音讀今，以古音讀古」（〈屈宋古音義跋〉）的認識，考古音，並不求「復古」，如顧炎武者然，（按顧氏〈音學五書序〉曾謂：「天之未喪斯文，必有聖人復起，舉今日之音而還之淳古者。」）。陳第主張：「為今之詩，古韻可不用也，讀古之詩，古韻可不察乎？」（〈毛詩古音考自序〉）觀念相當通達。

　　其實，「以今音讀今，以古音讀古」的觀念，在明代並不特殊，楊慎、焦竑都作如是觀。楊慎曾提出：「大凡作古文賦頌，當用吳才老古韻，作近代詩詞，當用沈約韻。[72]」（《丹鉛雜錄》，卷二，〈音韻之原〉，頁13）焦竑亦云：「若夫為今詩從今韻，以古韻讀古詩，所謂各得其所耳，悉異焉？」（〈毛詩古音考序〉）皆不泥古，只是，陳第闡述得更清楚，曾謂：

72　明人皆以為今韻創自沈約，參註57。

夫乾坤毀而不易者，道也：時地易而轉移者，聲也。故生齊則
齊言矣，生楚則楚言矣；使聖人而生于後世，有不讀服為復，
讀華為花，讀慶當以去聲乎？然溯流窮源，必有說心研慮而異
乎世者，此同異之準也。《禮》曰：醴酒之用，玄酒之尚；割
刀之用，鸞刀之貴；莞簟之安，而槀鞂之設；此所謂反本修
古，不忘其初者也。故磬蕩之讀而羌瑲之知（按此指陳第前文
所言「慶古本讀羌而今讀磬；當古本讀瑲而今讀蕩」）；服華之
從而遍敷之辨；楷書之用而篆隸之考，亦不忘古初意也。（《讀
詩拙言》，頁13b）

「知」與「用」分開，考古並不為著今用，只不過滿足窮源溯流、不
忘古初的心意，那麼，考古本身為純粹學術興趣；因有此一觀念，則
客觀知識之追求便有可能。

因此，陳第提出「時有古今，地有南北」，值得稱道處在於通時
達變的見識與考古求知的興趣。[73]

二　對《詩》韻的觀念

陳第對於《詩》韻，顯然明分為自然、人為二種，由於有此認
識，便不至於以後代人為詩律出現後的法則臆測古代。用字方面，對

---

73 清代江永在反省此一問題時意見全同於陳第，茲錄其語如下：「古人之音雖或存方
　音之中，然今音通行既久，豈能以一隅者概之天下？譬猶窯器既興，則不宜於籩
　豆，壺斟既便，則不宜於尊罍，今之孜孜考古音者，亦當告之曰：古人本用籩豆尊
　罍，非若今日之窯器壺斟耳；又示之曰：古人籩豆尊罍之制度本如此，後之摹仿為
　之者或失其真耳。若廢今人之所日用者而強易以古人之器，天下其誰從之？……顧
　氏《音學五書》與愚之《古韻標準》皆考古存古之書，非能使之復古也。」（《古韻
　標準・例言》）

於押韻之和諧出於自然者，以「諧」字稱之，以別於人為求諧之
「叶」字；他並認為：《詩經》時代詩韻自然天成，後世始有人為限
韻者，不可一概而論；凡此種種，俱見其觀念清晰：

> 《毛詩》之韻，動乎天機，不費雕刻，難與後世同日論矣。
> （《讀詩拙言》，頁5a）

> 士人篇章，必有音節，田野俚曲，亦各諧聲；豈以古人之詩而
> 獨無韻乎？（〈毛詩古音考自序〉）

> 同乎我者，謂聲之諧，異乎我者，謂韻之叶，以一地概四方，
> 以一時概千古，將使文字聲律渙判支離。（《讀詩拙言》）

> 古人之詩取其可歌可詠，豈屑屑毫釐若經生為邪？（《毛詩古
> 音考》，卷一「怒」字下注，頁27b）

能夠分辨自然的詩韻與人為的詩律，並且指出《毛詩》之韻出於天
然，則「叶韻」說自無立足餘地，此在上一小節已論及。其實，朱子
早已提出古詩押韻出於自然之說：

> 古人情意溫厚寬和，道得言語自恁地好。當時叶韻只是要便於
> 諷詠而已，到得後來一向於字韻上嚴切，卻無意思。（《朱子語
> 類》，卷八十，頁3307）

朱子此處叶韻殆指押韻[74]，已經說出了古人押韻只是要便於諷詠，「自

---

74 參張素卿〈朱子叶韻說重探〉。

恁地好」，卻未指出叶音即本音，蓋朱子談韻只是留意諷讀的問題，
主要關懷仍是體會義理，故不曾將古音或古韻問題當作值得研究的對
象。陳第既將「知」由「用」中分別出來，視古音本身為研究對象，
則同樣的現象就導出不同的領悟。

三　「四聲之辨，古人未有」

陳第討論四聲問題，後世學者大多誤解其本意，以為其意乃謂上
古並無四聲之別；實則，陳第所論乃《詩》韻分辨四聲平仄的問題，
並非上古有無聲調的問題，若不斷章取義，其旨顯然可見。陳第於此
既是討論作詩押韻問題，本當置於上一項對詩韻之觀念討論，唯以後
人多誤以為聲調問題，故另立此目。

《讀詩拙言》謂：

> 有云「升彼虛矣，以望楚矣」，又「樂只君子，福祿膍之；優
> 哉游哉，亦是戾矣」。「虎敗稽首，對揚王休；作召公考，天子
> 萬壽。」此數者，皆仄以承平也；然節奏調暢，自是可讀。蓋
> 四聲之辨，古人未有，《中原音韻》此類實多；舊音必以平叶
> 平，仄叶仄也，無亦以今而泥古乎？總之，《毛詩》之韻動乎
> 天機，不費雕刻，難與後世同日論矣。（頁5a）

基本觀點仍是《毛詩》之韻出乎天然，根本不受平仄的限制。陳第認
為：《詩經》中平仄通押的例子雖所在多有，但讀來仍是節奏調暢；
並舉《中原音韻》為例，是書為北曲韻書，歸納關、鄭、馬、白的戲
曲而成，元曲之韻類皆平仄通押[75]，陳第此處蓋注意到北曲「韻共守

75　可參鄭騫先生《北曲新譜》，藝文。

自然之音」（〈中原音韻序〉）的活語言特色，加上音樂性：「四聲之說起于後世，古人之詩取其可歌可詠。」（《毛詩古音考》卷一，怒字下注）以樂音歌詠時，平仄問題便不是那麼重要了，因此，平仄通叶亦不妨其節奏調暢。以平叶平，以仄叶仄，實在是因為囿於後世人為詩律的束縛。因此，陳第並沒有對上古有無四聲的問題作討論，對上古聲調的設想便是：一字或有某一固定的聲調，或有異調之數讀，而一字究竟聲調如何，可由韻語材料歸納而得。由此亦可見，陳第所謂「四聲之辨，古人未有」並不是說古代沒有聲調，否則，不必有如下之例，一一考辨古代調讀，如：

> 事，音始；古聲上，今聲去，亦幾希之間。（《毛詩古音考》，卷一事字下注，頁15a）

陳第以本證三，旁證三，證古時事字皆與上聲字押韻，當作上聲讀。謂「亦幾希之間」則是因他以為上去二調音值相近，另一處亦曾言及：「且上去二音亦輕重之間耳」（同上，卷一，怒字下注，頁30a），蓋其主觀感覺。他如：

> 稻，音島，古今之辨，微在上去之間耳。（卷二，頁49a）
> 享，音鄉，今讀上聲，古讀平聲，與饗一例。（卷三，頁3b）

皆是以韻語資料判斷古代聲調不同於今。又以為古代有兩讀（或以上）之字，如：

> 子，音止，古子有二讀，與紙叶者聲近濟水之濟；與語叶者如今讀。（卷一，頁13a）

> 士，音始，古士有二讀，一與語韻相叶者如今讀；一與紙韻相
> 叶者聲當如始。（卷二，頁19b）

按此說實來自吳棫，《韻補》謂：

> 子，獎禮切，孳也……古子有二讀，與紙叶者聲近濟水之濟，
> 與語叶者如今讀。（頁102）

> 士，上止切，事也，古士有二讀，一與語韻相叶者聲如今讀，
> 一與紙韻相叶者聲當如始，不當如今讀。……（頁103）

然陳第又有一些列出數讀之字，舉證略嫌瑣屑，如來字共列出平（音
釐），去（音利）、入（音力）三讀，其平聲讀以舊注、異文以及本證
五、旁證九為證[76]，入聲一讀則有本證六、旁證三為證（見卷三，頁
6a）；而去聲讀則唯曰：「音利，今讀來有萊賴二音，古有三音，其釐
力者已見上，此則去聲也。」（卷三，頁8b）並僅有本證一、旁證
一；陳第所以如此斷言有去聲讀，恐亦受「今讀」有去聲一音之影
響。如此之例尚多，是以顧炎武（1613-1682）云：「不知季立既發此
論（按指四聲之辨古人未有之說），而何以猶扦格於四聲，一一為之
引證，亦所謂勞唇吻而費簡冊者也。」（《音論》，卷中，頁10a）江永
（1681-1762）亦謂：「陳氏知四聲可不拘矣，他處又仍泥一聲，何不
能固守其說耶？」（《古韻標準·例言》）江永於來字唯取平入二音，

---

76 《毛詩古音考》，卷一，頁26b來字下注：「音釐，《儀禮》來女孝孫，注云：來讀為
　釐。……〈劉向傳〉貽我來牟作飴我釐麰，又有力利二音見後。」本證舉〈終風〉
　等五則，旁證則舉《易象》、《楚辭》等，茲不贅引。又按所引異文為漢代資料，本
　不足以證《詩經》時代之音，此為陳第方法上之疏漏，詳第四節。

曰：「陳氏謂來有釐利力三音，今唯讀平入二音可也。」（《古韻標準》入聲第六部，頁162b）基本上顧、江二人皆贊同陳第之《毛詩》不拘四聲說，江永闡述得尤其清楚：

> 四聲雖起江左，按之實有其聲，不容增減……亦有一章兩聲或三四聲者，隨其聲調諷誦詠歌，亦自諧適，不必皆出一聲，如後人詩餘歌曲，正以雜用四聲為節奏，《詩》韻何獨不然？前人讀韻太拘，必強紐為一聲，遇字音之不可變者，以強紐失其本音，顧氏始去此病……然是說也，陳氏實啟之。（《古韻標準·例言》，頁5b）

皆是承認古有四聲，論點唯在《詩》韻是否四聲分明不能通押。但到段玉裁（1735-1815）時，卻由《詩》韻的問題轉而注意語音的問題了，但尚未曲解陳、顧等人意見：

> ……顧炎武之書亦云平仄通押，去入通押，而不知古四聲不同今，猶古本音部分異今也。（《六書音韻表》卷一，頁19a）

> 古平上為一類，去入為一類，上與平一也，去與入一也，上聲備於三百篇，去聲備於魏晉，……古無去聲之說，或以為怪……。（同上，頁20a）

又提「古無去聲」之新見，總之，研究方向已脫離押韻問題了。再至江有誥（？-1851）時，繼續討論語言中的聲調問題，卻將陳、顧、江諸人的意見全部納入語音聲調問題討論：

> 古韻無四聲，明陳氏以發其端，江氏申明其說者不一而足，然
> 標準仍分平上去入四卷，則自亂其例矣。想慎齋於去入不能配
> 合，顧聽其各見耳；蓋實至廢十三部當析為四，入聲自質至薛
> 十三部并職德二部昔錫二部之半亦當析為四……愚于韻譜一依
> 經文詮錄，不分四聲，庶見古韻廬山真面也。（頁2b）[77]

認為江永申明陳第之說者，為古代聲調無平上去入四聲之分，殊與
陳、江異趣，是後古音學者之討論，便集中於語言之聲調問題了。

　　本文論陳第之四聲觀念，所以不憚辭費論至清代，乃欲呈現此門
學術之發展線索，而更清楚陳第在發展上之位置。本來，古音學之開
始是由韻的問題起步，由實用的押韻問題，掘出其中學術研究之天
地，譬如，由六朝隋唐之主要關懷在押韻的「協韻」，引出了由古代
韻語之押韻斷定古有某讀之研究，這便是由「《詩》韻」到「語音」
的歷程。陳第時，韻的研究已可完全脫離實用的押韻問題而進入學術
性質的古音研究；但研究範圍也僅及於韻母，尚未暇顧及聲母。至於
聲調，原亦與押韻有關，陳第首先注意到調的問題時，猶是由押韻現
象著眼討論，直到清代段玉裁以後，才脫開押韻，直究語言中的聲調
數目或調值問題。因此，董同龢先生謂陳第以為「先秦沒有聲調」，
並加以批評「這種想法是不能成立的」（《漢語音韻學》，頁305），是
忽略了聲調研究之歷史發展，實則，「先秦沒有聲調」的想法可能根
本不曾出現過。

---

77 按江有誥壬午（1822）致王念孫（1744-1832）書又討論此一問題，進而有不同觀
　　點：「……有誥初見亦謂古無四聲說，載初刻凡例，至今反覆紬繹，始知古人實有四
　　聲，特古人所讀之聲與後人不同。」（《音學十書》冊七，壬午冬月〈再寄王石臞先
　　生書〉）因非關本文此處論旨，故略而不論。

第四節　論陳第之「考證」

一　陳第以前考求古音之方法、材料及「求證」觀念

　　就今之可以考見，陳第以前以考證方法追究古音者，首推北齊李季節，見於《顏氏家訓・音辭篇》引：

> 李季節云：「齊桓公與管仲於臺上謀伐莒，東郭牙望見桓公口開而不閉，故知所言者莒也。然則莒、矩必不同呼。」（《顏氏家訓集解》，頁496）

李氏據《管子・小問篇》「口開而不闔」證古音莒為開口，但這對後世影響並不大。顏之推在《顏氏家訓・音辭篇》亦表示「參校方俗，考覈古今」（頁473）之興趣，然其旨在「正音」，以文獻資料客觀考證古音者並不多見。或許顏之推對語言的興趣影響了其孫顏師古，師古可謂開古音考證之先河，見於其《匡謬正俗》一書，如卷三：

> 丘之與區，今讀則異，然尋按古語，其聲亦同，何以知之？陸士衡〈元康四年從皇太子祖會東堂詩〉云：「巍巍皇代，奄宅九圍，帝在在洛，克配紫微……普厥（歷）丘宇，時罔不綏。」又，晉宮閣名所載某舍若干區者，列為丘字；則知區丘音不別矣。且今江淮田野之人猶謂區為丘，亦古之遺音。（頁22）

以古代韻語、異文考證古音，並佐證以當代方音。又如卷五：

> 〈酷吏傳〉〈長安中歌〉云：「安所求子死，桓東少年場，生時

諒不謹,枯骨復何葬?」荀卿〈禮賦〉云:「非絲非帛,文理
成章;非日非月,為天下明;生者以壽,死者以葬;城郭已固,
三軍已強。」《說苑》云:「吾嘗見稠林之無木,平原之為谷,
君子無侍僕,江河乾為阬。正冬採榆桑,仲夏雨雪霜,千乘之
君,萬乘之王,死而不葬。」據韻而言,則葬字有臧音矣。
(頁48-49)

此據古代韻文以定古代異調,可見四聲說起後,學者便以為古代韻文
亦皆四聲分用,由來已久;千載之後陳第提出「四聲之辨古人未有」
之說,自是創見。又,此條以〈長安中歌〉等三則韻文為證,在《匡
謬正俗》一書考證古音各條中,已算是取證較多者,其他則多孤證,
如卷七:

郭璞〈山海圖讚〉曰:「寓屬之才,莫過於蜼,雨則自懸,塞鼻
以尾,厥形雖陋,列象宗彝。」此則彝有上聲音也。(頁87)

可見此時上不以博證為務。又如卷六:

問曰:俗呼姓楊者往往為盈音,有何依據?答曰:兩者並通[78],
按晉灼《漢書音義》反楊惲為由嬰,如此則知楊姓舊有盈音,
蓋是當時方俗,未可非也。(頁70-71)

則是以古籍舊注為據,以考古音。至於取證材料的時代,則似非關心
所及,如卷八:

---

78 按《四庫全書》本無此四字。

> 或問曰；年壽之字，北人讀作受音，南人則作授音，何者為
> 是？答曰：兩音並通，按《詩》云：「南山有栲，北山有杻；
> 樂只君子，遐不眉壽。」此即音受。嵇康詩云：「頤神養壽，
> 散髮巖岫。」此即音授也。（頁95）

《詩經》的例子與嵇康的例子並列，蓋前文曾稍論及：此時在「一字
多音」的背景下，考定古代音讀，旨在證明「古代有此一讀」，如上
引葬字、彝字，顏氏皆曰「某字有某音」，而非「某字古音某」；對於
「古代」，僅意謂今日以前，尚未精密考慮到音韻之演變乃一代有一
代之音。

　　敘述至此，可見詩古考證古音有如下特色：

　　1.已知運用古代韻文、異文、方言、舊注等材料，至於「古」，
則籠統指今日以前，因此取證時先秦至六朝泛然不別。

　　2.已具備「求依據」之觀念（見上引楊字音盈例），但不以羅列
多證為貴，故時有孤證斷案之現象。

　　由《左‧昭十一年》「楚子城陳蔡不羹」，《正義》云：「古音羹雝
之字音亦為郎，故〈魯頌‧閟宮〉、《楚辭‧招魂》與史游《急就篇》
羹與房、漿、糠為韻，但近世以來獨以此地音為郎耳。」（卷四五，
頁22a）以及韓愈（768-824）作詩好用古韻[79]看，在唐代以韻文考知
古讀已是極普遍的事了。

　　前已論及，顏師古的工作給予宋吳棫直接影響，《韻補》之考證
古音，規模更大了。據李思敬及伍明清之研究[80]，吳棫之考證共資取

---

[79] 按《韻補‧書目》列唐宋詩人好用古韻者，包括韓愈（頁5）；《朱子語類》卷140：
　　「唐人惟韓退之、柳子厚、白居易用古韻。」（頁5341）

[80] 見李思敬〈論吳棫在古音學史上的光輝成就〉；伍明清《吳棫之古韻學》。

下列材料[81]：

1. 古代韻文：如上平聲五支，

> 霾，（陵之切），……顏延年詩：「雖慚丹臒施，未謂玄素暌；
> 徒遭良時詖，王道奄昏霾。」（頁14）

上平聲九魚，

> 家，攻乎切……，《左氏傳》伯姬之占曰：「姪其從姑，六年其
> 逋，逃歸其國，而棄其家。」馮驩歌曰：「長鋏歸來乎，食無
> 魚。」又曰：「長鋏歸來乎，無以為家。」（頁16）

下平聲七歌，

> 家，（居何切）孔臧〈蓼賦〉：「非德非義，不以為家，安逸無
> 心，如禽獸何。」（頁67）

去聲九御，

> 家，（古慕切）……《易林》：「三足孤鳥，靈明為御，司過罰
> 惡，自殘其家。」（頁152）

---

81 按以下標目大抵依據伍文，至於所舉例證，則依本文需要，所引特曰後為陳第襲用
　或改進者。

2.《說文》諧聲：上平聲五支，

> 霾，……雨土也，說文貍聲。……（頁14）

3. 聲訓材料：《韻補》書目中吳棫指出：《白虎通》、《釋名》皆「依聲寓義」之書，例同上，

> 霾，……《釋名》：風而雨土曰霾，霾，晦也，言如物塵晦之色也。（頁14）

按《韻補》無晦字，但查《廣韻》與晦字同音之誨、悔二字（在隊韻），《韻補》屬之實韻（頁148），吳棫認為隊韻「古通實」（頁159），與支韻之霾字僅平去之別，故才老以此為證。又，據伍明清研究，《韻補》用聲訓資料，僅著眼於二字韻母關係，而不及聲母。（伍文，頁21）

4. 經籍異文：如上平聲十七真，

> 命，彌并切，使也，《左氏傳》「異哉，君之名子」。又曰「今名之大以從盈數」，《史記》皆作命。……（頁33）

上平聲一東，

> 臨，良中切，……《毛詩》「臨衝」，《韓詩》作「隆」，假借。（頁5）

當然，異文要考慮的因素其實很多，譬如《史記》的異文就不見得全

是假借字，也許是訓詁字；而且，假借字出現的時代，代表該時代的音，也當精密處理。其實，再深入一層說，「假借字」究竟能不能算作考證古音的「證據」，尚須斟酌。事實上，假借字的認定，根本是古音知識已具之後所下的判斷，否則，古書並未標明此為音同而假借，異文又有訓詁字、古今字、正俗字、訛誤等種種情形，若以古音知識認定其為同音假借，又援為證據以證古音，豈非循環論證？嚴格說，上一項「聲訓」材料亦同，認定這批材料為基於音韻關係之聲訓，而非僅意義關係，已是後人的研究成果了；且漢代的聲訓或襲自前代，或為當代產物[82]，究竟應作為哪一時代音韻的佐證材料，亦須考慮。才老身處古音研究之篳路藍縷時期，知運用此等材料實應大加表彰，本文所以用後代學術累積之成果檢討前賢偉大貢獻，主要為了下文討論陳第之時，更突顯其分出「本證」、「旁證」之意義。

　　5. 古注音讀：如上平聲九魚，

> 華，芳無切，榮也，郭璞曰：江東謂華為敷；陸德明曰：古讀華如敷，不獨江東也……。（頁18）

上平聲十七真，

> 南，尼心切，……《毛詩》「遠送于南」，沈重讀。……（頁29）

上聲八語，

> 顧，果五切，回視也，《詩》「寧不我顧」，徐邈讀。……（頁106）

82　參徐芳敏：《釋名研究》，臺北：臺灣大學中國文學研究所碩士論文，1985年。

下，後五切，上下也，毛詩一十有七，陸德明云：叶韻皆當讀
如戶……。（頁115）

這裡可以看見，隋唐時注音家所謂諧韻音，經吳棫再補充古代韻文等
材料（按上引文刪節號部分，乃吳棫所引韻文資料，本文略之），證
為古音，古音學的起源，其實就在「協韻」說中。

　　6.古今方言：如下平聲七歌，

　　　　罹，良何切，遭也，楊雄《方言》：罹謂之羅，羅謂之罹……
　　　　（頁102）

此用古代方言資料，又，上聲四紙，

　　　　子，獎禮切，……古子有二讀，與紙叶者聲近濟水之濟；與語
　　　　叶者如今讀，耔、梓一類皆仿此。（頁102）

此條雖舉當時方音以說古音，但並非作為「證據」以證古音，更恰當
之例子當如上平聲九魚毛字：「……今俗語猶然者，或古語亦通乎。」
（頁19）但因「子」字之說為陳第襲用，故取為例。

　　日後陳第考證古音所用材料，實未超出上列六項，且多有直接襲
用者，下文將具體指出。

　　為吳棫作序的徐蕆且曾明白以文字說明用諧聲字考古韻的方法：

　　　　殊不知音韻之正本諸字之諧聲，有不可易者，如霾為亡皆切，
　　　　而當為陵之切者，由其以貍得聲；浼為每罪切，而當為美辨切
　　　　者，由其以免得聲；有為云九切，而賄、痏、洧、鮪皆已有得

聲，則當為羽軌切矣；皮為蒲縻切，而波、坡、頗、跛皆以皮得聲，則當為蒲禾切矣。(〈韻補序〉)

而且，提出統計數字以明古韻之異於今：

> 服之為房六切，其見於《詩》者凡十有六，皆當為蒲北切，而無與房六叶者；友之為云九切，其見於《詩》者凡有十一，皆當作羽軌切，而無與云九叶者，以是類推之，雖毋以他書為證可也。(同上)

古音學的基本概念：古有正音非叶，考證上古韻的兩項主要材料：《詩經》韻語及諧聲字，以及主要方法：歸納韻語；都在徐蔵〈序〉文中提出了。

項安世也提出過考古音的二個要點：

> 古人呼字，其聲之高下與今不同……求之方俗之故言，參之制字之初聲，尚可考也。如烏為之鴉，姑謂之家……凡此皆方俗之故言也，而考之於《詩》而合焉；痏、洧從友而音偉，宄、軌從九而音鬼……凡此皆制字之初聲也，而考之於《詩》而又合焉。夫字之本聲，不出於方俗之言，則出於制字者之說，舍是二者，無所得聲矣。(《項氏家說》卷四，〈詩音〉，頁12-13)

前文曾論及：項氏由《詩》韻之一致性肯定《詩經》時代音韻與今不同，是今所見資料中最早闡明「古有定音」之觀念者；此則謂：除由韻腳歸納外，古音又保存於方言、諧聲偏旁中，可據以考知。項氏還討論過《詩經》韻例：

《詩》有一句一韻者……兩句一韻者，常體皆然；有三句一韻者，……有四句一韻者，有隔韻用韻者……（《項氏家說》，卷四，〈詩句押運疏密〉，頁13-14）

《詩》有上聯不押韻而下聯連用兩韻者，如……《詩》有第二句不押韻而以首句押韻與次聯相應者，如……《詩》有每章引聯皆不用韻，如……（同上，〈詩押韻變例〉，頁14b）

《詩》有以一韻成一章者，如……（同上，卷四〈重押韻〉，頁15a）

雖草創粗疏，然日後古韻分部之所以日趨精密，關鍵正在於韻例之分析日精，項氏早已得其門而入。

討論至此可見：考證古音的觀念、材料、方法，在宋代已然完備，只要在此基礎上深入鑽研，則走到清人的成績是必然的。只是，全面整理研究上古音韻是一浩大工程，清代不乏窮數十年精力整理古代音韻材料者（如顧炎武著《音學五書》），而宋代則不見有學者殫精竭力於此。

明代楊慎，雖古音學著作繁多，然徒博而不精，於前人之音韻觀念，不分良莠地接受，在古音學史上，有客觀的影響，而無跨步之成績，其古音考證之材料與方法，無足述者；唯其學問傾向炫「博」，考證時開始強調廣徵博引為貴（詳後），則開後來羅列證據著述之風。

由以上述論可見，陳第之前，到南宋項安世為止，考證古音之觀念、材料、及方法皆已具備，而由顏師古之孤證斷案，到明代楊慎強調廣徵博引。以「考證」方法追究古音，實不自陳第始。下文再就「考證」觀念作進一步追溯。

　　限於時間及筆者學力，以下討論陳第之前學者對於「考證」的觀念時，所徵文獻或有不足，然本節主旨僅欲明陳第在學術史上之主要成就絕不在於「證」的觀念之提出[83]；陳第以前考證情形之述論，足以明「考證」為自古以來學者所持原則或工具，不待陳第而始進入「搜求證據」的「新時代」。[84]

　　錢穆先生曾云：

　　　考據僅為從事學問之一方法，學問已入門，遇有疑難，必通過考據。（〈新亞學報發刊詞〉）

信然。考據實是自古以來學者整理文獻、研究學問所普遍使用的方法，或者工具。孔子「文獻不足故也，足則吾能徵之矣」（〈八佾〉）。「徵」即是考證[85]，漢代學者治經、校理典籍，考證工夫更是具體可見；太史公云「考信於六藝」（《史記·伯夷列傳》），自是考而徵信；後魏劉芳且有《毛詩箋音證》、《儀禮義證》等書[86]，逕以「證」為書名，而《顏氏家訓》有〈書證〉篇，更「全是考據之學」[87]，且有「引〈封禪書〉為證」（頁458）、「往往引以為證」（頁458）之語，取證以立說之自覺已相當清晰。到了宋代，「考證」一詞更是使用得極普遍了。尤其在朱子的著作中，如：「是以項來得以參互考證，改而

---

83 容肇祖：《明代思想史》第八章〈考證學與反玄學——陳第〉曾謂：「他（按指陳第）用證據法來研究《詩經》的韻腳是古音，找尋著許多證據去證明……用證據來考訂古書，便是學術史上一大進步，這便是科學的治學方法，懂得運用這方法便是他在思想史上最大的貢獻。……陳第的方法，大約本著他的家庭傳習的法律觀念，而推用到考證古書上。」（頁279）

84 胡適：〈幾到反理學的思想家〉，《胡適文存》三集二卷（聯經），頁93。

85 說本林慶彰：《明代考據學研究》，頁6。

86 參《魏書·劉芳傳》、《隋志》。

87 黃叔琳語，轉引自王利器：《顏氏家訓集解》，頁375。

證之，凡所更改，皆有據依，非出於己意之私也。」（《文集》卷四十二，〈答胡廣仲〉，頁704）等，隨處可見。[88]王應麟（1223-1296）更是宋代考證大家，且有《漢藝文志考證》一書，逕以「考證」為書名者，或以此書最早。清張之洞（1833-1909）之《輶軒語》〈語學篇〉「通論讀書」條，便謂：「考證校勘之學，乃宋祁、曾鞏、沈括、洪邁、鄭樵、王楙、王應麟開其端，實亦宋學也。」[89]但須注意的是：宋代雖有許多學者從事考證，但不成為學風，譬如，朱子亦具考證的精神與興趣，但為學次第上則卑視考證：

> 若論為學，考證已是末流，況此又考證之末流，恐自此不須更留意，卻且收拾身心向裡作些功夫。（《文集》卷59，〈答吳斗南〉）

與清代「考證之學遂爭鳴天下」[90]的情況大異其趣。因此，「考證」自古有之，只是於清為盛，箇中原因之追究，正是富有研究趣味之課題。

就古音之考證言，前文論及：顏師古已開始運用各種材料考求古代音讀，然其時猶不以羅列多證為貴，常有孤證斷案現象。至宋吳才老，以傾向於博證，徐蔵〈韻補序〉云：

> 《補音》引證初甚博，才老懼其繁重不能行遠，於是稍削去。

朱子亦曾提及：

---

88 參錢穆：《朱子新學案》冊五〈朱子之校勘學〉、〈朱子之辨偽學〉、《朱子之考據學〉諸章。

89 按上引王應麟、《輶軒語》資料蒙王師叔岷提示，謹誌謝忱。《輶軒語》引文在〈為學忌分門戶〉條，頁26a。

90 清唐鑑（1778-1861）《國朝學案小識》，〈學案提要〉，頁11b。

> 或問：吳氏叶韻何據？曰：他皆有據，泉州有其書，每一字多
> 者引十餘證，少者亦兩三證，他說元初更多，後刪去，姑存此
> 耳。(《朱子語類》，卷80，頁3305)

才老所以刪削，真正原因恐只是當時印刷不便；若原書尚存，則一字
列十餘證者，與顧炎武何異？「搜求證據的新時代」何待十七世紀？
古音學一開始便以羅列證據為基本工作了，而淹博容易，難只在識
斷、精審。[91]

　　楊慎學問以博洽稱，更是有意識地廣羅證據，〈答李仁夫論轉注
書〉曾謂：

> 其才老所取已備者不復載……單聞孤證補而廣之……。(《轉注
> 古音略‧附錄》)

以單聞孤證為不足，固可說是已意識到證據效力問題，但就用修其人
而言，好奇炫博本是性情趨向，倒不見得真是理性上持有重視客觀論
據的信念。且明人著書好誇博奧[92]，原因固待深入討論，但出版較前
方便，恐亦是條件之一。一代風尚如此，陳第古音學單就羅列證據
言，實無足述；然其標明「本證」、「旁證」則前無古人，並且具有強
烈震撼力，令人嘆服其「考證」之新法，以下本文將討論陳第考證古
音所用材料方法，以及其「本證」、「旁證」之真正意義所在。

91　江永謂：「宋吳才老始作《韻補》……明楊慎用修又增益之……余謂凡著作有三
　　難：淹博難、識斷難、精審難，二家淹博有之，識斷、精審則未也。」(《古韻標
　　準‧例言》，頁2a)

92　《四庫提要‧子部‧道家類》《莊子翼》八卷提要云：「明人著書好誇博奧。」

二　陳第考證古音之方法與材料以及「本證」、「旁證」問題

前已述及，陳第考證古音所資材料種類並未超過吳棫[93]，以下略舉數條，讀者對照上文所引吳棫所用材料，因襲之跡不言而明，如《毛詩古音考》卷一霾字下注：

> 霾，音貍，雨土也。《說文》：貍聲，《釋名》：「風而雨土曰霾，霾，晦也，言如物塵晦之色也。」（頁26b）

此條「旁證」則取吳棫所用顏延年和謝靈運詩。又卷一命字下注：

> 命，音名。《左傳》：異哉君之名子；又曰：今名之大以從盈數，《史記》皆作命。《孟子》：命世之才，謂名世也，亡命，匿名也。（頁48a）

他如卷四臨字，

> 臨，音隆，〈皇矣〉「與爾臨衝」，《韓詩》以臨作隆。（頁19a）

卷一下字，

> 下，音虎，陸德明云：當讀如戶，魏了翁云：六經凡下皆音虎，舍亦音暑，不特六經，古音皆然。

---

93 李思敬〈論吳棫在古音學史上的光輝成就〉一文有同樣意見，謂吳棫考證古音運用了韻語、諧聲、異文、聲訓、音讀（按指古注古讀）、方言六種方法。「從這六種方法本身看，吳氏的運用早陳第四百餘年，早乾嘉諸老五六百年之久。」（頁76）

卷一顧字：

　　顧，音古，徐邈讀。（頁26a）

卷二罹字，

　　罹，音羅，揚雄《方言》：罹謂之羅，羅謂之罹。（頁76）

卷一子字，

　　子，音止，古子有二讀，與紙叶者聲近濟水之濟，與語叶者如
　　今讀，籽梓一類，凡《詩》悉止音；晉宋時猶此音，如阮籍
　　〈詠懷〉、潘岳〈悼亡〉、謝靈運〈會吟行〉、曹攄〈思友人〉，
　　皆可考而知也。（頁13a）

卷一華字，

　　音敷，郭璞曰：江東讀華為敷。陸德明曰：古讀華如敷，不特
　　江東也。至魏晉轉為和音，嵇康〈贈秀才入軍詩〉……豈敷轉
　　為和，和轉為今音邪？（頁8-9）

卷一家字，

　　音姑，漢曹大家讀作姑，後轉而音歌，雄朝飛操……魏程曉
　　〈嘲熱客詩〉亦以家與過、何為韻，陸機〈前緩聲歌〉以家與
　　歌、波為韻，今乃音加，聲之遞變也。（頁9b）

卷一服字，

> 服，音逼，徐蕆曰：服見於《詩》者凡十有六，皆當為蒲北切，
> 而無與房六叶者。愚按：不獨《詩》，凡《易》、古辭皆然。
> （頁1a）

卷一南字，

> 南，音寧，古與音心為韻，沈約屬之覃矣。（頁24b）

雖與吳棫一脈相承，但亦可窺見陳第在觀念上的進步，即：古音時代
斷限清楚，如華字，吳棫諸音並存不加分別，陳第則依材料的時代斷
定《詩經》時代音敷，而魏晉則轉音了，華、家等字後文還有討論，
此處點到為止。其次，由「不獨《詩》，凡《易》、古辭皆然」，「不特
六經，古音皆然」諸語看，陳第研究對象特為「古音」，認為自己所
考出的音不僅是《詩經》或六經裡的臨時讀法，而是古代人不論何時
何處的固定讀法；這是徹底推翻「叶韻」（按指改讀式叶韻）的結
果。也因為不取叶韻之說，故南字不曰「沈重讀」（按陳第謂南音
寧，蓋以福州方音寧、心、音、林等字韻母皆讀 ŋ 音[94]）。然而，經
過前文討論，我們知道：陳第對「叶韻」的印象只是後代誤解的流俗
之見，實則初期的協韻音正是古音，陳第也承襲了，如：卷一訟音公
（按陳第以鄉音直音，故將古汙中反切以鄉音拼出[95]）、車音姑、居音

---

94 參《漢語方音字匯》及高本漢《中國音韻學研究》第四卷《方言字彙》。按陳第之
　　直音皆用自己家鄉音，詳後文。
95 邵榮芬曾以陳第《毛詩古音考》及《屈宋古音義》中的直音資料考明末福州話的聲
　　韻母系統。

倨、顧音古、貽去聲、野音暑、驅音邱等，都是《釋文》中的協韻音。而顏師古所考如西音先（詳第三節），陳第亦同，卷三西字注：

> 西，音先，《白虎通》：西者，遷方也，萬物遷落也。《文選注》西施作先施。《史記》先俞亟山，《正義》：先俞，山名，即西隃也。存此以備古音。（頁20a）

結論相同，而資取材料則較師古、才老（見《韻補》，頁35）都多，但仍不出聲訓、異文、舊注諸項。

陳第在《讀詩拙言》中說：「愚考《說文》，訟以公得聲，福以畐得聲，靁以畾……凡此皆《毛詩》音也……嗟夫，《說文》之音多與時違，幾為溝中之斷矣，愚獨取之以讀《詩》，豈偶也哉，豈偶也哉。」（頁1-2）實則由諧聲字以考古音，宋人早已知之甚稔（詳上文）。

顧炎武曾謂：「如才老可謂信而好古者矣，後之人如陳季立……之書，不過襲其所引用，別為次第而已。」（〈韻補正序〉）事實上，古韻的研究直到清代，在所用材料上除了徵引更富，較之吳棫並沒有多少推陳出新，而後出轉精關鍵所在，正在「別為次第」的別識心裁，這便是陳第將音韻材料分出「本證」、「旁證」。

顏師古起，考證古音所用最主要的材料便是古代韻文，但羅列材料不分時代，吳棫甚至用歐、蘇韻文為證；楊慎作《轉注古音略》，批評才老之書「多雜宋人之作」，故其「作《古音略》，宋人之叶音咸無取焉。」（〈答李仁夫論轉注書〉）但仍將唐以前材料紛然雜陳，陳第則將它們分為本證、旁證兩項。〈毛詩古音考自序〉謂：

> 于是稍為考據，列本證、旁證二條。本證者，《詩》自相證也；旁證者，采之他書也；二者俱無，則宛轉以審其音，參錯以諧其韻。

「本證」羅列《詩經》韻語,以經證經;「旁證」則搜集《詩經》以外的韻文材料;至於第三種「二者俱無,則宛轉以審其音,參錯以諧其韻。」暫依來新夏氏稱之為「理證」。[96]陳第所以能將《詩經》材料與其他材料分別開來,主要基於他對語音演變觀念之清晰,認為一代有一代之音,嘗謂「讀六朝必考六朝之音」(《讀詩拙言》),則讀《詩經》必考《詩經》時代之音可知,既然一代有一代之音,六朝不同於先秦兩漢,則取證時《詩經》韻語本身才是《詩經》音最主要的證據,這自然要將「本證」分別出來。前一節已說明陳第具有語音分期之概念,與《詩經》音屬於不同時期的音韻材料自然只能作為「旁證」。在旁證材料中,陳第又認為時代接近《詩經》者,證據效力更強,《讀詩拙言》謂:

> 愚編旁證,採《易》獨詳,以時世近,而聲音同也。(頁12b)

嚴格說,若要以韻文考證《詩經》韻讀,所謂「旁證」,應該是指《詩經》以外,與《詩經》同一時期,或者稍早的古書韻語,可以輔助證明《詩經》音讀者;陳第實已有此認識,故對於「時世近而聲音同」之《易經》韻語,採之獨詳。[97]但全盤觀察陳第採為旁證的材料,自先秦以至唐代皆有,如卷一南字旁證有《楚辭・招魂》、司馬相如(?-西元前118)〈長門賦〉、《易林・妬之小畜》、晉陸機(261-303)〈贈馮文羆〉、陸雲〈喜霽賦〉、唐韋蘇州(約736-?)詩;卷一兄字則舉晉惠公時童謠、《易林・比之賁》,班固(32-92)〈辟雍詩〉、《史記・韓安國傳》,韓愈(768-824)詩;卷二乾字舉《楚辭・

---

96 來新夏:〈如何應用與看待考據〉,《社會科學戰線》1985年第1期,頁119-125。

97 江永對於旁證,取材有了更嚴格的標準,謂:「凡旁證取其近古者,魏晉以後,間引一二。」(《古韻標準・例言》)

九辯》、韓愈〈晚春詩〉；卷二苗字則僅舉韓愈〈楚國夫人銘〉一例；卷三泥字則舉謝朓（464-499）〈始出尚書省詩〉、杜子美（712-770）詩；試問：唐代詩文用韻能作為《詩經》音之「旁證」嗎？陳第曾謂：「魏晉之世古音頗存，至隋唐漸盡矣。唐宋名儒博學好古，間用古韻以炫異耀奇……。」（〈毛詩古音考自序〉）學者必先具古音知識，始能知隋唐已是古音漸盡，此時詩韻合於古音者，只是詩人仿古之作，若又以此而證古音，根本是循環論證的謬誤；但陳第旁證中取魏晉以後材料者並不少，他是否曾經考慮過這些材料的「證據」效力問題？

　　陳第在旁證材料中，既然對「時世近而聲音同」之《易經》材料另眼看待，我們相信：陳第取證是有一番斟酌的，假如同時代的韻文更多，陳第必優先採擇。而由以下陳第對於魏晉材料之處理方式看，陳第掌握材料的能力相當強，《讀詩拙言》謂：

> 漢魏六朝之詩，騷賦之變，而近體之椎輪也……其音與古合，如服、宅、年、南、嘉、澤、客、發之類，已採入旁證；其與古異者，如車、家、華、邪之類，亦頗附于末，見其所由變者漸矣；尚有于今不合，古無可附者，亦皆其時之音也，注者悉謂之叶，毋乃冤乎。（頁9b）

陳第分三種情形處理：出現於《詩經》韻腳的字，有兩種情況，其一是魏晉音與《詩經》音合，如服、宅、年等字，則作為《詩》音之旁證；其二則是魏晉音韻表現已不同，如家、華等字，陳第則在注中說明，認為這是音韻演變的現象；第三種情形則是未曾出現於《詩經》韻腳的字，而在魏晉音韻材料中顯現一致性，與今音不同，陳第僅附論於《讀詩拙言》中，認為這是魏晉當時的音，並非與今不合便是叶

讀。這三種處理方式，表現陳第以清晰的音韻演變觀念統攝韻文材料，在「別為次第」中，見其卓識。如此，我們對於陳第採用韓愈的詩作為旁證，未嘗不可另作瞭解，即：學者皆知韓愈好用古韻[98]，則韓愈必已對古韻下過一番考察的工夫（無論結果正確與否），若單以韓愈詩證古讀，如吳棫者然[99]，固然不足；然陳第先以本證考得《詩經》音讀，而留意古韻的韓愈，若經由不同方法（按韓愈如何研究古韻，待考），得著相同之結論，陳第援為旁證，當然有效。

　　以上討論可見，陳第《毛詩古音考》發明「本證」、「旁證」之法，意義並不在於開始進入「搜求證據」的「新時代」，因為宋代吳棫作《韻補》，已經是「每一字多者引十餘證，少者亦兩三證」（見前引）了。陳第真正貢獻在於：以清晰的音韻演變觀念統攝這些證據，確定研究對象與材料。羅列材料並不是最重要的，要緊的是能以正確的觀念研判材料。

　　但陳第的考證中當然也有疏失，如卷一母字，陳第註：「音米，凡父母之母詩皆音米，無有如今讀者。」（頁5a）底下列舉《詩經》韻語十二條為本證，其中如〈葛覃〉「害澣害否，歸寧父母」、〈陟岵〉「陟彼屺兮，瞻望母兮」等皆無問題，但〈蝃蝀〉「朝隮于西，崇朝其雨，女子有行，遠兄弟父母」則費解[100]，陳第未考雨字音讀，查福州方音，雨米二字音亦異，此例似不足以證母音米。此外又舉〈葛藟〉「終遠兄弟，謂他人母」為證，而反略其更適當之下句「謂他人母，亦莫我有」，卻將此句分列在「有音以」之本證中；也許正因為

---

98 按《韻補·書曰》列唐宋詩人好用古韻者，包括韓愈（頁5）；《朱子語類》卷140：「唐人惟韓退之、柳子厚、白居易用古韻。」（頁5341）

99 如《韻補》卷二「誇」字吳棫注：「苦禾切，大言也。韓愈〈東方朔詩〉『領頭可其奏，送以紫玉珂，方朔不懲創，挾恩更矜誇。』」（頁67）

100 按段玉裁《六書音韻表》卷四註：「母，本音在第一部，《詩·蝃蝀》以韻雨，此古合韻也。」（頁25a）

在此等關鍵處陳第未能貫通，因而古音考只列出四百單字之音，而未
建立古韻分部。

　　至於「展轉以審其聲，參錯以諧其韻」的所謂「理證」，由於陳
第不懂等韻，音學不精（詳後），此一部分之考證不見精彩，而且大
多只是採前人之說，如卷一，

　　　　鮮，音洗，潔也。新臺有泚，河水瀰瀰，燕婉之求，籧篨不
　　　　鮮。吳才老讀，雖無可證，音韻良是。（頁39b）

查《韻補》卷三上聲四紙鮮字音「少禮切」，聲屬書母，但陳第讀為
心母的洗，據邵榮芬研究，有時陳第會將吳棫的反切以自己的家鄉話
拼讀（頁123），而陳第鄉音中，心邪生俟書常船諸母已合併為「s」
母（頁129）。[101]又如卷二，

　　　　水，音準，《白虎通》：水之為言準也；《釋名》：水，準也，準
　　　　準乎物也；《考工記》：輈注則利準，利準則久，鄭司農讀準為
　　　　水，謂利水也；〈敝笱〉「其從如水」與「其魚唯唯」為韻，與
　　　　今讀不殊，茲因〈揚之水〉而附之，所以備古音也。（頁36a）

---

101 按邵榮芬著〈明代末年福州話的聲母系統〉一文，謂觀察陳第所注音切，知第所據
　　並非《廣韻》或其他傳統韻書，而是其家鄉話，陳第為連江人，邵氏謂「連江話與
　　福州話差別不大」（頁121）。邵文結論之一是：「現代福州話的聲母系統……遠在三
　　四百年前的明末時期就已形成。」（頁129）邵文現代福州話之擬音據下列三書：高
　　本漢《音韻學研究》中譯本後所附〈方言字彙〉、〈漢語方音字匯〉、〈福建省方言概
　　況〉，本文僅得前二種。
　　又按鮮字顧炎武仍謂「古音犀」，見《詩本音》卷二，頁9a及《唐韻正》卷四頁2a。
　　至段玉裁則以為合韻矣，謂：「鮮，本音在第十四部，《詩・新臺》合韻泚瀰字，顧
　　氏亦不辨為合韻矣。」（《六書音韻表》卷四，頁47a）

陳第由一些聲訓材料及古注，認為水字古音準，但〈齊風‧敝笱〉詩：「敝笱在梁，其魚唯唯，齊子歸止，其從如水。」唯與水韻，與今讀無異，陳第因前一字考「繡音嘯」時本證舉了〈揚之水〉，因而附考水字古音，但，水若音準，則如何又與「唯」押韻？又如卷一，

> 牙，音翁，牙見於《詩》者二，在〈祈父〉者音吾，有可引證，此以角屋韻例之（按指〈行露〉一章），雖無證也，當讀為翁，音韻和諧，亦其證也，若以墉訟相韻，此不必拘，則當讀為吾矣，吾證見後。（頁18b）

〈祈父〉詩：「祈父！予，王之爪牙。胡轉予于恤？靡所止居。」陳第以此本證一，加上旁證三，以及《漢‧地理志》「允吾」字作「牙」等，考證了「牙音吾」（見卷三，頁18a），但〈行露〉一章則左右為難。蓋〈行露〉二、三章為：

> 誰謂雀無角？何以穿我屋？誰謂女無家？何以速我獄？雖速我獄，室家不足。
> 誰謂鼠無牙？何以穿我墉？誰謂女無家？何以速我訟？雖速我訟，亦不女從。

陳第認為：依第二章之韻例，牙當與墉韻，則牙當讀翁，即使無其他資料可證，但「音韻和諧」本身就是一證。按《詩集傳》於此便叶「五紅反」（卷一，頁2017），是為人詬病的叶音，而陳第又以「音韻和諧」為唯一理由主張牙音翁，則與叶音何異？陳第或許於此未安，又另立一說：因其考證訟字音公（卷一，頁18b），則此章墉訟從為韻，可仍讀牙為吾，而不計較其韻例不同於上章。

　　由以上諸例看，陳第「理證」之失多出在古代陰聲字與陽聲字通韻的情形。學術的進展本是不斷披荊斬棘的歷程，清人累積材料多了，解釋上便進了一層，將證據確鑿者稱古本音，而將上列情形視為例外的「合韻」（如段玉裁），或以「陰陽對轉」解釋（如戴震），陳第時尚以一例概之，難免糾葛。

　　以上討論了陳第考證內部的問題，目的在於考察陳第提出「本證」、「旁證」之意義。經過分析討論，知其貢獻主要在於以正確的音韻演變觀念統攝音韻材料，而既然在「證」字上作分析，則予後人方法上的啟發。就古音學的發展言，將唐代以前紛然雜陳的韻文材料分成二類，強調「古有本音」今加「考證」，則研究目標指向古代語言世界的建構，此中便涵藏了一個誘人開發的新天地。前已指出，吳棫已經開闢了各種考求古音的方法，但如聲訓、異文等材料，其實都有問題，而分出「本證」與「旁證」，便是分出了主要證據（或材料）與次要證據（或材料），使得次要證據的分量不至於太重，日後清人研究先秦聲韻，漸能掌握材料的時代性，以《詩經》韻語、諧聲字為主，陳第實有啟導之功。

第五節　陳第古音學總評論

一　清代學者之論評

　　清人論評陳第，約有以下諸端：

1　始明古今音異

　　如段玉裁（1735-1815）謂：「自有明三山陳第深識確論，信古本音與今音不同，如鳳鳴高岡而啁噍之喙盡息也。」（《六書音韻表・古

十七部本音說》，頁16a）、章炳麟（1867-1936）謂「自陳季立始明古今音異」（《重鎸古韻標準序》）等，前文已有討論。

2　始明古無叶音

　　如江永（1681-1762）謂「陳第……其最有功於詩者，謂古無叶音，《詩》之韻即是當時本音，此說始於焦竑弱侯，陳氏闡明之。」（《古韻標準・例言》），江有誥（？-1851）謂：「明陳季立始知叶音即古本音，誠為篤論。」（《古韻凡例》）已具論於前。補充一點：顧炎武（1613-1682）於《音論》卷中抄錄〈毛詩古音考自序〉全文及《讀詩拙言》辨古詩無叶音後，論曰：「已上皆季立之論，其辨古音非叶，極為精當，然愚以古詩中間有一二與正音不合者，如興、蒸之屬也，而〈小戎〉末章與音為韻，〈大明〉七章與林、心為韻，……此或出於方音之不同，今之讀者不得不改其本音而合之，雖謂之叶亦可，然特百中之一二耳。」（《音學五書》，冊一，頁7）顧氏所謂叶，特指例外押韻情形，也就是後來段玉裁等所謂「合韻」。細味顧氏語，猶未完全擺脫誦讀實用的叶音觀念，此因顧氏之考古音乃為「復古」。

3　未能貫徹「四聲之辨，古人未有」之主張

　　詳前文，茲不贅。

4　補充陳第所舉材料，糾正其個別字例之說法

　　此點顧炎武做得最多，如《毛詩古音考》卷一降字陳第注：

　　　　降，音洪，宜屬東韻……東方朔〈七諫〉「忠臣貞而欲諫兮，讒諛毀而在旁；秋草榮其將實兮，微霜下而夜降。」音之變有自來矣。（頁15b）

認為降字自東方朔（？-約94BC）〈七諫〉起轉入陽韻，顧炎武則謂：

> 按降字入陽韻不始於東方朔，《楚辭・九歌・東君》：「青雲衣
> 兮白霓裳，舉長矢兮射天狼，操余弧兮反淪降，援北斗兮酌桂
> 漿，撰余轡兮高馳翔，杳冥冥兮以東行。」已先之矣。(《唐韻
> 正》卷一，頁33b) [102]

又如：《毛詩古音考》卷一家字注：

> 音姑，漢曹大家讀作姑，後轉而音歌。〈雉朝飛操〉「我獨何命
> 兮未有家，時將莫兮可奈何」。[103] 魏程曉〈嘲熱客詩〉亦以家
> 與過、何為韻[104]，陸機（261-303）〈前緩聲歌〉以家與歌、波
> 為韻[105]，今乃音加，聲之遞變也。(頁8b)

顧炎武則曰：

---

102 按顧炎武此話之後還有說明：「然古人長篇中固有一二句不韻者，即以為韻，可謂
　　之叶，而不可謂之正音，即以《楚辭》為據，亦不得捨〈離騷〉、〈雲中君〉、〈天
　　問〉、〈風賦〉之四，而從〈東君〉之一也。」因顧氏考「降古音戶工反」舉證包括
　　〈離騷〉、〈雲中君〉、〈天問〉、〈風賦〉四處韻語（見《唐韻正》卷一，頁31b），
　　《楚辭》中唯此〈東君〉一處降字押陽韻，故寧以例外視之，而取占多數之東韻
　　音。此亦顧氏在考古音時分出例內例外，在方法上之進步，而為陳第所未及。本
　　文前曾論及。
103 見《樂府詩集》卷五十七〈琴操〉，後漢蔡邕撰集，但今本有後人所增，此首則可
　　確定為漢作，參逯欽立輯校：《先秦漢魏晉南北朝詩》，頁299、304。
104 按指：「閉門避暑臥，出入不相過，今世褦襶子，觸熱到人家，主人聞客來，顰蹙
　　奈此何。」(《先秦漢魏晉南北朝詩》，頁578)
105 按指：「太容揮高絃，洪崖發清歌，獻酬既已周，輕舉乘紫霞，摠轡扶桑枝，濯足
　　湯谷波，清輝溢天門，垂慶惠皇家。」(同上，頁665)

按東方朔〈誡子詩〉「……」揚雄（西元前53-西元18）〈逐貧賦〉「……」班彪（3-54）〈北征賦〉「……」《漢書・敘傳》「……」張衡（78-139）〈西京賦〉「……」已先之矣。（《唐韻正》卷四，頁26）

又卷一華字注：

音敷，郭璞（276-324）曰：江東讀華為敷，陸德明曰：古讀華如敷，不特江東也。至魏晉轉為和音，嵇康（223-262）〈贈秀才入軍詩〉：「雖有好音，誰與清歌，雖有姝顏，誰與發華。」陸機〈吳趨行〉亦以華與波、羅為韻[106]，豈敷轉為和，和轉為今音邪。（頁8b）

顧炎武則先引毛先舒（1620-1688）曰：「華之入歌不始嵇康，後漢酈炎（150-177）〈見志詩〉……已先之矣。」（卷四，頁18b）而後謂：「按華之入歌，不始酈炎、蔡邕，漢司馬相如（？-西元118）〈上林賦〉……東方朔〈誡子詩〉……班固（32-92）〈答賓戲〉……張衡（78-139）〈西京賦〉……又先之矣。」（卷四，頁18b-19a）

顧氏檢討陳第之說大抵如此，上舉諸字以外，又有車、邪、瓜、瑕、軌等字，分見於《唐韻正》卷四，頁11、14、20、28及卷八，頁15，皆是在陳第說音變為某之處，顧氏舉出更早的資料。他如地、稼、宅、抑諸字，則或補充資料，或提出異議，然由於並無觀念上之突破，故此處不細加討論。

---

106 按指：「泰伯導仁風，仲雍揚其波，穆穆延陵子，灼灼光諸華，王跡隤陽九，帝功興四遐，大皇自富春，矯手頓世羅。」（同上，頁664）

由此可見，顧氏特重材料之蒐羅，就博之一端言，陳第的確居於
下風（以下論其《尚書》學尤可見），以致影響成績；但就觀念清楚
而對材料作正確的研判言，上述諸例後人當表彰者並非顧氏之補充材
料，而是陳第之處理方式。前文引過吳棫所考家、華等字古音，皆是
一字數音，陳第則由材料的時代判斷：家字本音姑，魏晉始轉為歌，
華字本音敷，魏晉始轉和音。語音演變現象歷歷然，蓋陳第曾云：
「讀六朝必考六朝之音。」（《讀詩拙言》）由時代斷限而明語音轉
變，實為一大進步。直到近人周祖謨、羅常培「漢魏晉南北朝韻部演
變研究」，仍謂：「以『家』、『華』兩個字做例，班彪〈北征賦〉『娑
那加他邪圖峨家波』叶韻，張衡〈西京賦〉『家過加』叶韻，『家華
何』叶韻，班固〈答賓戲〉『波華』叶韻；『家』、『華』都和歌部通
叶，足見這一類麻韻字也漸漸讀同歌部了。」（頁22）雖轉變之時代
不在魏晉，然發現轉變之跡卻始於陳第。《四庫提要》雖對《毛詩古
音考》多所稱揚，唯又提出缺失二：

> ……其用力可謂篤至，雖其中如素音蘇之類，不知古無四聲，
> 不必又分平仄。家又音歌，華又音和之類，不知為漢魏以下之
> 轉韻，不可以通三百篇，皆為未密。（〈經部‧小學類三〉，頁
> 879）

「古無四聲，不必又分平仄」是誤解，已論之於前；至於「家又音
歌，華又音和」則分明是誣，轉韻之說本出自陳第，提要此二項無中
生有之批評皆可以刪。

5 謂陳第音學不精

此點江永批評最力，《古韻標準‧例言》謂：

其（按指陳第）書列五百字，以《詩》為本證，它書為旁證，
五百字中有不必考者，亦有當考而漏落者。蓋陳氏但長於言古
音，若今韻之所以分，喉牙齒舌唇之所以異，字母清濁之所以
辨，概乎未究心焉。故其書皆用直音，直音之謬不可勝數，以
此知音學須覽其全，一處有闕，則全體有病。（頁3）

江永精於等韻之學[107]，故批評陳第多集中於其音學不精上，且常詬病
陳第採用直音，蓋直音則聲、韻母常不能照顧周全，以下舉《古韻標
準》批評陳第之具體字例，以明江氏此語意義。《古韻標準》上聲第
十一部舅字注：

舅，其九切……舅咎皆群母最濁聲，讀之似究，實則群母之上
聲，非見母之去聲也，《詩》用舅咎皆本音，無須它證。陳氏
不達似去非去之理，二字皆纍纍引證，彼意以為今人讀去聲，
古人讀上聲耳；又不達最濁聲轉紐似最清之理，謂舅音九，咎
音糾，夫舅咎皆音臼耳，豈可以最清字音之乎？（頁117b）

蓋《毛詩古音考》卷三考證舅字「音九」（頁2a）而咎「音糾」（頁
2b），二字陳第皆改去聲為上聲，江永指出：實則二字本皆上聲，但
為全濁上聲（其九切），故讀來似去，陳第不明此理，故以全清上聲
（久，舉有切，糾，居黝切）注全濁上聲之字。此則五百字中「不必
考者」；又如《古韻標準》上聲第二部婦字注：

---

107 按觀其著作《音學辨微》可知，又：《古韻標準》中亦多運用等韻知識，如平聲第
　　七部錡字注曰「舊叶巨何反，今按當居何反，蓋一等音無群母字」（頁66b），又曾
　　謂「按重唇輕唇之音，方俗呼之易混」（頁28a）等，亦留心聲母問題。

扶委切……陳氏曰：古音喜，後轉音缶，故古詩：「昔為倡家
女，今為蕩子婦，蕩子行不歸，空床難獨守。」亦古音之變
也，再變則音負矣。按婦古音扶委切，非音喜，後轉音阜，非
音缶，阜，房九切，缶，方九切，清濁不同，婦負今皆在有韻，
正古詩與守韻之音，非再變乃音負也。今人呼婦頗似虞韻之父，
然未嘗入虞韻，則古音亦未嘗再變。陳氏論音韻之疎謬大抵如
此。（頁101a）

江永討論上古音，並留意中古音切之聲母清濁、韻母類別，而陳第直
以其口中鄉音讀之[108]，以江永的標準批評陳第，並未厚誣。又如同韻
負字注：

按婦負古音皆扶委切，《說文》：負，恃也，从人守貝，有所恃
也，此解其義耳，陳氏謂恃亦音欲，讀負為恃，誤甚。（頁
101b）：

陳第〈考負字〉見卷三（頁30b），《學津討源》本引《說文》下作：
「或音恃，亦音乎，恃，古多讀上聲，曹植〈雜詩〉……以與〈小
宛〉〈生民〉韻似安；古人所謂因義得聲也，然無可引證。」[109]負與
恃即使以福州話讀來聲母亦異[110]，而陳第有「因義得聲」之論，蓋僅
留意韻母而不及聲母，他如判斷「嚴，音莊，漢明帝諱莊，故莊助為

---

108 參邵榮芬：〈明代末年福州話的聲母系統〉。

109 萬曆本、光緒本同。

110 在邵榮芬的研究中，對於陳第用古代現成資料的注音字，如「邦音以，因《說文》
作邟，从木，以聲」（卷二，頁48a）等，由於無法判斷與陳第自己方音聲母是否相
同，故此一部分資料，包括諧聲、聲訓、古人音注、異文假借等，均加以剔除而不
予應用。（頁122）蓋邵氏亦注意到：陳第用此種資料時似未慮及聲母問題。

嚴助，以其音之同也。」（《毛詩古音考》卷四，頁32b）亦經江永指出：「愚謂嚴與莊義相近耳，非音同也。」（頁96b）皆由於忽略聲母問題。[111]唯羹字音岡，江永認為陳第終於說對了：「羹……《釋文》音郎……按地名多別音，不羹之羹音郎，若羹膔之羹唯從牙音轉音剛，非必從本音轉音郎也。陳氏曰羹音岡，陳氏音學不精，此字音岡獨得之。」（頁73a）

江永又曾批評陳第取方音為讀：「陳第閩人，專為《毛詩》考古音，竟不能辨真青，音天為汀，音年為寧，音賢為刑，豈不可哂乎？」（〈平聲〉第四部〈總論〉，頁56b）陳第對鄉音，未經學術性的瞭解，卻用以擬構古音，江永的批評並不過當。

江永不取陳第之直音，而代以更精確的反切，平情而論，就究明古音真相而言，不論是陳第方音取讀之直音，抑或江永精於《等韻》之反切，皆不一定能得古音正確音值，譬如：瓜音孤，或「古胡切」（江永讀），自「叶音」說者便是如此讀（如《詩集傳》叶攻乎反），但《詩經》中瓜字叶孤，與盧、琚、壺等押韻[112]，過去總是以少從多，故瓜字改讀孤，但這裡產生的問題是：古音盧琚壺等字讀音又如何？後代方法更精密後，配合更多材料看，擬上古魚部字主要元音為

---

111 按就今日古音知識而言，謂嚴莊同音，不特聲母不合，即韻母亦非，然談部字與陽部字多有例外押韻之情形，自朱子已經注意，《語類》卷八十謂：「下民有嚴叶不敢怠遑，才老欲音嚴為莊，云避漢諱，卻無道理。某後來讀《楚辭·天問》，見一嚴字乃押從莊字，乃知是叶韻嚴讀作昂也，〈天問〉才老豈不讀，往往無甚意義，只恁打過去也。」（頁3305）朱子猶謂叶音昂，不變其聲母（《廣韻》嚴「語輸切」，昂「五剛切」，同為疑母）而陳第遽謂嚴音莊，則是全未慮及聲母問題。至清代段玉裁則此類例概以「合韻」解釋，謂：「遑，本音在第十部，《詩·殷武》合韻監嚴濫字，又〈桑柔〉以瞻韻相，〈天問〉以嚴韻亡響長，《急就章》以談韻陽桑讓莊，皆第八部第十部合韻也。」（《六書音韻表》，頁26b）

112 〈小雅·信南山〉「中田有盧，疆埸有瓜」，〈木瓜〉「投我以木瓜，報之以瓊琚」，〈七月〉「七月食瓜，八月斷壺」。

「a」，以此觀之，不論是江永之反切，或陳第之直音，皆不易得古音真相，然江永知運用等韻知識作為通往上古音研究之橋樑，多一種學問的憑藉，自是後出轉精。江永精於音學，指出了陳第在古音研究上最嚴重的弱點。

二　本文之意見

以下就上文討論研究所得，簡要小結：

一、就古音學的發展而言，古音研究與初期的「協韻」說並非背道而馳，甚至可以說：「協韻」正是古音學的濫觴。而真正開始以韻文等材料考證古代韻讀的先鋒，正是因說「合韻」（按即協韻）而被後世批評的顏師古，顏氏其實是古音學的奠基者，《匡謬正俗》一書中古音之考證，不論材料及方法均對吳棫多所啟發，而吳棫影響楊慎，吳楊二人又直接影響陳第。古音學的線索，即使在濫說「叶音」之朱子、楊慎，亦未中斷。而「叶音」之說所以由古音學的路上岔出，成為不可理喻，乃是在讀古代韻文時求「音韻和諧」的實用目的，以及模仿古韻而又不明古音就裡的情況下產生的；陳第所推翻的，正是這種因「實用」而誤入歧途的「叶音」說。

二、吳棫的《韻補》及楊慎《轉注古音略》等，都不脫韻書的形式，既以韻書形式出之，則不免有「實用」之性質，——可作為作詩押古韻之用，又可作讀古詩求音韻和諧之用。陳第的《毛詩古音考》首先脫離了「韻書」之形式，且宣稱：「磬蕩之讀而羌瑻之知，服華之從而逼敷之辨，楷書之用而篆隸之考，亦不忘古初意也。」（《讀詩拙言》，頁12b）考古音只為「知」而不為「用」，便使古音之研究完全脫離「實用」目的，而走上純學術研究之領域。陳第主要貢獻在此。

三、陳第研究古音，最大長處是語音演變的觀念清楚，且具備古

音分期之概念，認為一代有一代之音。對於《詩經》之韻，則清楚掌握《詩韻》出於天然的觀念，便不至於以後代人為限韻的情形「以今律古」。而他最大弱點則是音學不精，缺乏等韻知識，使得他的擬音漏洞百出。

四、至於考證古音之方法與材料，在宋代已然具備，陳第實無新創「本證」、「旁證」之分，意義並不在於開始懂得搜求證據，憑證據以「考證」，老早存在於學術工作中。陳第超越前修之處在於以正確的音韻演變觀念，對證據材料作了進一步的處理，而且對於「古」的時代有了斷限，不似楊慎以前，音韻材料紛然雜陳，似乎凡「今」以前皆是「古」。既然研究對象定在《毛詩》之音，便以《毛詩》本身的例子分別出來，否則，各代韻文雜陳，如何示人以《毛詩》之音？「本證」以經證經，使研究材料切合研究主題，確立了「上古音」的研究領域，這是陳第對清代古音學的重要啟發。

第四章
陳第的《尚書》學

第一節　《尚書疏衍》概述

　　《尚書疏衍》成書於萬曆四十年（1612）[1]，陳第年七十二。書分四卷：卷一總論，含「尚書考」、「古文辨」、「引書證」、「尚書評」四目；卷二以下則分條疏解《尚書》正文。卷二〈虞書〉，說「曰若稽古帝堯曰放勳」等二十二條；卷三〈夏商書〉，說「三江既入，震澤底定」等二十六條；卷四〈周書〉，說「惟十有三年春，大會于孟津」等五十八條。因陳第篤信古文，故採偽《孔傳本》。

　　「尚書考」明今古文源流，大抵依《正義》之說，而未詳按前此史籍記載，故以此成見為基礎，當然影響到對今古文真偽之判斷，詳後文。「古文辨」則針對吳才老（約1100-1155）、朱子（1130-1200）、吳澄（1249-1333）、梅鷟（1513中舉[2]）等人之疑古文為偽，提出辯難，認為「二十五篇其旨奧，其詞文，卑而高，近而遠，幽通鬼神，明合禮樂……孰是書也，而可以偽疑之乎」（頁7b-8a）。下一小節本文將對陳第之論辯前提、態度、方法等以及相關問題，詳加討論，作為本章重點。陳第既以廿五篇為真，接著便臚列古籍中文句與廿五篇同者，成「引書證」一篇，謂《左》、《國》、《禮記》及諸書傳稱引二十五篇，是即日後閻若璩等考定稱偽古文襲取諸書者；亦詳後文討論。最後「尚書評」則對《尚書》文章作文學批評，歎美「《尚書》

1　由《尚書疏衍・自序》署「萬曆壬子十一月望日閩陳第題」可知。
2　據《旌德縣志》「正德癸酉舉人」，即明武宗正德八年（1513）。

之文簡短而深闊，明雅而奧奧，玩之愈淵，行之愈切，測知不可以為象，卒然而至于前，則令人驚怪，不知何從而得之也，誠宇宙間至文哉」（頁19b）。陳第對於《尚書》一往情深的態度，殊堪玩味，將論於後。

　　卷二以下分條疏解，多參取古今注疏，並附以「素得於深思者」（〈自序〉），然其說解不論在識見、材料、方法上，均少學術史上邁越之成就，而且，連其摯友董應舉都說：「兄於世事不迂，獨解經多迂。」（〈答陳季立書〉，《崇相集》卷八，頁40）故本文不擬細論，底下唯舉數例以明此說不誣。

　　卷三「成湯放桀於南巢，惟有慚德，曰：予恐來世以台為口實。」條（頁9a）謂：

> ……曰：予恐來世以台為口實，欲嚴萬世君臣之防也……何者？救世之道不能與尊君並行也……知是道者，惟漢之黃生[3]，黃生之難轅固也，曰：冠雖敝，必加於首，履雖新，必關於足，上下之分也。今桀、紂雖失道，然君上也；湯、武雖聖，臣下也。因過而誅之代立，踐南面，非弒而何？（頁9b-10b）

執著於君臣之綱常關係。卷四「周官」條則曰：

> 愚讀〈周官〉一篇，歎其設官分職，要而有體，時巡朝覲，簡而不煩，至其統命百官，切實而可見諸施行，懇惻而無長語也，非周公孰能作之乎？……故脩齊治平，其惟取信於〈周官〉。（頁42a-46b）

3　見《史記》卷一百二十一〈儒林傳〉，頁3122-3123。

由〈周官〉內容之美而斷定作者必定是周公；而取以為修齊治平之道，則基於陳第讀書經的態度，蓋其以《尚書》為「政事道德之宗」（卷一，頁21b），作《疏衍》之目的即在「冀修己治人者，實有取於經，而典謨訓誥誓命貢征歌範，皆徵之行事而已矣」（〈自序〉，頁2a）》。

《四庫提要》曾經稱美陳第《尚書疏衍》中〈舜典〉、〈武成〉、〈洪範〉三處之說解，曰：

> 其作是書，雖其初不由訓詁入，而實非師心臆斷，以空言說經者比。如論〈舜典〉五瑞、五玉、五器，謂不得以周禮釋虞禮，斥注疏家牽合之非，其理確不可移；論〈武成〉無錯簡，〈洪範〉非龜文，亦足破諸儒穿鑿附會之習。（卷十二〈經部・書類二〉，頁278）

以下本文將對此三處說解試作分析，一方面檢討《提要》之說，一方面藉此對陳第之疏解作具體瞭解。

卷二「輯五瑞」一條，陳第云：「理道可千載而互思，制度不可異時而懸斷。」（頁6b）認為解經者據《周禮・典瑞》之文「公執桓圭，侯執信圭，伯執躬圭，子執穀璧，男執蒲璧」釋五瑞；據《周禮・春官・大宗伯》之文「吉凶軍賓嘉」釋五禮，此等皆「言周制則備，而于〈虞書〉豈其持符節合乎」（頁8a）？確是卓見。此說本不創於陳第，吳才老已謂五禮「只是五典之禮，唐、虞時未有吉凶軍賓嘉之名，至周時方有之」[4]，只是陳第將理由闡明得更清楚。他認為有一些倫常道德，是永恆不變的，如「親親也，尊尊也，長長也，男女有別也，此其不可得與民變革者也」（卷二，頁7b）。而社會中人為

4　《朱子語錄》卷七十八引，頁3175。朱子不同意吳說，謂：「不然，五禮只是吉凶軍賓嘉，如何見得唐虞時無此。」並未提出確切論證。

制定的具體制度等則因時而異,「立權,度量,考文章,改正朔,易服色,殊徽號,異器械,別衣服,此其所得與民變革者也」(同上)。疏解古籍時,掌握此一觀念,的確重要,若再進一步追究歷代變革實況,便是客觀的歷史考訂之學,然而,陳第卻說:

> 然則,必何如而後可?曰:存狐疑之意於稽古之中,五瑞則曰:若《周禮》公執桓圭等之數,五禮則曰:若《周禮》吉凶軍賓嘉之類,是能達乎四代之所以異同,而傳信傳疑庶其是矣。……愚謂讀〈虞書〉者,在得其君臣之精神,所以運量民物而鼓舞玄化者可貴也。若夫器數之類,知之無能為益,不知無能為損,闕之可矣,《詩》曰:我思古人,實獲我心。(頁8b-9a)

認為器數之類的考訂根本毫無必要,研讀〈虞書〉最重要的是「得其君臣之精神」,否定客觀的研究。

至於〈武成篇〉,陳第論曰:

> 愚按〈武成〉首言伐商偃武,次言廟祭柴望,因邦君百工之受命,乃追敘烈祖之勳德,及過亂東征之詳,以至戰勝定功、簡賢才、賚萬民之事,於是以制治之大體結之,朗健流暢,輕重有倫,其文詞甚可觀,其述事甚可法,今為考定〈武成〉,理固未妨,而尚古文章之體製失矣,故不如不定之為渾金璞玉也。《尚書》出於煨燼,豈能盡無錯簡?然不在〈武成篇〉也。善讀者自得。(卷四,頁4b-5a)

蓋〈武成〉一篇自唐孔穎達已疑其「簡編斷絕,經失其本」(《尚書正

義》，卷十一，頁160），宋儒則多有改本[5]，陳第不人云亦云，見地固
是獨到，然朱子當年作〈武成日月譜〉（見《文集》卷六十五），參考
孔《疏》、《漢書·律曆志》，發現《漢志》與經文所述有不相合處，
謂：「《漢志》言四月既生魄，越六日庚戌當為二十二日，而經以生魄
居丁未、庚戌之後，則恐經文倒也。」（頁1213）又發現《漢志》錄
劉歆《三統曆》所引〈武成篇〉與《古文尚書·武成篇》不同，謂：
「《漢志》……抑亦經文所無有，不知劉歆何所據也。」（同上）雖朱
子相信偽《古文尚書》為真，與陳第同，（按朱子未嘗疑《古文尚
書》偽作，詳本文附錄。）但就考證方法言，朱子以曆法考訂，然後
有〈考定武成次序〉（《文集》卷六五）之作；陳第主張無錯簡，所提
理由唯敘事有序、文詞可觀等。

　　至於〈洪範〉一篇，〈洪範洛書辨〉云：

> 說者謂禹平水土，神龜負書而出洛，其書戴九履一，左三右七，
> 二四為肩，六八為足，而五居中，有自一至九之數，故禹敘〈洪
> 範〉起五行，終福極，亦有自一至九之數。夫不要其道之符，
> 而徒取其數之合，非通方之論也。……漢儒各以臆度之，劉歆
> 以為「五行五事八政五紀皇極三德稽疑庶徵五福六極」二十字
> 龜背所有；劉向以為「敬用農用協用建用乂用明用念用嚮用威
> 用合五行」以至「六極」三十八字亦龜背所有……如此則洛書
> 已有文字矣。而所謂戴九履一云云者，又何以故也！豈有二洛
> 書耶？劉氏父子說已不一，是皆以臆度之者也。嘗考之〈繫辭

5　葉國良謂：宋儒改〈武成〉者頗多，如劉敞（見《七經小傳》）、王安石（見洪邁
　　《容齋續筆》卷十五）、程頤（見《伊川經說》）、林之奇（見《尚書全解》）、朱子
　　（見《文集》卷六十五）、王柏（見《書疑》）、金履祥（見《書經注》）等。參《宋
　　人疑經改經考》，頁66-69。

傳〉曰：天生神物，聖人則之，天地變化，聖人效之，天垂象
見吉凶，聖人象之，河出圖，洛出書，聖人則之。語伏羲之作
《易》也。故四曰聖人，皆指伏羲，四曰則之效之象之則之，
皆言作《易》，豈以三聖人皆為伏羲，而末一聖人兼乎禹也？
又豈以則之效之象之為作《易》，而末以則之兼敘疇也？是洛
書〈洪範〉之事，經未有其說矣。惟《中候》及諸緯多言黃
帝、堯、舜、禹、湯、文、武受圖書之事，緯候起於哀、平，
蓋諂諛附會者之偽作，不足信也明矣。（卷四，頁7b-8b）

陳第辨〈洪範〉非龜文，要點如下：其一，龜文究竟若何，異說紛
紜，莫衷一是，可見皆臆說；其二，〈繫辭傳〉所云河出圖、洛出
書，聖人則之，乃指伏羲作《易》，與〈洪範〉九疇無關，「經」既未
有其說，而緯候又屬附會神怪之偽作，故龜文之說不足信。陳第主
張：不當徒由「數之合」作種種附會，當求「道之符」，始為「通方
之論」。那麼，何謂「道之符」？陳第云：

噫，〈洪範〉大法也，君天下者不能一日離也，禹嘗屢陳之
矣，曰金木水火土穀，非五行耶？曰克艱臣后，非敬用五事
耶？曰正德利用厚生，非農用八政耶？曰民棄不保，天降之
罰，非協用五紀耶？曰安汝止唯幾唯康，非建用皇極耶？曰敷
納明試，非乂用三德耶？曰枚卜功臣，非明用稽疑耶？曰吉凶
影響，非念用庶徵耶？曰董之勸之，非嚮用五福威用六極耶？
（頁9a）

大抵以〈大禹謨〉、〈皋陶謨〉來解釋。以二謨解〈洪範〉九疇，唯彝
倫常道是從，說富創意，而且平實，卻無理據。論辨過程透露的是陳

第對於典籍，尤其素以為經書者，多不深辨，如以《易·繫辭》為聖
人之經，其見不如宋人[6]，而就辨〈洪範〉非龜文而言，歐陽修（1007-
1072）已謂：「自孔子沒而周衰，接乎戰國，秦遂焚書，六經於是中
絕。漢興，蓋久而後出，其散亂磨滅，既失其傳，然後諸儒因得措其
異說於其間，如河圖、洛書，怪妄之尤甚者。」（《歐陽文忠集》，卷
四十三，〈廖氏文集序〉，頁2b，中華四備本）廖偁（宋天禧中進士）
亦曾云：「〈洪範〉皆人事之常，前古之達道也，……若〈洪範〉之書
出於洛，而神龜負之，以授于禹，則是〈洪範〉者，果非人之所能察
也……則洛出龜，負以授於禹，豈其然乎？」（《宋元學案補遺》卷四
引）[7]故就此一觀念而言，陳第並非特識，其長唯在辯論明快。

　　以上檢討了《四庫提要》對《尚書疏衍》的評介，經仔細考察，
有些說法前有所承，有些則尚不及前代學者。陳第成書之後，請焦竑
題〈序〉，焦竑之〈序〉言雖有「真後學之津筏，先聖之功人已」等
美辭，但未有具體的學術評介，曰：

> 《尚書疏衍》，吾友陳君季立所著也，季立平生注意經術。
> 《易》圖、《詩》韻業有成書矣，此編又探四代之精微，衷群
> 儒之論議，指陳得失，如別蒼素，真後學之津筏。先聖之功人
> 已。君以讀經覽勝為日課，行年七十又二矣。頃遊華嶽、終南
> 而還，此編乃出。昔嚴君平有言：州有九，遊其八，經有五，
> 涉其四；君旁通五經，而屐齒所歷，遍於諸嶽，其意駸駸未已
> 也。夫挾其有餘之才，以騖於無涯之知，必極所如，往而後
> 止，則將安所稅駕哉？自今戢影金陵，忘懷息照，與余共遊於

6　參葉國良：《宋人疑經改經考》第一章第一節〈辨卦辭爻辭非文王周公作、十翼非
　　孔子作〉，頁3-21。

7　按所引歐陽修、廖偁二條資料，參蔣秋華：《宋人洪範學》，頁92。

無何有之鄉，余之幸也。君其有以許我也夫。(《澹園續集》九，
頁17)

焦竑本身是疑《古文尚書》的[8]，此〈序〉則不討論古文之辨，學術興
味似並不濃。

《疏衍》之辨《古文尚書》為真，即使是清代護衛古文的學者，
亦未予以佳評，如毛奇齡《古文尚書冤詞》謂：「明陳第惡梅鷟攻古
文之急。為之作辨，雖第亦寡學，自坐謬誤，……」(卷三，頁13b)
吳光耀《古文尚書正辭》謂：「陳季立、毛大可誠未能深言源流，或
自坐謬誤……」(卷三十三，頁2a)其所以被評為寡學、自坐謬誤，
以下討論可見。此處要說明的是：一向被評為學術成就不高的書，何
以要費篇幅討論評介？陳第的《尚書》學之所以引起本文注意而欲深
入探討，理由有二：

1. 陳第在古音學上的成就，學者莫不推崇，且以「考證」方法卓
越著名於後世，經本文證論，雖以為其實際成績並不在考證方法之始
建，而在於正確觀念之掌握，然其確實表現了「考證」的精神；而
《尚書》學則不然，「孰是書也，而可以偽疑之乎？故疑心生則味道
之心必不篤矣」(卷一，頁8a)，幾乎是「反考證」的態度；一人之書
而表現精神歧異若是，箇中原因殊堪玩味。由其《尚書》學之深入探
討，一方面對陳第個人何以有此歧異，獲一接近實情的解釋；一方面
也試圖由相關人物如梅鷟、閻若璩等的對照討論，對陳第的時代「經

8　按《焦氏筆乘》卷一有〈尚書古文〉條，錄梅鷟討論偽古文語（頁4）;《筆乘續
　　集》卷三〈尚書敘錄〉條，錄歸有光辨偽古文語（頁200）;《筆乘續集》卷三又有
　　〈尚書古文〉條，謂：「余嘗疑《尚書》古文之偽，《筆乘》已載梅學正、歸太僕二
　　人之言為據，昨偶見趙子昂真蹟一卷中一篇亦具論此，乃知人心之同然也，第恨其
　　書不可見，今錄其〈序〉於此，曰：……」（頁210）

學考證」究竟顯現何種精神？與清代之「考證學」（指「考證」本身成為一種學問）有何異同？作一初步的瞭解。

2.偽《古文尚書》的考證，學者多以為與理學立場有關，如戴君仁先生謂：

> 實在說，理學家多半衛古文……這因為虞廷十六字，是二帝三王傳心寶典，理學家講道統的重要根據。又誠仁性學等名詞，都是理學重要題目，經宋儒真德秀、王應麟指出，俱始見於《尚書》，而是屬於偽古文的，在理學家立場，當然要保護偽古文；而不喜理學的人，便不管這些。（《閻毛古文尚書公案》，頁174）

依此說，則令人聯想到：陳第之護衛古文，難道與「理學家立場」有關？而「理學家多半衛古文」之說，還有一個明顯的困難，就是朱子，戴先生說「朱子是疑古文的」（頁102），而朱子本身是道地的「理學家」，如何解釋？本文因此詳細檢閱朱子文集、語錄，經全盤考察，卻有新的發現：朱子其實篤信古文，不曾疑其偽，後人所指出朱子辨古文之偽的數語，應當放在朱子全部言論，以及當時《尚書》學的環境中重新瞭解。此一新見，詳本文附錄。關於《古文尚書》之辨偽與思想立場的關係，余英時先生亦有說：

> 朱子又是最早懷疑《古文尚書》乃後世偽書的一個人，所以我們可以說，這十六字心傳是陸、王心學的一個重要據點，但對程、朱的理學而言，卻至多只有邊緣的價值……閻百詩雖然不是理學中人，但是他的基本哲學立場則確為尊程、朱而黜陸、王……顧亭林、閻百詩的考證是反陸、王的，陳乾初、毛西河

　　的考證是反程、朱的。（〈清代思想史的一個新解釋〉，《歷史與
　　思想》，頁148-149）

依此說，則偽《古文尚書》的考證不過是為思想立場服務，陸、王一
派者衛古文，而程、朱一派者反古文。本文已經確定朱子未嘗疑古
文，則此說已不能成立；但自元代以來，學者便皆以為朱子疑古文為
偽（詳本文附錄），陳第亦同，則余先生說仍有進一步檢討之必要。
本文試圖由陳第的論證態度、方法等，實際考察陳第之所以篤信古
文，究竟與程、朱或陸、王思想有關係否；而由於陳第之論辨必牽涉
到前人的辨偽意見，本文擬借此對考證《古文尚書》之歷史略作回
顧，一方面澄清舊說，一方面回答《古文尚書》之考證是否與思想立
場或思想路數有關的問題。

第二節　陳第對《書經》的態度

一　尊經貶史

　　陳第自幼「讀經不讀傳註」（卷一，頁1a），其精神旨趣倒不重在
強調「以自己的意思解經」（容肇祖《明代思想史》，頁278），事實
上，不讀傳註而直讀白文，仍是「上同古人」的態度取向；因為他認
為：《書經》裡蘊藏了「上古帝王之旨」（卷一，頁1b），唯有直接面
對聖人的話語，沉潛涵泳，心靈才能與聖人作最密切的契合。傳註是
別人的心得，是別人的心與經典互動的結果，若先去讀它，在我來
說，便是「以先入之說錮靈府」（卷一，頁1a）了。此外，陳第對於
過去的傳註也有不滿：

　　……亦嘗稍窺傳註，大都明顯易知者先儒交發之，稍涉盤錯，
　　則置而弗講。甚至句讀之間，多有錯誤，是讀不讀等也。（卷
　　一，頁1a）

認為其通病在於避重就輕，容易的大家都會說，難的誰也不說，甚至
有解得錯誤的，不讀也罷。而陳第研讀《書經》的方式是：

　　圈點批贊，以寓鼓舞擊節之意，枕上默誦，嘗不遺一字，口誦
　　心維，得其義於深思者頗多。（卷一，頁2a）

將自己融浸在經典中，不重在智性的詮解，而重在靈性的涵泳，及感
性的崇拜讚美。讀經的理想則是：

　　始也誦言以索意，既也得意而忘言，若與古人揖讓於一堂，而
　　晤言於一室，目睹其色，耳聞其聲，身迪其矩，而心聆其神
　　也，善善而無惡，正正而無邪。世治則以行吾道，世亂則以潔
　　吾身，夫是之謂深於書者也。（卷一，頁18a）

透過文字，上與古人作心靈的會面與交談，期冀經中所展現的聖人心
靈與自己的心靈涵融互動；並在經典中求道，寓寄自己的人生理想。
因此，《書經》與他的關係是切身的，是「信仰」的對象，而不是
「研究」的對象。
　　文字雖僅是筌蹄，要得意而忘言，但即使停留在文字層，書經也
是最高典範：

　　文莫妙於《尚書》……具典要體裁之雅，後世莫窺其涯涘也。
　　（頁21b）

《尚書》之文，簡短而深閎，明雅而窊奧，玩之愈淵，行之愈切，測之不可以為象，卒然而置于前，則令人驚怪，不知何從而得之也，誠宇宙間至文哉。（頁19b）

既有文章之美，又具上古聖王之精旨，是以陳第終身崇愛《尚書》：

愚讀虞、夏、商、周之書，自童年以至皓首，無一日不擊節稱快矣。（卷四，頁32b）

在誠心景仰、由衷賞慕之下，唯《書經》是信，認為《尚書》既是聖經，又是信史，所載即是上古史實，凡經書與其他史傳有矛盾之處，《書經》有無庸置疑的權威，如：

《史記》帝紀：黃帝生玄囂，玄囂生蟜極，蟜極生帝嚳，帝嚳生放勳，是為帝堯：黃帝又生昌意，昌意生顓頊，顓頊生窮蟬，窮蟬生敬康，敬康生句望，句望生橋牛，橋牛生瞽叟，瞽叟生重華，是為帝舜；則堯之二女，乃舜之從曾祖姑也。豈可以通婚媾乎？故經有明文，帝紀之世次不足信矣。（卷二，頁3b）

〈堯典篇〉云：「女于時，觀厥刑于二女。」謂堯以二女妻舜，陳第由《史記》帝紀發現：若依《史記》之說，則堯之二女，實乃舜之從曾祖姑，根本不可通婚。於是，不必經過任何進一步的考索，便斷定《史記》不足信，理由只是：「經有明文。」《書經》是信史：「虞、夏、商、周之書皆史也。」（卷四，頁35a）而《史記》則或有藉題發揮不足採信者：

　　　愚嘗讀〈伯夷傳〉，擊節其文，而不取其情實也……大都太史
　　公借以發其感慨報施之道，與君子所以不詭隨於世者，不必深
　　究其事之有無可也。（卷四，頁3a）

〈伯夷傳〉並不是《史記》中一個被特別看待的例子，基本上陳第就
抱持「經即是信史，史則不一定可信」的想法，曾云：

　　　愚謂經有明文，即〈序〉與《史記》可略之矣。（卷四，頁19a）

　　　愚謂經無明文，則信傳記，經有明文，則止依經，此不易之論
　　也。（卷三，頁11b）

　　　君子據經，而《國語》、《史記》不足信矣。（卷四，頁35b）

只要是「經」上記載的事，可以無條件地相信，而史書所載則不一定
是事實，無法與經相提並論。

　　既然經所說的全是事實，是真理，那麼，根本不必研究，亦不可
懷疑，只要相信，只要應用，因為「疑心生，則味道之心必不篤矣」
（卷一，頁8a）。下文將提到，陳第辨《古文尚書》為真，與他尊經
貶史的態度大有關係。

二　通經致用

　　陳第認為讀《書經》不僅可以提升自我上同古聖，且可以作為道
德、政治、社會生活的準則，〈自序〉云：

冀修己治人者，實有取于經，而典謨訓誥誓命貢征歌範，皆徵之行事而已矣。（頁2a）

《書經》是「政事道德之宗」（卷一，頁21a），其理則可以在實際行事中應用而得著果效，不僅如此，且曾謂：

嘗試有虛中之主，願治之君，爰以〈伊訓〉、〈說命〉進而格之，則賈誼可無痛哭之疏，陸贄不煩累牘之章矣。又或有暴戾之眾，乖梗之俗，爰以〈君陳〉、〈畢命〉術而施之，則商鞅可無峻法，廣漢可無鉗箝矣。[9]（卷一，頁10a）

幾乎以為一部《書經》就可以治天下了。陳第認為：

徵諸用而天下之大業可見也。（卷一，頁10a）

《尚書》的價值便在於能夠致用，垂範後世：

……豈惟太甲永念之，千載之帝範臣鑑在是乎，在是乎。（卷三，頁18a）

善乎，蘇子瞻曰：傳說之言，若散而不一，一言一藥，皆足以治天下之公患；豈獨以訓武丁哉，人至於今誦之也。（卷三，頁24b）

---

9 廣漢指趙廣漢，見《漢書》卷七十六〈趙尹韓張兩王列傳〉，頁3199-3206。

所載理道永不成為歷史陳跡，永遠可作為道德規範、政治楷模。其
實，在陳第心目中，政治的也就是道德的：

> 故無堯、舜之心，而欲建唐、虞之業，無伊尹之志，而欲成救
> 民之功，不可得也。（卷三，頁26a）

所謂「堯、舜之心」，即是「堯、舜以天下與人，彼其視天下一芥也」
（同上）。而所謂「伊尹之志」，即是「思天下之民，匹夫匹婦有不被
堯、舜之澤者，若己推而內之溝中，⋯⋯伊尹慎取與，外寵利，所以
澡雪其心者素也」（同上）。事功的保證，在於道德心的澄明。故曰：
「聖王之治，必修德以為天下先。」（卷四，頁42b）又曰：

> 今自天子公卿士大夫庶人，服習古文（按指《古文尚書》）而
> 皆耿然有裨于性情治理。（卷一，頁5a）

因此，《書經》實是展現一個理想的道德世界，而可以為今之典範，
無論社會地位如何，都可以在其中得著切身的幫助。正因為這個原
因，《書經》是「信仰」的對象，而不是「研究」的對象。

第三節　陳第辨《古文尚書》為真

　　上文已述及：本文重新考察《古文尚書》辨偽歷史，有新的發
現，即：吳棫、朱子二學者雖提出今古文難易之問題，但並未慮及平
易之古文或屬偽作之可能，以下討論陳第辨《古文尚書》為真，牽涉
到此一問題時，本文皆採此觀點。由於舊說積漸已久，今有異議，不
得不提出理據，反覆論證，以取信於學者；故先成〈論朱子未嘗疑古

文尚書偽作〉一篇，置於附錄。下文之討論即據此觀念，故盼讀者閱讀下文之前，先讀附錄；以下行文時不再加註。

陳第之所以著《尚書疏衍》，蓋即因梅鷟《尚書考異》、《尚書譜》攻古文之偽，陳第欲起而辨之：

> 近因宋、元諸儒疑古文偽作，竊著辨論數篇，因復取古今註疏詳悉讀之，……（自序，頁2a）

因此，「古文辨」是陳第著作動機所在，針對宋、元諸儒如吳棫、朱子、吳澄之言論，提出反辯。其實，陳第是受了吳澄的誤導，以吳澄的斷章取義，認定吳棫、朱子疑古文之偽；但不論如何，陳第的辨論是對事不對人的，只是就吳澄所引誤以為才老、朱子辨偽之語，一一提出反對意見。底下先就陳第之論辨理據，提要說明，然本文以為，論證表面並不是最重要的，重要的是由整體的瞭解，捕捉其背後的假設，因為背後的假設才是影響一個學者研判資料的關鍵；故略述其辨論要點之後，便探其背後假設，作為基礎，以進一步討論陳第與梅鷟、閻若璩考證之異同，以及陳第何以古音學與《尚書》學成績大異之原因。

一　論辨要點

陳第首先指出：《古文尚書》自東晉行世之後，直至唐末未有疑之者，接著概略引述宋以後學者疑古文之意見：

> 孔安國古文二十五篇，至東晉始顯，唐人疏之，始大行于世，未有議其為偽者。宋吳才老始曰：安國所增多之書皆文從字

順，非若伏生之書詰曲聱牙，至有不可讀者。朱考亭因之曰：
安國書至東晉時方出，前此諸儒未見，可疑之甚。吳草盧又因
之曰：二十五篇採緝補綴，無一字無所本，而平緩卑弱，殊不
類秦、漢以前之文。噫，三子言出，疑古文者紛然矣。（卷一，
古文辨，頁3b）

其實，陳第未詳讀朱子言論之全，吳棫、朱子均提出「何以今文皆艱
澀，古文竟皆平易」的問題，但此言背後並不含有「平易之古文當是
偽作」的意念。而陳第襲吳澄所引朱子「孔書至東晉方出，前此諸儒
皆未見，可疑之甚」（見《書纂言·目錄》引，頁61-7）一語，其實
朱子所謂「孔書」，乃指孔安國《傳》，與《古文尚書》二十五篇無
干，詳本文附錄。則以上陳第所引吳棫、朱子、吳澄三人之意見，其
實只是吳澄一個人的意見，要點有三：

　　1. 文體方面，伏生今文皆詰曲聱牙，而孔壁古文卻文從字順，上
古之書應當古奧難讀，則平易者應是晚出。而且，古文本身平緩卑
弱，絕不似先秦古文。

　　2. 流傳方面，古文漢代已出，竟至東晉始顯，前此諸儒皆未見，
啟人疑竇。

　　3. 內容方面，古文乃採緝補綴而成，字句皆可在古籍中找到來源。

　　梅鷟之前，辨古文之偽者的論點，上述三項可謂綱要。陳第針對
此三點提出反駁：

　　其一，文體方面，今古文比較，《疏衍》卷一謂：

今文自殷〈盤〉周〈誥〉外，若〈堯典〉、〈皋謨〉、〈甘誓〉、
〈湯誓〉、〈高宗肜日〉、〈西伯戡黎〉、〈牧誓〉、〈洪範〉、〈無
逸〉、〈顧命〉，何嘗不文從字順乎？必詰曲聱牙而後可，則

> 《魯論》不得與〈繫辭〉並行矣。何者？奇正異也。(頁4a)

陳第認為：今文並不一定全都聱牙難讀，如〈堯典〉等篇便與古文同樣文從字順，則無法以「今文皆難讀，古文皆平易」之理由疑古文非真。陳第提出此點，並非強詞奪理，早在宋王柏（1197-1274）已然指出：

> 伏生之書最艱澀而不可解者，唯〈盤庚〉三篇與〈周書‧大誥〉以下十篇而已，……以愚觀之，伏生於此十三篇之外，未嘗不平易……（《書疑》卷一，〈書大序〉，頁3b-4a）

宋代學者已有同感，絕非陳第個人之見。今人考證今文諸篇亦多後人述古之作，有遲至戰國時代的作品，（參屈萬里先生《尚書釋義》），又有甲骨文等地下資料藉以明白真正的上古文體，由文體判斷的基礎較穩固，但在清代以前，單以「艱澀」、「平易」判分「今文」與「古文」，並不足以服人。

另外，陳第又提出：《尚書》也不一定得篇篇詰曲聱牙；並舉出一個例子：他認為，《魯論》與〈繫辭〉同出聖人，但卻顯現不同的文字風格，為何不可呢？這裡透露了陳第論證時的一個弱點，即：舉證材料經常不辨時代、真偽。下文論述，此不詳及。

至於《古文尚書》本身的文字風格，陳第的評語亦與吳澄迥異：

> 且其（按指古文）紀綱道德，經緯人事，深沉而切至，高朗而矯健，又安見其平緩卑弱乎？……孔穎達曰：古文經雖然早出，晚始得行，其詞富而備，其義弘而雅，故復而不厭，久而愈亮，可謂知言也矣。（卷一，頁4b-5a）

陳第在這裡是有所混淆的，吳澄之「平緩卑弱，殊不類先漢以前之文」，乃就文字展現風格而言；但陳第提出「紀綱道德，經緯人事，深沉而切至」，以及引用孔穎達語「其義弘而雅」，則并其內容義理而言。事實上，《古文尚書》在一開始有學者疑其篇篇較今文平易時，並未立即想到其偽作；而有學者提出種種論證（如梅鷟）之後，仍有多人不予採信，與其內容之較今文義理弘深大有關係。學者或並非已疑其偽，因義理可取而硬是護衛；然義理之弘深卻使人不易疑其出自後世一人一手偽作。關於此點，連力攻古文之偽的梅鷟都說：

> 東晉之偽，無一書不蒐葺，無一字無所本，自非英才間世之大賢不能，以出于一手置其疑，不能以平緩卑弱斥其非。（《尚書考異》卷一，頁20b）

以風格內容之卑淺攻古文，連辨古文為偽的學者都不能同意。何況陳第？

其二，流傳方面，陳第辯道：

> 書之顯晦，亦自有時，《公羊》立學官自漢武始，《穀梁》立自漢宣、漢平之世，劉歆移書博士始立《左氏》；漢初《詩》有齊、魯、毛、韓四家，而毛最後出；傳《禮》者五家，而小戴最後出；班固《漢書》采自《史記》，自後漢至晉，註解《漢書》者二十餘家，《史記》未有也；卒之《左氏》、《毛詩》、《小戴》、《史記》皆盛行至今。抑不特《書》為然，大禹治水，勒碑南岳，翳于林莽數千年，韓昌黎刻意求之弗得，至宋末嘉定而始露，至明嘉靖而始傳，似未可以前人未見而謂作禹碑者偽也。（卷一，頁4）

陳第指出：許多古書或古物皆是始隱而後顯，不能因為前人未見而定
其偽。這裡陳第顯現的弱點則是：將《古文尚書》由出現到獻出的整
個歷史狀況簡單化了；假如陳第曾經詳考漢代以來史傳所載《古文尚
書》的卷數、篇目、流傳等情形，便不會簡單地將《古文尚書》與
《史記》等書的顯晦等量齊觀，因為《尚書》所含的問題複雜得多。
說陳第不考史傳記載《尚書》源流，並非揣測之詞，有實證如下：

　　《尚書疏衍》卷一〈尚書考〉先明今古文源流，末謂：「余按孔
穎達所考，而詳其顛末如是。」（頁3a）全襲孔穎達及〈書大序〉之
說，謂「得古文於壞壁中，以校今文，多二十五篇，安國獻之漢武，
受詔作《傳》。」謂：「五十八篇《傳》成，值巫蠱之禍，不及上聞，
世弗得而見之也。」謂：「劉向作《別錄》，班固作〈藝文志〉，及
《後漢書·儒林傳》所謂《古文尚書》者，實皆張霸之偽書，非安國
之古文，……故鄭玄註《禮記》、趙岐註《孟子》、韋昭註《國語》、
杜預註《左傳》，凡有引用二十五篇者，皆曰逸書、曰篇亡，道其實
也。」謂：「至晉鄭沖始得古文以授蘇愉，愉授梁柳，柳，皇甫謐之
外弟也，謐于柳（邊？）得《古文尚書》，故作《帝王世紀》，柳授臧
曹，曹授梅賾，賾于前晉奏上而施行焉，自是人人知有古文矣。」
（頁2-3）認為古文較今文多二十五篇，安國曾受詔作傳，漢人所稱
《古文尚書》皆張霸偽書，晉鄭沖始得而傳授。事實上，只要稍考史
傳記載，便能發現其中問題重重。《古文尚書》之篇數，《世紀·儒林
傳》謂「十餘篇」，劉歆〈移太常博士書〉（《漢書·楚元王傳》）、《漢
書·藝文志》、《漢書·魯共王傳》、孔穎達《尚書疏》引鄭康成
《註》，並謂十六篇，與孔《傳》所言「增多伏生二十五篇」根本不
合；而據《史記》、《漢書》所載，亦無孔安國受詔作《傳》之事，這
兩點梅鷟都已經指出（《尚書考異》卷一，頁34b），陳第一概不予理
會；而《漢書·儒林傳》載張霸偽造百兩篇《尚書》，出現不久就黜

而不傳，何曾偽造古文為劉向等所信？此外，《後漢書・儒林傳》又曾載孔安國《古文尚書》家傳及弟子之傳不絕，且有賈逵作《訓》、馬融作《傳》、鄭玄注解，一世大儒竟皆篤信偽書不疑？如何解釋？宋、元以前學者大抵皆信孔《疏》，不曾注意史傳相關而不同之記載，但到陳第時，之前的梅鷟已經指出了許多史傳記載與偽孔《傳》所載的矛盾之處，如前所舉謂漢代未嘗云《古文尚書》二十五篇，及漢人未嘗云孔安國受詔作《傳》等。雖梅氏之判斷仍有受孔《疏》影響而未曾深考者，如謂：「都尉朝、庸生……杜林、賈逵、馬融、鄭玄所傳古文，同一張霸所作者。」（同上，頁8a）並不正確，但至少指出的一些史傳記載與孔《傳》矛盾之處，是值得注意的，陳第即使不同意，亦當提出討論解釋，然而陳第一概忽略，堅信孔《傳》、孔《疏》而不疑。

　　此外，陳第相信《魯論》與〈繫辭〉為同時之作，〈繫辭〉早在宋代即多有學者疑其非孔子所作。[10]陳第又信禹碑為真[11]，蓋明嘉靖中有人自稱得禹碑宋刻於臻莽中，摹拓遂廣，楊慎且為之註，傳信一時。[12]偽書盛行，學者多信不疑，所據資料來源又不謹慎，本明人通病[13]，陳第亦不免。

　　故關於《尚書》源流之考，連同樣是護衛古文的毛奇齡亦謂：「第亦寡學，自坐謬誤，不足以灑冤。」（《古文尚書冤詞》卷三，頁

10　參葉國良：《宋人疑經改經考》，第一章〈易〉。

11　禹碑偽撰，參郭宗昌（？-1652）《金石史》「夏衡岳鷹碑」，《昭代叢書》辛集；朱彝尊（1629-1709）〈書岣嶁山銘後〉，《翠琅玕館叢書》冊十六；錢大昕（1728-1804）《金石文跋尾》「岣嶁山銘」，《潛研堂全書》卷一，頁2。

12　參趙揖：《金石存》卷二「夏禹碑」，《叢書集成初編》，冊1534，頁35-38。楊慎之注見《金石古文》卷一，《叢書集成初編》，冊1516。

13　參林慶彰：《明代考據學研究》及〈晚明經學的復興運動〉（《書目季刊》第18卷第3期）。

13）吳光耀（光緒間人）亦評以：「陳季立……誠未能深言源流，或自坐謬誤。」（《古文尚書正辭・敘目》，卷三十三，頁2a）

其三，內容方面，陳第提出：

> 《左》、《國》、《禮記》諸書稱引二十五篇，彬彬具在，今謂作古文者采綴為之，是倒置本末，而以枝葉作根幹矣。（卷一，頁4b）

認為並非《古文尚書》采緝古籍，乃是古籍稱引《古文尚書》。又有〈引書證〉一目，將古代經籍中「稱引古文」者一一臚列，這也就是日後證古文之偽者舉以為古文襲古籍者。事實上，在未有其他確據斷定《古文尚書》真偽之前，誰抄誰根本無法判斷，絕對不能作為《古文尚書》真偽的「證據」，摘出偽古文文句之來源，這工作絕對有價值，但只能在其他證據確鑿，肯定偽古文出現時間必在諸書之後。陳第又謂：

> 後儒乃以今文為真也，古文偽也，不過謂文章爾雅，訓詞坦明耳。以今觀於《左》、《國》、《禮記》及諸書傳引二十五篇者，多至八九章，少亦三四章，皆爾雅坦明，無有艱深險澀語也，豈所引者皆偽乎？夫為諸書所稱引者，既皆爾雅坦明，而諸書所未稱引者，必欲其艱深險澀，是一篇而二體也，豈虞、夏、商、周之本經乎？（卷一，頁11a）

他認為：學者皆以古文之平易坦明攻其偽，然見於古籍所引者的確皆爾雅坦明，可見古文本已如此，若見引者皆爾雅坦明，為何不見引者一定要艱深險澀才是真經呢？關於此點，閻若璩曾有辯：

陳第季立近代號左袒《古文書》者，謂……說亦辯而有理，予
請舉《禮記》引〈兌命〉之文：「爵無及惡德，民立而正事，
純而祭祀，是為不敬，事煩則亂，事神則難。」中二句非艱深
險澀之語乎？豈皆坦明者乎？……然則諸書傳所稱引幸都得其
坦明者耳，非書盡坦明，以此難季立，將何辭以復？（《疏
證》，卷八，第一百十七條，頁25b）

閻氏認為：諸書所稱引亦有艱深險澀之語，非盡皆坦明，又退一步
說：就算諸書稱引盡皆坦明，也是偶然之倖，不能以此證《古文尚
書》就是爾雅坦明。姑先不論閻氏舉以為「艱深險澀」者，是否其他
學者亦皆能首肯（詳下。亦即：艱深與坦明是否有客觀標準？）閻氏
以偶然之幸解釋諸書稱引之坦明者，則根本不是面對問題之論辯，如
此則所有不利自己之例證皆可以「例外」、「巧合」等辭搪塞。吳光耀
曾針對閻氏提出反辯：

光耀按：此烏能難陳氏？《禮記・緇衣》子曰：……《詩》
云：……且所謂古文多坦明者，舉大略言之，非謂絕無艱深險
澀語，〈兌命〉「惟衣裳在笥，惟干戈省厥躬」……非皆艱深險
澀而何？若璩幸得一二句可疑以相辨駁，則向來謂古文皆坦明
者妄矣。又先儒謂〈緇衣〉引〈兌命〉有誤，今考鄭《注》純
或為煩，是此節在漢時原有誤文之證，果為誤文，安得認為艱
深險澀（《古文尚書正辭》，卷三十二，頁3b-4a）

吳氏便不承認古文皆爾雅坦明，並舉出艱深險澀的例子，其實，閻
氏「非書盡坦明」已經同意了《書經》原本就有艱深、有坦明。而於閻
氏所謂「艱深險澀」者，古注曾指出有異文，若「純」字果作

「煩」，則「煩而祭祀，是為不敬」亦稱不上「艱深險澀」。[14]

看過各家討論後，可見陳第這一點就辯論言，是算精彩的。不論諸書所引是否為今本《古文尚書》，至少，所引之文俱在，爾雅坦明者固多，學者皆承認。則如何以爾雅坦明一端斷其偽？

述論至此，可見陳第之前《古文尚書》的辨偽意見，除了在源流方面隱現重要線索外，文體、內容方面之理由皆尚不足服人。陳第在論辨方面，顯現頭腦清晰之特色，但在源流考索方面，一則因文獻不足（詳下文），一則因對於《書經》「信仰」而不「研究」的態度，忽略了許多重要疑點。

以下先略談陳第論辨背後之假設，而後再就陳第論證之得失，作整體評析。

二　論證背後之假設

陳第之辨古文為真，是由批駁前代學者攻古文之偽開始，而支持陳第為古文辯護的內在動力，除了上一節所述對於《書經》無條件的「信仰」態度外，還有一點則是其「好書必定真」的理論，陳第謂：

> 嗟夫，書之所以貴真，以其言之得也，足以立極也；所以惡偽，以其言之失也，不足以垂訓也。今自天子公卿大夫士庶人服習古文，而皆耿然有禆于性情治理，乃不得其精妙，區區以跡訾之，不亦遠乎？（卷一，頁5a）

---

14 按此僅指出雙方之論點，「純」字義究竟如何，本文不加判斷。俞樾《禮記異文箋》謂「純或為煩」乃涉下文「事煩則亂」而誤，「純」當讀為「訰」，並疑或本作「頓」。（見《清儒禮記彙解》下，頁6960）備考。

認為善的必是真的，一本內有助於德性修養，外有裨於治理之業的古
書，怎麼可能是偽？真偽問題與好壞問題重疊。本文以為：陳第之所
以力辨《古文尚書》為真，這一背後之假設，其重要性遠超過對前代
儒者論證之失的批駁。何以知之？由以上陳第論證要點之析論可見：
陳第對於今古文《尚書》之流傳方面，用力極少，一些可疑之點都略
而不談，只信《孔傳》、《正義》之說，對於文體內容等問題，則能提
出較有力的論辯。可見陳第完全陶醉於《古文尚書》內容文字之美
中，尊崇聖「經」，而不觸及「史」的問題。陳第又謂：

> 二十五篇，其旨奧，其詞文，卑而高，近而遠，幽通鬼神，明
> 合禮樂，故味道之士見則愛，愛則玩，紬繹而浸漬，嘆息而詠
> 歌，擬議之以身，化裁之以政，定事功而成亹亹矣。孰是書
> 也，而可以偽疑之乎？故疑心生，則味道之心必不篤矣。（卷
> 一，頁7b）

認為對於一本詞文旨奧、可以味道的書，是不可起疑的。毛奇齡曾引
陳第以上兩段話，謂：「此真儒者之言。」（《古文尚書冤詞》卷三，
頁13b）。《四庫提要》謂：

> 蓋今文古文之辨，至閻若璩《疏證》始明，自第以前，如吳棫
> 之《書裨傳》……均不過推究於文字難易之間，未能援引諸書，
> 得其確證；梅鷟《尚書考異》雖多所釐訂，頗勝前人，而其
> 《尚書譜》則蔓語枝詞，徒為謾罵，亦不足以關辨者之口，第
> 之堅持舊說，蓋由於此。（卷十二，〈經部・書類二〉，頁278）

認為陳第之所以力主《古文尚書》為真，乃因前代學者之辨偽或未提

出確據，或流為謾罵，不足服人。但知道陳第對於《書經》「紬繹而浸漬，嘆息而詠歌」的崇愛，而又堅持好書不得以偽疑之，我們相信，即使前人已經提出了確證，陳第也不容易發現，因為自幼沉潛此書以遙契上古帝王之旨，有裨於性情治理之「善」，已保證了它的「真」。

三　陳第論證之得失評析

以上討論可見，陳第批駁前人辨偽，理由集中於三方面：文體、流傳及內容，而文體及內容二端，前人並未提出令人心服口服的「證據」。就文體而言，雖是辨偽之重要方法，但屬於高層次的，而且，也還需要具體的根據，才容易服人。閻若璩曾謂：

> 予嘗謂事有實證、有虛會，虛會者可以曉上智，實證者雖中人以下可也。如東坡謂蔡琰二詩東京無此格，此虛會也；謂琰流落在董卓既誅、父被禍之後，今詩乃云為董卓所驅掠入胡，尤知非真，此實證也。（《疏證》第七十三條，卷五下，頁3b-4a）

所謂「虛會」，蓋指運用積學與智慧作直覺的判斷；而「實證」則指將具體的史料排比互證而事實自然呈現。前者最難，除非有「實證」證成，否則，其意見似只能「欣賞」——見大學者之眼光，而難成定論。由文體辨偽便是如此。若單由文體一端來辨，可能需要更仔細的功夫，說明文體何種特點可作判斷之標準[15]，而由內容上指責一書「卑陋」而判其偽，高本漢曾指出：「這種判斷的方法，有時要生出意見上可笑的爭論。」高氏還舉過一個例子：「哲學家鶡冠子的書，

---

15 參高本漢：《中國古書的真偽》，頁203。

極為唐代著名文人韓愈所稱許，卻又被他同時而齊名的柳宗元認為
『淺陋』而致疑了。」（《中國古書的真偽》，頁203）同樣的情形正發
生在《古文尚書》的內容文體之研判上。朱子之時，反覆致疑於何以
古文皆平易，而今文皆艱澀難讀，但未以為艱澀難讀者必真，平易者
必偽，且諄諄囑人「沉潛反復乎易者」（詳本文附錄）。稍後王柏則
「所疑者，非疑先王之經也，疑伏生口授之經也」（〈書疑序〉，《魯齋
集》，卷四，頁2），反多疑今文。至元代吳澄，則對於今、古文文體
之感覺已變為古文「辭義古奧」而今文「平緩卑弱」，迥異於朱子之
「艱澀」與「平易」，卻又援朱子為先聲。梅鷟本身疑古文，竟也說
古文「自非英才間世之大賢不能……不能以平緩卑弱斥其非」（《考
異》，卷一，頁20b），可見古文與今文若由文體上判別，實在不易有
定論。而陳第於此指出：《古文尚書》見於古書傳記所引者的確皆爾
雅坦明，「豈所引者皆偽乎」（《疏衍》卷一，頁11a）？倒是一個值得
注意的問題。

　　至於吳澄、梅鷟謂古文乃采緝收拾古書傳記所引《書》語而成，
戴君仁先生曾讚美梅鷟：「開始用考證的方法，把這些句子的原出處
找出來。」（《閻毛古文尚書公案》，頁20）實則，當二份文獻材料相
仿時，或甲襲乙，或乙襲甲，或有共同來源，在未有其他證據斷定何
者為偽時，無法逕謂某襲某；況且，黃宗羲亦曾謂：「為古文者其採
緝補綴無一字無所本，質之今文，亦無大異，亦不足以折其角也。」
（〈尚書古文疏證序〉）因此，梅鷟謂《古文尚書》襲古書，找出「來
源」，而陳第卻謂其「倒置本末而以枝葉作根幹」（《疏衍》卷一，頁
4b），就辯論而言，雙方所爭，皆非「證據」。

　　黃宗羲曾謂：「從來之議古文者，以史傳攷（考）之，則多矛
盾。」（同上）日後閻若璩的考證所以精彩，主要在於就史傳記載梳理
脈絡，發現前人所未見；而在閻氏之前，關於今、古文《尚書》之源

流，學者多半只相信偽孔《傳》及《正義》之說。閻氏曾謂：「世之
君子由予言而求之，……而不以唐人《義疏》之說為可安，則古學之
復也，其庶幾乎。」（《疏證》，卷一，頁12a）陳第的〈尚書考〉部
分，因安於偽孔《傳》及《正義》之說而失之疏漏，前已論及；而陳
第之所以輕忽史傳記載，乃因其以經書為信史，並認為史書可能夾雜
了作者個人借題發揮之筆，「不必深究其事之有無」（卷四，頁3a）。
而《古文尚書》之「辨偽」問題，本非純粹「經學」（按指視經書為
楷模）範圍中事，是在「史學」的領域裡，才展現了新的成績。陳第
又深信：好書必然不偽，於是在論證之中，時時出嘆美之詞，以《古
文尚書》的「好」，去證明它的「真」。既已認定「經」有不辯自明的
權威，而《古文尚書》又因「好」而保證了它的「真」，則陳第之考
證，實則為辯護。其次，閻若璩的考證，一百二十八條疏證中，「辨
析三代以上之時日、禮儀、地理、刑法、官制、名諱、祀事、句讀、
字義，因《尚書》以證他經史」（黃宗羲〈序〉），需要多少基礎知
識！陳第遇制度、器數之考，則曰：「知之無能為益，不知無能為
損，闕之可矣。」（卷二，頁9a）這種種觀念都決定了他的研究方
向，他的作品是非史學的，非考證的。

　　上文屢將陳第與閻若璩相比，見二人研究旨趣迥異，亦顯出二人
各自特性所在，然而，陳、閻畢竟不同時代；底下，我們試對同時代
的梅鷟略作觀察，看看陳第在觀念上的框架，究竟是時代問題，抑或
個人問題。

　　就對於《書經》的態度而言，梅鷟曾謂：

　　　　夫所貴乎儒者之釋經，在能除聖經之蔽翳，使秕稗不得以雜嘉
　　　　穀，魚目不得以混明珠，華丹不得以亂窈窕焉耳。今反崇信偽
　　　　書以囚奴正經，予畏聖人之言，故不得不是而正之，特作《考

異》，使學者渙然知蔽塞之由，然後知余之恢復聖經，蓋有不
得已焉，而非苟為好辨者也。（〈自序〉，頁3a-b）

宣稱其所以作考異，乃為恢復「聖經」原貌，使真正「聖人之言」得
以彰顯，因此，全書中處處流露因寶愛聖經而痛撻偽書之激憤：

蓋嘗考之二十五篇之書，補綴碎錦，疊穿屑玉，不遺餘力矣，
想亦氣憤力竭，不復能措辭者耶！（卷一，頁32b）

夫使我二帝三王之正經，萬古如長夜，混玄珠於沉沙，豈非吾
儒之罪也哉？（卷二，頁42a）

仁人君子欲盡忠於聖人，而恢復乎本經者，其精擇之哉！（卷
四，頁43b）

為護經而辨偽，用心良苦，但這裡其實透露了「惡者必偽」或「偽者
必惡」的假設，故《考異》一書，時時謾罵古文之失，或詈其「變亂
聖經之體」（卷二，頁6a），或指其「文理不貫……前後舛錯」（卷四，
頁1a），其以「惡」證其「偽」，與陳第以「善」證其「真」，並無兩樣。
　　考證《古文尚書》源流方面，梅氏雖考東晉所出古文為偽，但對
於《古文尚書》之源流，其解釋與閻若璩殊異。蓋梅氏以為：自始便
沒有所謂《古文尚書》，他認為：《古文尚書》有兩種偽本，一是流傳
於漢代的「先漢之偽古文」，一則是二十五篇的「晉人始出之古文」。
據《後漢書‧儒林傳》，當時孔安國家傳及弟子之傳不絕的，是「先
漢之偽古文」（卷一，頁5b），不同於「晉人始出之古文」（同前），所
以知兩本不同，因注意到漢代資料皆曰《古文尚書》十六篇，未嘗以

為二十五篇（見卷一，頁33a）；而所以定漢代《古文尚書》亦偽，一方面或受孔穎達影響，以為漢代所見十六篇（或二十四篇）乃張霸所偽作者，梅氏亦如此主張（見卷一，頁8）。另一方面，就梅氏自己的論證看，則是由於他考證史傳異同時，一個背後的假設，即：《史記》是最高權威，他首先認定：「太史公當漢武帝時，偽說未滋，故其言多可信。」（卷一，頁2a）唯《史記》是信，凡與《史記》不合，或《史記》所無的記載，皆誤，而謂「宜從《史記》為當」（卷一，頁3b）。卷一抄錄《史記・儒林傳》、《漢書・藝文志》、《後漢書・儒林傳》、《隋書・經籍志》中有關今、古文源流之記載，以《史記》為準，一一指出《漢書》、《後漢書》、《隋志》之異，如：「今按《漢書》與《史記》異者數處，……古文經四十六卷，《史記》無此句……《史記》無此句……《史記》不載……《漢書》與《史記》不同者若此，宜從《史記》為當。」（頁3b）《史記》關於今、古文《尚書》的記載是：「秦時焚書，伏生壁藏之。……孔氏有《古文尚書》，而安國以今文讀之，因以起其家，逸書得十餘篇，蓋《尚書》滋多於是矣。」（卷一，頁2）梅氏據此謂太史公未嘗言安國古文出於壁藏，又謂「《尚書》滋多於是」，則是話中有話（「其言容有抑揚哉」），於是只相信伏生二十八篇并〈序〉一篇是壁藏「聖經之本真」（〈自序〉，頁1），而安國古文乃「先漢真孔安國之偽書」（〈自序〉，頁2a）。

由以上述論可見，梅鷟在史傳記載異同之間研判時，心目中先定一最高權威——《史記》，《史記》以後之史書，除《後漢書・儒林傳》敘述今、古文在兩漢之傳授情形，梅鷟許為「何其精詳而簡當」（頁5a），知兩漢所傳「正為先漢之偽古文，而非晉人始出之古文」（頁5b）外，餘皆不可信。

至於梅鷟證東晉之古文為偽，茲舉要點評述如下：

1.「蓋安國子孫孔臧、孔僖遞遞相承，安國諸弟子兒寬、庸生表

表人望，安國諸友董仲舒、太史遷名世儒者，曾無一人言及於二十五篇之內者，則亦不必置疑而的然可知其偽矣。」（卷一，頁19a）「不必置疑而的然可知其偽」的結論雖下得太快，但這裡的確提出了一個重要的疑點。

2.「蒐竊補綴，如泥中之鬥獸，蹤跡形狀亦焉能廋哉！」（同上）前已論及，這種摘出來源的考證，只能在其他資料已經證實後，作為補充認定，類似破案之後的作案實況模擬，不能在破案之前當作「證據」的。

3.「而東晉之古文，乃自皇甫謐而突出，何者？前乎謐而授之者曰鄭沖，曰蘇愉，曰梁柳，而他無所徵也，沖又受之何人哉？沖、愉等有片言隻字可考證哉？此可知其書之杜撰於謐，而非異人，一也；後乎謐而上之者，曰梅賾，而賾乃得之梁柳，柳即謐之外兄，此亦可知謐之假手于柳以傳，而非異人，二也。」（卷一，頁21a）事實上，單據謐之前傳授不明、謐之後獻書者得書於謐之外兄，即遽定為皇甫謐偽造，梅氏此說之不可取，先儒早已有辨。[16]

4.「且前漢之末，劉歆移書太常，……而其言亦云《古文尚書》十六篇，未嘗以為廿有五篇，可見晉人皆妄說也。」（卷一，頁33a）這的確是一個重要的疑點，至少讓人懷疑漢人所見《尚書》不與東晉本同。日後閻若璩《疏證》第一條便是「言兩漢《尚書》載古文篇數與今異」。然梅鷟未進一步指出十六篇之篇名以與二十五篇對照。[17]

以上可見，梅鷟之長處在於注意到各種史傳之記載，在《尚書》源流方面，發現了許多重要的疑點；短處則是斷案嫌快，在「除聖人之蔽翳」（見前引）的憤激下，對於重要疑點並未作細密的梳理。由

---

16 參程廷祚：《晚書訂疑》卷上，黃彰健：〈論偽孔傳本古文尚書偽經偽傳作者〉，《經今古文學問題新探》，頁737-767。

17 參張西堂：《尚書引論》，頁581。

今日看來，梅鷟具有一個正確的結論，而陳第則堅持了一個錯誤的，
但若不以成敗論英雄，我們發現：就態度方法而言，梅、陳其實接
近，是屬於同一時代的，他們的辨真偽，都有護經之意，梅鷟所護是
今文經，為使魚目不致混珠，而盡量以「惡」證《古文尚書》之偽；
陳第所護是古文經，為使「尚古帝王之旨」（〈自序〉）彰顯，而全力
以「善」證其真。「經學」的味道濃，而「史學」的意味淡。這只要
將閻若璩的態度方法作一對照，異同立即可見。前已引及閻氏「實
證」、「虛會」之說，見其在方法上之自覺，又曾謂：

> 余曰：何經何史何傳，亦唯其真者而已。經真而史傳偽，則據
> 經以正史傳可也；史傳真而經偽，猶不可據史傳以正經乎？
> （《疏證》，卷二，第十七條，頁2b）

經、史、傳都可以等量齊觀，甚至可以「據史傳以正經」，則閻氏所
治，已非傳統之「經學」，而是道道地地的「史學」了。閻氏又曾謂：

> 又按天下事由根柢而之枝節也易，由枝節而返根柢也難，竊以
> 考據之學亦爾。予之辨偽古文，喫緊在……此根柢也，得此根
> 柢在手，然後以攻二十五篇，其文理之疏脫，依傍之分明，節
> 節皆迎刃而解矣。不然，僅以子史諸書仰攻聖經，人豈有信之
> 哉？……可以解史傳連環之結矣。（《疏證》，卷八，第一百十
> 三條附，頁3b）

他指出：自己所從事的是「考據之學」，而他辨古文，有「根柢」在
手，不僅方法上有強烈的自覺，而且他的成就感似乎就建立於「考
證」工作本身，不像梅鷟般，抱一個「盡忠於聖人」（卷四，頁43b）

的使命感。其實，自稱「考據之學」，使「考據」成「學」，已經展現了一種新的學術興味了，這與梅、陳之護經殊異。而且，開始反省自己的考證方法，心目中有一個明顯地要求人相信的考證目的，且得意於自己能解開史傳存在之諸多問題。顯然與梅、陳異趣。

　　在結束本章之前，我們回到本章第一節所提出的問題：偽《古文尚書》之考證，是否與思想立場有關？經由以上述論，我們發現：答案是否定的。首先，朱子並未疑古文之偽，且篤信偽古文〈大禹謨〉一篇，據以建立其道統理論（詳附錄），則「程、朱理學疑古文，陸、王心學衛古文」一說已不攻自破。其次，陳第之所以辨偽古文為真，所提理據與理學或心學思想皆無任何關係。梅鷟與陳第對於《古文尚書》一辨偽，一信真，但並非針對理學或心學。學者以為《古文尚書》之辨偽考證與「十六字心傳」之爭有關，遂以為考證學背後是有哲學動機的[18]，然陳第護古文，全本《尚書疏衍》中對於人心道心問題根本不曾觸及，他並沒有討論這問題的興趣；而梅鷟討論「人心惟危，道心惟微，惟精惟一，允執厥中」十六字時，謂：「允執厥中，堯之言也……夫堯之一言至矣盡矣，而舜復益之以三言者，先儒以為所以明乎堯之一言必如是而後可庶幾也，自今考之，惟允執厥中一句為聖人之言，其餘三言蓋出荀子……」（《尚書考異》，卷二，頁21a），所批評的「先儒」，正是朱子，蓋朱子〈中庸章句序〉云：「堯之一言至矣盡矣，而舜復益之以三言者，則所以明夫堯之一言必如是而後可庶幾也。」（《文集》，卷76，頁1407）倒是疑古文者攻擊朱子了。[19]本文以為，《古文尚書》之偽成為定案之後，使得講義理的學者

18　余英時：〈清代思想史的一個新解釋〉，《歷史與思想》，頁148。

19　梅鷟之前，元王充耘（1304-？）已有「傳授心法之辨」，批評人心道心之說，謂：「……後人附會，竊取《魯論・堯曰篇》載記而增益之，析四句為三段，而於允執其中之上妄增人心道心等語，傳者不悟其偽，而以為實然。於是有傳心法之論，且

失了根據固是事實，這可以說是考證學對義理學者的挑戰或貢獻，屬
於「影響」層面的；若因此而將「影響」說成「動機」，遂謂考證學者
的動機便是為義理服務，則不免混淆了兩門性質與旨趣各異的學術。

　　因此，本文目前的結論是：《古文尚書》之辨偽考證，就動機
言，與思想路數或哲學立場無關。

以為禹之資不及舜，必益以三言然後喻，幾於可笑，蓋皆為古文所誤耳。」（《讀書
管見》，卷上，頁454）王充耘之時，王學尚未出現，更可見「十六字心傳」之辨，
與程朱、陸王之爭無關。

第五章
結論

第一節　陳第古音學與《尚書》學成績大異之原因試說

在分別討論過陳第的古音學與《尚書》學之後，我們發現：陳第在這兩門學術上之研究，似乎展現了不同的旨趣與成績，本節擬對此一現象試作解釋。

陳第以為：世事有二，一是隨時空變易的人為社會文化制度等，一則是超越時空的永恆理道。《讀詩拙言》謂：

> 夫乾坤毀而不易者，道也；時地易而轉移者，聲也。……使聖人而生於後世，有不讀服為復，讀華為花，讀慶當以去聲乎？
> （頁13a）

《尚書疏衍》則云：

> 愚謂理道可千載而互思，制度不可異時而懸斷。（卷二，頁6b）
> 宇宙殊時而一理，聖賢異世而同心。（卷一，頁5b）

他認為，人類社會的語言、制度等，都隨時空而轉移，古今必然不同，聖人之所持守，亦不在此，故聖人生於後世，語言亦當順時從俗。然宇宙又有恆常不變的理道，昔在今在以後永在，是時空範圍不了的，

聖賢可以異世而同心。在陳第的觀念裡，其所研究之古音與《尚書》正分隸這兩個不同的領域，前者在隨時空變易的現象裡，古音只屬古代；而後者則載有亙古永存的理道，今猶可徵。是以考古音並不為今用，「以今音讀今，以古音讀古」（〈屈宋古音義跋〉），考古其實只為滿足求知的興趣，「亦不忘古初意也」（《讀詩拙言》，頁13b）。但《尚書》則不然，它載有「尚古帝王之旨」（〈疏衍自序〉，頁1b），研讀者不但要「修己治人者，寔有取於經」，且「典謨訓誥誓命貢征歌範，皆徵之行事」（〈自序〉，頁2a），重點在於資其道以「行」。

今日看來，陳第對於語言現象的瞭解是正確的，其宣稱：「時地易而轉移者，聲也。」（《讀詩拙言》）更是重要，在正確的觀念引導之下，研究的基礎是穩固的。至於《尚書》，首先我們要問：陳第觀念中的「理道」究竟何所指？屬於何種思考層次？陳第曾謂：「親親也，尊尊也，長長也，男女有別也，此其不可得與民變革者也。」（卷二，頁73）則其心目中殊時而一理之「道」，主要還是倫常道德，由第二章陳第之思想的討論，可知陳第對於「道」的體會，主要在於德行的規範義，若以此求之於《尚書》，則能不能有精彩的研究心得，端在於陳第對倫常道德的意義能不能有深入超俗的體認。就傳統五倫而言，它的基本精神何在？譬如：君臣的關係，究竟在什麼基礎下被建立的？陳第主張：「桀、紂雖失道，然君上也，湯、武雖聖，臣下也；因過而誅之代立，踐南面，非弒而何？」（卷三，頁10b）君臣精神是陳第所強調的（如謂：「愚謂讀虞書者在得其君臣之精神。」（卷二，頁9a）將君臣的關係歸之於不可變易的綱常，其至友董應舉也說：「天下古今一理一心，聖人亦是我輩，視之過高，便成說謊，此亦從來解經之病也……兄於世事不迂，獨解經多迂。」（〈答陳季立書〉，《崇相集》卷八，頁40）

其次，就學術本身的發展來說，本文研究結果是：古音學的材料

方法在宋代已經全備了，明代楊慎將唐、宋以來古音與「叶音」的各
種理論、材料、方法等兼收並容，古音著作大批行世，卻是漏洞百
出，此時，所欠缺的只是關於古音研究的正確觀念，使得古音之考
求，由「實用」目的之「叶音」（指改讀以求今用），與純粹學術目的
的「考證古音」糾纏不清的情況裡，確立自己的研究發展方向，使學
者對自己所從事的工作意義有較明晰的自覺。陳第為這門學術所提供
的，正是所欠缺的這一點正確觀念。他宣稱「古無叶音」，其中心意
義在於澄清古音考證之學術性質，脫離「實用」目的之羈絆，而有了
明確的研究方向。而「本證」與「旁證」之創見，則更啟發學者對於
楊慎以前古音學者所用紛然雜陳的材料，重新審查甄別，將使用材料
與研究對象配合（譬如：研究《詩經》音，則以《詩經》材料為主，
不再如過去，古音考證材料可以遠至唐宋）。雖然，對於「叶音」的
質疑，以及古今音異等觀念，皆非陳第始創，但能清楚提出以指導整
個研究方向，卻非陳第莫屬。因此，陳第的研究，在古音學的發展
上，創造了邁越的成績。

　　但就《尚書》學言，一開始《尚書》便作為政治道德的楷模來研
讀，是一本「致用」的經書[1]，蔡沈《書集傳》更宣稱此書為「二帝
三王治天下之大經大法」（〈自序〉），此一研讀態度、研究型態，相沿
已久，而經過吳澄、梅鷟之後，尤其梅鷟，提出了許多《尚書》流傳
過程中的歷史問題，這時，《尚書》學的新契機其實已經出現，那便
是：一些史學的問題亟待解決；梅鷟的研究，雖然粗略，但至少提出
了一些值得注意的問題，陳第不論如何，應當對此有一交代，才可能
進步；然而，陳第全忽略了，對於《尚書》源流，未進一步追究；認
定書經即信史，經有明文，則止依經。就閱讀的立場言，真確的瞭解

1　參李偉泰：《兩漢尚書學及其對當時政治的影響》（臺大《文史叢刊》）。

當然不一定需要仰賴傳註，但是，從研究的立場說，《尚書》學的問題卻需要從傳註的研讀中去發現，陳第於此一概反對，錯失了《尚書》研究的新方向。而在傳統的研究型態中，卻又因知識限制（尚書包含了地理、曆法、古代制度等等問題，非普通常識便可論斷），見解層次亦未能突破。

陳第不是一個專業的學者，明代當時，古音學的學術基礎不算太深厚，因此陳第容易掌握主要問題之關鍵，以清楚的觀念、正確可靠的方法，為後人開闢了研究的新天地；而《尚書》學則流傳與研究過程已經累積了太多的問題，需要的學術基礎多，陳第又根本反對以研究的精神讀《尚書》，侷限了研究成果。

第二節　「問題」之澄清與發展

經過第三、四兩章對陳第之學術作探本求源之歷史性分析評估之後，現在可以回到第一章的問題了，本文暫時得到如下之結論。

陳第提出「本證」、「旁證」以研究古音，予人「方法論」之震撼，學者不但以為這象徵學術邁向一個「搜求證據」之新時代（胡適，詳第一章第一節），且紛紛揣測這「方法」之來歷，一些學者甚至以為：這或許是西學影響後之產物，如房兆楹、Benjamin A. Elman，以及朱維錚先生皆是[2]。經過本文將陳第考證方法向前追溯，結果發現，古音

2　房兆楹認為陳第的音韻研究可能受歐人影響，原因有三，首先，自一五九八至一六○○年遊歷廣東江西等地，都是耶穌會的中心，旅程中不太可能不曾認得外國人；其次，一六○四至一六一四年間，他主要居留南京，該地一五九八年耶穌會士曾建教堂；第三，在南京接待他的「地主」朋友焦竑，認得在該地傳教之利瑪竇，利氏於一六○三年出版他以中文寫作的有關拉丁字母的論文「西字奇跡」，但在此之前他已試著向中國學者介紹了，這些學者或許包括焦竑。陳第於一六○一年自粵返鄉後，開始著手寫《毛詩古音考》，一六○四到一六○六年在焦竑家時，正在焦竑認識

之考證觀念及方法，早在宋代即已建立。陳第在古音學史上之最大貢獻，並不在於證據之講求，而是正確觀念之闡明，並對證據材料作進一步處理，此點前文已屢次陳明。

至於考證學與思想史之關係，當然，任何一種學術型態，都是某種思想的表現，由此一角度去看，「考證學」成為一種學風，絕對可以是思想史的問題。然而，若將「思想」之瞭解侷限於程、朱或陸、王學派，則本文以為：兩派之任何一派，或是兩派之間的爭論，就理論本身之開展來說，都不可能開出考證之「學」。蓋「考證」本是從事文獻整理或研究時必具之功夫，「考證」之精神與方法，自始便存在於學術研究工作中（詳第三章第四節），但「考證」成為「考證學」，卻是清代的事。而當「考證」成為「考證」之「學」時，其精神旨趣便已經與「理學」背道而馳了。蓋理學無論為程、朱或陸、王，其「學」唯有「成德之學」，其他事皆在第二義。譬如朱子本人不但善於考證，而且有興趣作考證[3]，但是朱子卻說：「若論為學，則考證已是末流。」（《文集》，卷五十九，〈答吳斗南〉，頁1077）

顯然對考證之價值抱負面態度，以這種態度來看考證，如何能開出「考證」之「學」？至於陽明重定《大學古本》，可以說是一種廣義

利氏之後不久，這顯示：西方字母之作，與陳第之研究古音，是可能有關聯的。此皆「想可能耳」之猜測之辭。見《明代名人傳》（*Dictionary of Ming Biography, 1368-1644*）頁183。Benjamin A. Elman從此說，認為焦竑認得利瑪竇，拉丁字母之譯作，影響陳第之音韻研究，見*From Philosophy to Philology — Intellectual and Social Aspects of Change in Late Imperial China*，頁216-217。朱維錚先生則雖不敢肯定，但傾向於接受胡適之說，相信晚明西學之輸入給予學者方法論之啟迪：「胡適說顧炎武著《音學五書》，閻若璩著《古文尚書疏證》，此種學問方法，全係受到利瑪竇來華影響，固然不完全準確，卻很值得研究。」見〈十八世紀中國的漢學與西學〉頁28-29。

3　《文集》卷五十四，〈答孫季和〉：「讀書玩理外，考證又是一種功夫，所得無幾而費力不少，向來偶自好之，固是一病，然亦不可謂無功。」（頁960）

的「考證」[4]，但既以為：「若世儒之外務講求考索，而不知本諸其心者，其亦可以謂窮理乎？」（〈與夏敦夫書〉，《陽明全書》，卷五，頁10b）持這種態度，要開出「考證」之「學」恐怕也不容易。蓋「考證」成「學」時，其精神旨趣是「為學問而學問」的[5]，本非成德之學所能容許。至於「尊德性」與「道問學」兩派爭執而「取證於經書」的「內在理路」之說，已有黃俊傑、錢新祖、林聰舜諸先生提出檢討或批評[6]，不論在理論本身或所舉歷史事例之解釋上，都有困難。而本文深入一個被認為是「考證學的先驅」的代表人物學術內部，考察的結果，也證實考證與思想之內在理路無關，與思想之爭論無關，亦與明人廢學之風無關。蓋「考證」在每一門不同的學問中，有不同的形態與方法，譬如：本文討論到的古音學之考證，與《古文尚書》辨偽的考證，便全然不同，各有其內在發展之軌跡，由粗到精，也各有其進化之歷程；與程、朱或陸、王學毫無關係。在沒有尊德性與道問之爭執之前，早已有考證，而兩派爭執（如果有的話）之後，爭論者與實際從事者證者，亦是兩批不同的人。以陳第為例，其謂朱、陸之辨「由其學皆可以入道……由其爭皆不可以語道」（〈意言〉，頁3），根本不將兩派之爭看在眼裡。

　　而就考證來說，陳第的學術並無一套自覺的方法論，求證之方法藝術，亦非其主要關懷所在，「本證」、「旁證」之分，是對既有材料之進一步處理，成功關鍵在於清晰的音韻演變觀念，而不是對於「求

4　余英時先生謂：「王陽明的《大學古本》已是一種校刊的工作。」（〈清代思想史的一個新解釋〉，《歷史與思想》，頁146。）

5　參勞思光：《中國哲學史》第三卷下，第八章〈乾嘉學風與戴震之哲學思想〉，頁799-820。

6　參黃俊傑：〈思想史方法論的兩個側面〉，《史學方法論叢》，頁151-201；Edward T. Ch'ien, *Chiao Hung and the Restructuring of Neo-Confucianism in the Late Ming*，頁241-278；林聰舜《明清之際儒家思想的變遷與發展》，第六章第二節之四，頁404-412。

證」的自覺。此已論於第三章。而由其對《尚書》的態度看，更可見陳第並非特別重視考證的學者。如果說，「考證學」的興起意味學者開始反省「考證」的方法或藝術，雖然研究對象是各種不同的學門，但研究興趣就在「考證」工作本身的學問[7]，如閻若璩，雖研究對象是《古文尚書》，但亦時時反省自己的「考據之學」（參《古文尚書疏證》第七十三條、第一百十三條等）；則在陳第的學術裡，「考證學」其實隱而未現。

在陳第的學術裡，我們也觀察到一些有趣的現象，例如，雖然陳第本人並不特別看重「考證」，但是他既標出「本證」、「旁證」，對證據作分類，則「考證學」之曙光可以由此出現。又，討論陳第的古音學時，我們認為：陳第對語音演變的認識，以及對考證古音之目的的看法[8]，可以開出客觀知識尋求之路；但在討論其《尚書》學時，卻發現：在其《尚書》學之研究領域裡，客觀知識之追究毫無必要[9]，後者是傳統的精神態度，前者卻看見清代「為學問而學問」的端倪。

7　蓋「考證」是從事文獻整理與研究不可或缺的工具或方法，與任何學術工作皆有關；而「考證學」則是一較特殊的用法，一般而言，如「文字學」指研究對象在於文字的學問，「聲韻學」指研究對象在於聲韻的學問；但「考證學」並非全然是研究對象在於「考證」的學問，「考證學」者所治，仍是某一學門，如：有文字的考證，亦有聲韻的考證；但清人的確有所謂「考據之學」，閻若璩便是一個例子，其從事古文書之考證，時時流露對於「考據」的心得，以考據為樂，如本文第四章所引。曾以此問題請教王師叔岷，師謂：「我想：『考證』不能稱為某一種『學』。這只是泛稱，並非專名，『考證學』至少應該包括『訓詁學』（文字、音韻）和『校勘學』。其實，凡是『實事求是』之學，都可稱為『考證學』。清末張之洞的《輶軒語》中，〈讀書不必畏難〉條，提出：一蒐補（或從群書中蒐出，或補充，或綴輯），一校訂（偽、脫、同、異），一考證（據本書、據注、據他書），他所說的『考證』太狹隘了，『蒐補』、『校訂』都應該屬於『考證』。」（1988年2月2日函示）

8　如「時地易而轉移者，聲也。」（《讀詩拙言》）「磬蕩之讀而羌瑲之知，服華之從而遍敷之辨，楷書之用而篆隸之考，亦不忘古初意也。」（《讀詩拙言》）

9　如「讀〈虞書〉者，在得其君臣之精神，所以運量民物而鼓舞玄化者，可貴也，若夫器數之類，知之無能為益，不知無能為損，闕之可矣。」（《疏衍》卷一，頁9a）

當然，許多開創性的人物，經常顯現兩面性，在某方面具有超越時代的成就，而某方面卻是極端保守，甚至跟不上時代（如康有為、王國維等[10]）；陳第的情形，究竟是一種特殊人物的常態，抑或是時代、學術轉變之際的過渡情況，有待進一步研究。

此外，由陳第的例子看出：考證學之興起與思想史的關係並不那麼簡單，實際情況較過去之瞭解複雜得多。從事經典考證的學者是否都有著護衛思想立場的動機，在沒有充足的個案研究，並深入考證學者實際從事的學術內部，釐清其發展線索之前，不易有正確的解釋。就《古文尚書》的考證而言，雖然偽古文〈大禹謨〉的「十六字心傳」牽涉到理學思想問題，但也不能因為解決的問題與思想有關，就認定考證的「動機」由思想問題產生。在陳第的《尚書》學討論裡，我們已略微看見，閻若璩的《古文尚書》考證展現了一種與傳統經學意趣迥異的型態，由梅鷟、陳第到閻若璩，學術史究竟是如何演變發展的，與思想史的關係究竟要如何去澄清，是本文下一步的研究課題。

---

10 按康有為、王國維的例子，承梅老師提示。

附錄一
論朱子未嘗疑《古文尚書》偽作[*]

前言

　　元代吳澄（1249-1333）之後，學者多認為，吳棫（約1100-1155）、朱熹（1130-1200）首先感覺到《尚書》中今文與古文的文體迥異（論據詳下文），也就是，他們感覺到「今文多艱澀而古文反平易」[1]，由此而懷疑平易的古文是晚出的偽作[2]。但是，仔細閱讀朱子討論《尚書》今、古文問題的脈絡，以及朱子與弟子就《尚書》篇章中具體問題的討論意見，卻發現其中有許多地方啟人疑竇（詳下），需要進一步追究。試舉一例。上述引文出現於朱子〈書臨漳所刊四經後〉之「書」篇，成於紹熙庚戌（1190），朱子年六十一。該文先述《尚書》今、古篇數，而後提出今文難、古文易，以及大、小〈序〉等問題，而後說明刊經目的，可視為朱子對孔《傳》本五十八篇《尚書》的意見大綱。以下諸語值得特別注意：

> 以今考之，則今文多艱澀而古文反平易……是皆有不可知者，……獨諸〈序〉之本不先經，則賴安國之〈序〉可見，故今別

[*]　本文原刊登於《清華學報》新22卷第4期（1992年12月），頁399-430。

[1]　《朱文公文集》（臺北：臺灣商務印書館四部叢刊初編，影明刊本），卷八十二，頁1491。

[2]　這段辨偽史的概要，可參戴君仁：《閻毛古文尚書公案》（臺北：編譯館中華叢書編審委員會，1963年），第一章〈引言〉，頁7-19。

> 定此本，一以諸篇本文為經，而復合〈序〉篇於後，使覽者得
> 見聖經之舊……又論其所以不可知者如此，使讀者姑務沉潛反
> 復乎其所易，而不必穿鑿傅會於其所難者。[3]

　　朱子對《正義》本《尚書》的改動，只是將不可信的小〈序〉
（按朱子疑〈小序〉非孔子作，〈大序〉不可信，詳後）合為一篇置
後，認為如此便是「聖經之舊」了，則「聖經」包括今、古文；而尤
其重要的是，朱子所以「論其所以不可知者」——不可知者即今文多
艱澀而古文反平易，竟是為了「使讀者姑務沉潛反復乎其所易，而不
必穿鑿傅會於其所難者」。如果朱子提出今、古文文體難易的問題是
意味著他感覺到平易的古文可能是時代較晚的偽作，那麼，為什麼他
前文剛提出古文平易，認為可疑，立刻又稱之為「聖經」，且要人
「沉潛反復」之？就算朱子只是疑而未決，但豈至於諄諄要人「沉潛
反復」那可疑的平易易曉者？而且，朱子要人細讀平易易曉者而暫置
難讀者，這種意見在《語類》中屢見，如：

> 今人觀《書》，且看他那分明底，其難曉者，且置之。政使曉
> 得，亦不濟事。(〈輔廣〉)[4]

> 《書》中易曉處直易曉，其不可曉處且闕之。如〈盤庚〉之
> 類，非特不可曉，便曉了，亦要何用？如〈周誥〉諸篇，周公

3　《朱文公文集》，卷八十二，頁1491。

4　黎靖德編：《朱子語類》(京都：中文出版社，1970年，影明覆宋本)，卷七十九，
　頁7上。按本文徵引《朱子語類》各條，曾參校：《徽州本朱子語類》(京都：中文
　出版社，1982年，朝鮮古寫徽州本)，寫本多錯字，偶或有字句異同，因皆不影響
　文意，故不另註出異文。又，本文引用《朱子語類》，概依黎靖德編本，註出各條
　記錄者姓名，並在文末表列各弟子聞錄年代，顯示這些意見皆是朱子晚年定論。

不過是說周所以合代商之意，是他當時說話，其間多有不可解
者，亦且觀其大意所在而已。(〈吳必大〉)[5]

某嘗患《尚書》難讀，後來先將文義分明者讀之，聲訛者且未
讀。如二〈典〉、三〈謨〉等篇，義理明白，句句是實理。堯
之所以為君，舜之所以為臣，皋陶、稷、契、伊、傅輩所言
所行，最好紬繹玩味，體貼向自家身上來，其味自別。(〈周
謨〉)[6]

對於今文的〈盤庚〉，朱子甚至說「便曉了亦要何用」，而包括古文
〈大禹謨〉的「二〈典〉三〈謨〉」，朱子卻要人「體貼向自家身上
來」。如果朱子提出今文難讀、古文平易之疑點意味著懷疑平易的古
文為晚出偽作，那麼，為什麼朱子總是要人紬繹玩味可疑的偽經呢？

　　為此，本文嘗試將朱子的話放在朱子自己的知識或觀念系統中，
同時放在宋代《尚書》學的環境裡，並且問一個問題：當朱子將今、
古文的難、易二種風格對比時，他語脈中的「難易」，與「古今」或
「真偽」是否相關？如果相關，那麼他的真偽觀念如何？而如果不相
關，他區分今、古文的難易究竟意義何在？朱子是在文體的艱澀代表
「古」，而平易則代表「晚出」的觀念之下而提出這個問題的嗎？如
果是，他應該不至於既游移於經文的真偽，又要人紬繹沉潛可疑的部
分；而如果不是，必定二詞在朱子自己的脈絡中另有含義。因為我們
認為朱子的學術意見真誠而明朗，應該不至於游移到勸人把可疑的偽
經體貼至自家身上來。

5　《朱子語類》，卷七十八，頁7上。
6　《朱子語類》，卷七十九，頁5下。

　　筆者研讀《朱子語類》、《朱文公文集》[7]，並朱子同時代稍早與
稍晚學者對於這個問題的討論，認為朱子雖然反覆於《尚書》今、古
文文體的難易致疑，但朱子的疑點卻毫不牽涉古文可能偽作的想法，
他是在「讀書能不能理會道理」的關懷下提出這個問題的，而他質疑
的重點在於艱澀難讀的今文，對於平易易曉的古文，則勸人要「沉潛
反復」。底下便提出相關資料，試作詮釋及論證。

一　朱子篤信古文

　　關於《古文尚書》的歷史，朱子相信，古文乃孔壁所藏，漢武帝
時方出，終漢之世不行，至東晉時始顯。他說：

> 孔壁《尚書》漢武帝時方出，又不行於世，至東晉時方顯；故
> 揚雄、趙岐、杜預諸儒悉不曾見。（〈吳必大〉）[8]

　　「漢人未見《古文尚書》」是清人辨《古文尚書》偽作的重要疑點之
一，清人以為，如果《古文尚書》為真，漢代大儒不可能全不曾見
到。但唐宋時代，「兩漢魏晉學者未見《古文尚書》」卻是一項無人置
疑的現成歷史知識[9]。上面那段說話，是朱子在一個具體問題的討論

7　朱子討論《尚書》問題，大抵皆見於《語錄》、《文集》。此外，查陳振孫：《直齋書
　　錄解題》中有《晦庵書說》七卷，已佚。但依陳振孫說：「朱熹門人黃士毅集其師
　　說之遺，以為此書，今惟二〈典〉、〈禹謨〉、〈召誥〉、〈洛誥〉、〈金縢〉有解，及
　　『九江』、『彭蠡』、『皇極』有辨，其他皆《文集》、《語錄》中摘出。」（《直齋書錄
　　解題》〔臺北：臺灣商務印書館影文淵閣四庫全書〕，卷二，頁547），則內容並未超
　　出《文集》、《語錄》範圍。

8　《朱子語類》，卷七十八，頁14下。

9　參劉人鵬：《閻若璩與古文尚書辨偽：一個學術史的個案研究》（臺北：花木蘭，
　　2005年），第一章第五節，〈重說《古文尚書》辨偽史〉，頁56-59。

中提出的。有人問，漢代所建三公為司徒、司馬、司空，而《古文尚書》中〈周官〉篇卻說太師、太傅、太保為三公，不合周制，什麼緣故？朱子的回答是，漢所建三公之所以不合古文〈周官〉，正是因為漢人未見《古文尚書》而致誤：

> 或問：「漢三公之官與周制不同，何耶？」曰：「漢初未見孔壁《古文尚書》中〈周官〉一篇說太師、太傅、太保為三公，但見伏生口授〈牧誓〉、〈立政〉篇中所說司徒、司馬、司空，遂誤以是為三公而置之。」（〈李儒用〉）[10]

如果朱子不是那麼篤信古文，就不會以古文〈周官〉為準，而判定漢制錯誤了。而朱子對於「漢人未見《古文尚書》」這個說法，也絲毫不覺得奇怪，曾說：

> 孔安國《古文尚書》藏之秘府，諸儒專門伏生二十五篇，一向不取孔氏所藏古文者。及至魏晉間，古文者始出而行于世。（〈李儒用〉）[11]

10　《朱子語類》，卷一一二，頁1上。

11　《朱子語類》，卷八十六，頁4上。按此處說伏生「二十五篇」，或出於記錄者筆誤。另《朱子語類》卷一一二有「或錄云」，亦謂「伏生口授二十五篇」（頁1上）。但《朱子文集》疏解《書·大序》一文中，確依孔穎達說，謂伏生二十八篇。對這個現象的另一種解釋是，很可能朱子當時對於今、古文的篇數、篇目等只是略具印象，並不十分在意，因此言談之間也就時有出入。譬如，有一次他說：「《尚書》前五篇大概易曉。後如〈甘誓〉、〈胤征〉、〈伊訓〉、〈太甲〉、〈咸有一德〉、〈說命〉，此皆易曉，亦好。此是孔氏壁中所藏之《書》。」（《朱子語類》卷七十九，頁15上）其實，《注》、《疏》本《尚書》前五篇（〈堯典〉、〈舜典〉、〈大禹謨〉、〈皋陶謨〉、〈益稷謨〉，也就是朱子盛稱的「二典三謨」）有古文、有今文；而〈甘誓〉篇卻是今文。

關於漢代三公問題的討論，見於《語類》多處，有不同的弟子詳略各異而主旨相同的記載，如：

> 〈周官〉一篇說三公、六卿甚分曉。漢儒如揚雄、鄭康成之徒，以至晉杜元凱，皆不曾見，直至東晉，此書方出。伏生《書》多說司馬、司空，乃是諸侯三卿之制……漢卻以司徒、司馬、司空為三公，失其制矣。（〈萬人傑〉）[12]

> 孔壁《尚書》，漢武帝時方出，又不行於世，至東晉時方顯。故揚雄、趙岐、杜預諸儒悉不曾見。如〈周官〉乃孔氏《書》，說得三公、三孤、六卿極分明。漢儒皆不知，只見伏生《書》多說司徒、司馬、司空，遂以此為三公，不知此只是六卿之半。（〈吳必大〉）[13]

對於這個問題，記錄者李儒用還加過一則按語：

> 愚按：漢高后元年初置少傅，平帝元始元年又置太保、太師，然當時所建三公，實司徒、司馬、司空……使西漢明見〈周官〉，有所據依，必不若是舛矣。又按：《漢書‧百官表》中卻曰：太師、太傅、太保，是為三公；又曰：或說司馬主天，司徒主人，司空主土，是為三公。其說與〈周官〉合者，豈孔氏《書》所謂「傳之子孫，以貽後代」者，至是私有所傳授，故班固得以述之歟？抑但習聞其說，無所折衷，故兩存之而不廢耶？《古文尚書》至東晉時，因內史梅賾始行于世；東晉之

---

12 《朱子語類》，卷七十八，頁14上-下。
13 《朱子語類》，卷七十八，頁14下。

前，如揚雄以〈酒誥〉為虛談，趙岐、杜預以〈說命〉、〈皋陶謨〉等篇為逸書，則其證也。[14]

除了以古文〈周官〉為準而批評漢制外，他又發現，在《漢書》的〈百官公卿表〉中，說太師、太傅、太保為三公，與古文〈周官〉合，於是懷疑是否《古文尚書》在漢代私有所傳授，班固曾得見。他並進一步解釋道，《古文尚書》是在東晉時因梅賾[15]始行於世，東晉之前，他舉出幾個文獻上的例子，說明數位著名學者都未曾見過《古文尚書》。當然，他所提出的關於《古文尚書》流傳的這些歷史知識後來都被辨偽考證的學者推翻或重新解釋了，甚至成為今本《古文尚書》偽作的證據資料[16]。但在上面這段引文中，我們看見朱子的弟子李氏對於這些知識是毫不置疑的，並用來證明漢代諸大學者的確未見《古文尚書》。他認為，如果漢人當初看過這本真實寶貴的古文〈周官〉，就不會把今文《尚書》中提及的司徒、司馬、司空「誤」以為是三公了。

　　我們可以舉出辨《古文尚書》為偽的大家清閻若璩（1636-1704）對同樣資料的研判解釋，以為對照。對於《漢書・百官公卿表》三公的記載與古文〈周官〉相合這個現象，閻氏懷疑的是：「〈周官〉篇其自《漢書・百官公卿表》來乎？」[17]而對於漢制三公與古文〈周官〉

14　《朱子語類》，卷一一二，頁1上。

15　按：梅賾，又作梅頤。本文暫用「賾」字。理由詳劉人鵬：《閻若璩與古文尚書辨偽：一個學術史的個案研究》，第一章第四節〈今孔傳本《古文尚書》何時出現〉附註四，頁107。

16　參劉人鵬：《閻若璩與古文尚書辨偽：一個學術史的個案研究》，第二章第二節〈重構真古文尚書之歷史：根柢的建立〉，頁95-115。

17　閻若璩：《尚書古文疏證》（上海：上海古籍出版社，1987年，影印1745卷西堂刻本），卷四，頁42下。

不合,則說:「偽作〈周官〉者不通西漢時三公,而妄以太師、太傅、太保當之,……失之遠矣。」[18]同樣的資料與現象,二人的判斷卻是南轅北轍。顯示的正是閻氏與朱子對《古文尚書》的立場不同:一辨偽而一信真[19]。比照之下,朱子師生對於《古文尚書》的出現歷史以及其中記載內容的篤信,是十分明顯的。

底下,我們再舉幾則《古文尚書》中個別的篇章,以顯明朱子對於這部經書的來歷或內容,皆未曾置疑。

《漢書‧律曆志》中錄劉歆《三統曆》曾引《周書‧武成篇》:「粵六日庚戌,武王燎於周廟,翌日辛亥,祀于天位,粵五日乙卯,乃以庶國祀馘于周廟。」[20]與今本(也就是所謂「偽孔傳」本)〈武成〉不同,朱子於是批評《漢‧志》所引,謂:「六日之間,三舉大祭,禮數而煩,近於不敬;抑亦經文所無有,不知劉歆何所據也?」[21]當劉歆所引與孔《傳》本古文不同時,朱子的意見是:劉歆所引,就內容而言不合理,就其根據而言,又不見於「經文」,因而致疑。他的這個意見,其實也多少跟隨了唐孔穎達(574-648)的判斷,孔氏認為劉歆所引「與此經不同,彼是焚書之後,有人偽為之」[22]。朱子對於《古文尚書》的歷史流傳等問題,並沒有深入探究,多半都是跟隨

---

18 《尚書古文疏證》,卷四,頁43下。

19 我們還可以舉出另一個類似的例子。《史記》中有一段「湯誥」,與孔《傳》本古文〈湯誥〉不同,朱子的反應是:「因舉《史記》所載〈湯誥〉,并武王伐紂言詞不典,不知是甚底齊東野人之語也。」(《朱子語類》,卷一三七,頁16上)而閻若璩卻認為《史記》中所載才是真古文〈湯誥〉,並大加嘆賞:「因反覆古文〈湯誥〉,讀逾有味真史遷所受《書》二十四篇之一無疑。」(《尚書古文疏證》,卷六上,第八四條,頁46下)

20 《漢書》,卷二十一,頁1015。

21 《朱文公文集》,卷六十五,頁1213。

22 《尚書正義》(臺北:藍燈文化事業公司,影印嘉慶重刊宋本),卷十一,頁20上。

《注》、《疏》本的成說[23]。而疏孔《傳》本的孔穎達是不疑《古文尚書》的[24]。孔《傳》本的〈武成〉這一篇，其實問題重重，孔穎達時已發現此篇「辭又首尾不結，體裁異於餘篇」，說此篇「簡編斷絕，經失其本」[25]。宋儒多有改本，以重定其次序[26]。朱子曾仔細考定古文〈武成〉的年月，作〈武成日月譜〉[27]，結論是「恐經文倒也」[28]，於是也有〈考定武成次序〉[29]之作。如果朱子認為這是可疑的偽書中的一篇偽作，就無須重定其次序了。朱子與孔穎達一樣，只把它當作是文獻流傳過程中，無意而產生的錯簡問題。

　　另外，如古文〈說命〉篇，朱子說：「經籍古人言學字，方自〈說命〉始有。」[30]當然不疑此篇在真經籍中。朱子對古文〈大禹謨〉篇尤其尊崇，在〈中庸章句序〉一文中說：「蓋自上古聖神繼天立極，而道統之傳有自來矣，其見於經，則『允執厥中』者，堯之所以授舜也」[31]，又據〈大禹謨〉「人心惟危，道心惟微，惟精惟一，允執厥中」，建立其道統理論，《語類》卷七十八「大禹謨」一目，更是深入討論人心、道心問題，《文集》卷六十五解〈大禹謨〉一篇，曾

23　這一點由朱子論及《尚書》歷史流傳問題（如疏解《書·大序》）時，意見與《注》《疏》本一致可見。又《語類》中，朱子自己會說：「某嘗欲作《書說》，竟不曾成。如制度之屬，祇以《疏》文為本。」（《朱子語類》，卷七十八，頁4下）關於《尚書》一書歷史、制度等考證上的問題，朱子似乎並沒有興趣多花時間。

24　關於這個問題更詳細的討論，參劉人鵬《閻若璩與古文尚書辨偽：一個學術史的個案研究》，第一章第五節〈重說古文尚書辨偽史：兼論辨偽判準的動態演變及成形〉，頁56-65，及第二章第一節〈《疏證》的方法論〉，頁86-87。

25　《尚書正義》，卷十一，頁18下-19上。

26　參葉國良《宋人疑經改經考》（臺北：臺大文史叢刊，1980年），頁66-69。

27　《朱文公文集》，卷六十五，頁1213。

28　〈武成日月譜〉，在《朱文公文集》，卷六五，頁1213。

29　《朱文公文集》，卷六十五，頁1213。

30　《朱子語類》，卷七十九，頁11下。

31　《朱文公文集》，卷七十六，頁1407。

說：「堯之告舜，但曰『允執厥中』，而舜之命禹，又推其本末而詳言之，蓋古之聖人將以天下與人，未嘗不以其治之之法，並而傳之，其可見於經者，不過如此，後之人君，其可不深畏而敬守之哉？」[32]何嘗懷疑這部「經」書呢？

又，朱子討論古文〈舜典〉之「曰若稽古」以下二十八字，說道：

> 至姚方興乃得古文本經而并及孔《傳》，於是始知有此二十八字，但未知其餘文字同異又如何耳？或者由此乃謂古文〈舜典〉一篇皆盡亡失，至是方全得之，遂疑其偽，蓋過論也。[33]

古文〈舜典〉一篇，或以其獻出之經過可疑而疑其偽，朱子尚且以為過論，何至於疑二十五篇俱偽？他討論古文〈大禹謨〉一篇，則引吳棫云：

> 吳氏曰：此書不專為大禹而作，此十七字當是後世模仿二〈典〉為之，〈皋陶謨〉篇首九字亦類此。[34]

底下自按曰：

> 今按此篇「稽古」之下猶贊禹德，而後便記皋陶之言，其體亦不相類，吳氏之說恐或然也。

吳棫僅僅疑「曰若稽古大禹曰文命敷於四海祇承于帝」十七字為後人

---

32 《朱文公文集》，卷六十五，頁1208。

33 《朱文公文集》，卷六十五，頁1202。

34 《朱文公文集》，卷六十五，頁1206。

模仿二〈典〉為之，其中〈堯典〉的「曰若稽古帝堯」等固是今文，而〈舜典〉的「曰若稽古帝舜」等則是古文，他又提及今文〈皋陶謨〉篇首九字（「曰若稽古皋陶」等）亦類此，這樣的討論其實是將今文與古文一體視之，如果我們據此而說吳棫或朱子懷疑古文〈大禹謨〉偽作，是否也可以據此而說吳、朱懷疑今文〈皋陶謨〉偽作呢？況且，從上下文脈看來，吳、朱之所以疑此十七字為後人所加，是由於〈大禹謨〉一篇「不專為大禹而作」，後半部「記皋陶之言」。只有當他不疑整篇或整部書偽作時，才會判斷其中某小部分有偽增、錯簡、竄改等情形。[35]

---

35 關於古文〈大禹謨〉，這裡再附帶說明一點。「人心惟危，道心惟微，惟精惟一，允執厥中」十六字，與之相關的文獻是，《荀子・解蔽篇》：「故道經曰：人心之危，道心之微。」及《論語・堯曰》：「堯曰，咨爾舜，天之曆數在爾躬，允執其中舜亦以命禹。」朱子未曾將此十六字與《荀子》關聯起來，至於與《論語》的關聯，他著意討論的是，在《論語》中，「允執其中」是堯命舜之言，而在〈大禹謨〉中舜亦以命禹，說得又較仔細。在《集註》中朱子註道：「舜後遜位於禹，亦以此辭命之，今見於《虞書・大禹謨》，比此加詳。」（《四書集註》，臺北：世界書局，頁137）《文集》中疏解〈大禹謨〉時說：「堯之告舜但曰『允執厥中』，而舜之命禹又推其本末而詳言之，蓋古之聖人將以天下與人，未嘗不以其治之之法并而傳之，其可見於經者，不過如此，後之人君其可不深畏而敬守之哉。」（《朱文公文集》，卷六五）〈中庸章句序〉中表達了同樣的意思：「堯之一言至矣盡矣，而舜復益之以三言者，則所以明夫堯之一言必如是而後可庶幾也。」（《朱文公文集》，卷七十六，頁1407）《語錄》中亦見朱子將此意對弟子作詳細說明（見《朱子語類》，卷七十八，頁32）。朱子當然是在相信兩部文獻俱真的情況下，才會如此討論道個問題。因此，朱子在這裡所看到的並不是《論語》、〈大禹謨〉內容重出的文獻真偽問題，而是著重於闡明其意義。我們可以比照一下後來辨偽學者對這個問題的討論。當他們辨十六字之偽時，是批評朱子這個說法的。如元王充耘（1304-?）謂：「後人附會，竊取《魯論・堯曰篇》載記而增益之，析四句為三段，而於『允執其中』之上妄增人心道心等語，傳者不悟其偽，而以為實然。於是有傳心法之論，且以為禹之資不及舜，必益以三言然後喻，幾於可笑，蓋皆為古文所誤耳。」（《讀書管見》，臺灣商務印書館影印文淵閣四庫全書，卷上，頁454）明梅鷟（1513年中舉）則說：「『允執厥中』，堯之言也夫堯之一言至矣盡矣，而舜復益之以三言者，先儒以為所以明乎堯之一言必如是而後可庶幾也，自今考之，惟『允執厥中』一句為聖人之

再以古文〈泰誓〉篇為例。朱子對於〈泰誓〉篇的流傳，大抵相信孔穎達的意見。他引《正義》：「孔穎達曰：〈泰誓〉本非伏生所傳，武帝之世始出而得行，史因以入於伏生所傳之內，故云二十九篇也[36]」[37]，而後自加按語云：「伏生本但……凡二十八篇，今加〈泰誓〉一篇，故為二十九篇耳，其〈泰誓〉真偽之說，詳見本篇，此未暇論也。」查《文集》有〈堯典〉、〈舜典〉等篇疏解，未見〈泰誓〉；再查蔡沈（1167-1200）《書集傳》，〈堯典〉、〈舜典〉等見於朱子《文集》者，注文皆雷同，而蔡沈也會說：「凡引用師說，不復識別。」[38]因此，我們認為《書集傳》中〈泰誓〉注文，當亦可代表朱子意見。《書集傳》的〈泰誓〉篇題下注云：

> 按伏生二十八篇本無〈泰誓〉，武帝時偽〈泰誓〉出，與伏生今文《書》合為二十九篇。孔壁《書》雖出而未傳於世，故漢儒所引，皆用偽〈泰誓〉，如曰白魚入於王舟……，故後漢馬融得疑其偽，至晉孔壁古文《書》行，而偽〈泰誓〉始廢。[39]

顯然是以漢武帝時所得〈泰誓〉為偽，而以「晉孔壁古文《書》」為真。

從以上所舉諸例看，朱子對於《古文尚書》為經書之一，相當尊重，而對於《古文尚書》的流傳歷史，後代辨偽學者引以為證偽資料的，在朱子卻是深信不疑。

言，其餘三言蓋出《荀子》。」（《尚書考異》，卷二，頁21上）顯然與朱子的意見針鋒相對。朱子與梅鷟看到的完全是不同的問題與答案。

36 見《尚書正義》，卷一，頁11。

37 《朱文公文集》，卷六十五，頁1198。

38 蔡沈：《書集傳》（臺北：新文豐《尚書類聚初集》），〈序〉。

39 蔡沈：《書集傳》，卷四，頁67。

二　朱子只疑《書·序》、孔《傳》，並且質疑艱澀難曉的今文

　　在這一段中，我們將提出那些曾被歷來學者反覆引述，以證明朱子首先疑古文偽作的語句，放在朱子說話的脈絡中，仔細檢討，論證朱子當時根本未曾疑《古文尚書》偽作。朱子的話語，放在後代疑古文的觀念脈絡裡，就有了不同的意義，就可以解釋為疑古文的，但在朱子本人的觀念脈絡裡，則根本不是。朱子的問題與答案，絕非後代辨偽學者的問題與答案。

　　學者指朱子首先懷疑《古文尚書》偽作時，通常會將吳棫相提並論，吳棫稍長於朱子，因此，我們在此先討論吳棫是否疑《古文尚書》的問題。

　　吳棫被指證為疑古文的先聲，最常被引證的材料，是轉引自明梅鷟（1513年中舉）的《尚書考異》，全文是：

> 吳氏曰：伏生傳于既耄之後，而安國為隸古，又特定其所可知者，而一篇之中，一簡之內，其不可知者，蓋不無矣；乃欲以是盡求作書之本意，與夫本末先後之義，其亦可謂難矣。而安國所增多之《書》，今篇目俱在，皆文從字順，非若伏生之《書》佶屈聱牙，至有不可讀者。夫四代之書，作者不一，乃至二人之手，而遂定為二體乎？其亦難言矣。[40]

古人引書每每憑記憶，不一定字字計較。這段引文是否完全忠實，已無從求證。至少，元代吳澄（1249-1333）也曾略引吳棫此說，作：

40　梅鷟：《尚書考異》（臺北：臺灣商務印書館四庫珍本，1979年），卷一，頁12下-13上引。

「吳氏曰:『增多之書』皆文從字順。」[41]就梅鷟所引來看,吳棫對今、古文《尚書》的基本知識,如「伏生傳于既耄之後」、「安國為隸古」、「定其可知者」,皆依《書‧大序》為說,而「安國所增多之《書》,今篇目俱在」,更是由於採信〈大序〉「增多伏生二十五篇」,而忽略漢人記載古文多「十六篇」之說[42]。至少,對於二十五篇《古文尚書》源流的舊說並無懷疑之處。以上引文整段讀來,吳棫的意思應該是:伏生傳於耄年,安國隸古又唯定其可知者,則不論今文、古文,漢代當時已有不可知者:一本收拾於殘闕之餘的書,今日已難盡求作書之本意矣。而他闕疑的是:虞、夏、商、周四代之書,作者各異,卻因伏生、安國二人,而分為文從字順的古文,與詰屈聱牙的今文二體嗎?這是他覺得很難解釋的。但他也僅止於致疑而已。下文我們立即要提到,對於《尚書》的今、古文有難、易二體,是很多宋代治《尚書》的學者討論的問題,他們紛紛由各種可能性作不同的解釋,但沒有一人的解釋指向「古文是晚出偽作」這種可能。吳棫討論《尚書》的著作,朱子曾經熟讀[43],如果吳棫有懷疑文從字順的古文可能是後代偽作的意思,這在宋代不是一件小事,朱子或贊成或反對,不可能沒有回應的討論意見。但下文我們會舉證,宋代的確沒有學者曾想到「平易的古文可能偽作」。另外,把吳棫當作是疑古文之先鋒的閻若璩,卻發現了疑似反證的現象:

---

41 吳澄:《書纂言》(臺北:臺灣商務印書館影文淵閣四庫全書),〈敍錄〉。

42 見《史記‧儒林傳》、劉歆〈移太常博士書〉、《漢書‧藝文志》、〈楚元王傳〉、《漢書‧儒林傳》,及馬融〈書序〉、鄭康成〈注書序〉(《尚書正義》引)。

43 《朱子語類》中朱子評論吳棫(才老)對《尚書》的意見處極多,如「才老於考究上極有功夫,只是義理上自是看得有不子細,其《書解》,徽州刻之。」(卷七十八,頁10上)又說:「吳才老說〈梓材〉是〈洛誥〉中書,甚好。其他文字亦有錯亂而移易得出人意表者,然無如才老此樣處,恰恰好好。」(卷七十九,頁28上)可見朱子研讀才老書,並提出批評。

但有一奇事，疑《古文尚書》自才老始，而此書才老又取〈五子之歌〉、〈仲虺之誥〉、〈伊訓〉，謂用韻最古，何也？《韻補》內必有說。[44]

《韻補》今存，書中並無相關說明。而由閻氏提出的現象看，研究古韻的吳棫既指出《古文尚書》中的多篇皆是「用韻最古」，正可以顯示，吳棫不疑古文偽作，他相信古文中〈五子之歌〉等篇確是古老的三代文獻。

閻若璩以來，學者通常還會引吳棫的另一段話，作為吳棫已疑古文偽作的論據：

湯、武皆以兵受命，然湯之辭裕，武王之辭迫；湯之數桀也恭，武之數紂也傲，學者不能無憾，疑其書之晚出，或非盡當時之本文也。[45]

辨偽學者據此認為吳棫已疑古文「晚出」。但是這牽涉到同一個語詞在不同時代、不同人的用法中，會有不同意義的問題。在後代辨偽的脈絡中，「晚出」意指《古文尚書》魏晉始行於世，而「晚出」之成為判斷《古文尚書》經文偽作的理由，在朱子之後[46]。吳棫所謂的「晚出」，必須連同下文一起看：「或非盡當時之本文也」，實指「晚於武王伐紂當時」，蓋疑〈泰誓〉非武王伐紂當時之本文，而是後人述古之作。再就上文來看，吳棫的疑點在於「湯、武皆以兵受命，然

---

44 閻若璩：《潛邱劄記》（臺北：臺灣商務印書館四庫珍本四集），卷六，頁38上。

45 蔡沈：《書集傳》，卷四〈泰誓〉上題解引。

46 參劉人鵬：《閻若璩與古文尚書辨偽：一個學術史的個案研究》，第一章第五節〈重說古文尚書辨偽史：兼論辨偽判準的動態演變及成形〉，頁56-60。

湯之辭裕，武王之辭迫……學者不能無憾」，如果由這個問題而懷疑
到古文是「晚出於魏晉」的偽作，實在是很奇怪的思考方式；但若說
由此而疑及〈泰誓〉可能不是伐紂當時本文，則較為合理。對於〈泰
誓〉一篇的內容，蔡沈亦不甚欣賞，將〈泰誓〉、〈武成〉與〈牧誓〉
相對照，在〈牧誓〉篇《註》中說：「愚按此篇嚴肅而溫厚，與〈湯
誓〉誥[47]相表裡，真聖人之言也；〈泰誓〉、〈武成〉一篇之中，似非盡
出於一人之口，豈獨此為全書乎？讀者其味之。」[48]疑其「似非盡出
於一人之口」，與疑偽是不相干的兩回事，而〈武成〉篇上文也討論
過，朱子重定其次序，而不以為偽。底下我們將會討論到，朱子當時
學者對於《尚書》諸篇文辭、義理上的問題，都會提出意見，今文中
也有多篇受到質疑或批評，而這些對於內容義理的批評，與文獻的真
偽並不相干。

底下討論朱子言論中會涉及「疑古文偽作」的部分。

乍看之下，最易誤導人的是「某嘗疑孔安國《書》是假書」一
句。但引用這一句以證朱子疑《古文尚書》偽作，是斷章取義的結
果。這句話出現的整個上下文脈絡是：

> 某嘗疑孔安國《書》是假書。比毛公《詩》如此高簡，大段爭
> 事。漢儒訓釋文字多是如此，有疑則闕，今此卻盡釋之。豈有
> 百千年前人說底話，收拾於灰爐屋壁中與口傳之餘，更無一字
> 訛舛，理會不得。兼〈小序〉皆可疑，〈堯典〉一篇自說堯一
> 代為治之次序，至讓於舜方止，今卻說是讓於舜後方作。〈舜
> 典〉亦是見一代政事之終始，卻說「歷試諸艱」是為要受讓時

---

47 按「誥」字一本作「義」。

48 蔡沈：《書集傳》，卷四〈牧誓〉，頁10下。

作也。至後諸篇皆然。況先漢文章重厚有力量，今〈大序〉格
致極輕，疑是晉宋間文章。況孔書至東晉方出，前此諸儒皆不
曾見，可疑之甚。(〈余大雅〉)[49]

整段讀來，「孔安國《書》」指孔《傳》，而不涉及經文，是十分明顯
的。朱子不滿意孔《傳》，因其訓解不能闕疑。朱子認為，《尚書》本
來就是一本「收拾於灰燼屋壁中與口傳之餘」，先天上就有缺陷的書，
訛舛是不得不承認的事實，絕對不能當作一本完整無缺的書而「盡釋
之」。認為《尚書》中多有不可曉者，必須闕疑，不能牽強解通，這
是朱子一貫的主張，《語類》中屢見[50]。閻若璩曾經批評朱子「至安國
《傳》則直斥其偽，不知《經》與《傳》固同出一手也」[51]。顯然閻
氏早已感覺到朱子對於古文「經」的態度絕不同於孔《傳》，「《經》
與《傳》固同出一手」是閻氏一個未經證實的假說，連辨偽派學者對
於二十五篇古文經究竟出於何時何人，都未有定論[52]；而如果硬要說
疑《傳》同時也就是疑《經》，那麼，從上下文看來，這裡的《經》
也是孔《傳》本全部五十八篇《尚書》，所疑並非僅止於孔壁二十五
篇古文。《語類》中另有一段記載，講的是同一個意思，而用字遣詞
清清楚楚是疑孔《傳》：

49　《朱子語類》，卷七十八，頁8上。

50　如「斷簡殘編，不無遺漏，今亦無從考正，只得於言語句讀中有不可曉者闕之。」
　　（卷七十八，頁3上）「讀《尚書》有一箇法，半截曉得，半截曉不得。曉得底看，
　　曉不得底且闕之，不可強通。強通則穿鑿。」（卷七十九，頁15下）「問：《書》當
　　如何看？曰：且看易曉處。其他不可曉者，不要強說；縱說得出，恐未必是當時本
　　意。近世解《書》者甚眾，往往皆是穿鑿。」（卷七十八，頁10下）

51　閻若璩：《尚書古文疏證》，卷八，頁4上。

52　參劉人鵬：《閻若璩與古文尚書辨偽：一個學術史的個案研究》，第一章第四節〈今
　　孔傳本古文尚書何時出現〉，頁93-108。

某嘗疑《書‧注》非孔安國作。蓋此《傳》不應是東晉方出，其文又皆不甚好，不似西漢時文。(〈黃義剛〉) [53]

朱子疑《尚書‧注》及〈序〉非孔安國作，〈小序〉非孔子作，見於《語類》多處，表達得非常清楚，如：

《書‧序》恐不是孔安國做，漢文麤枝大葉，今《書‧序》細膩，只似六朝時文字；〈小序〉斷不是孔子做。(〈黃義剛〉) [54]

朱子雖疑《書‧大序》或後人偽託，但仍為之疏解，而註明說：

今按此〈序〉不類西漢文字，疑或後人所託，然無所據，未敢必也。以其所序本末頗詳，故備載之，讀者宜細考焉。[55]

顯示朱子疑偽態度十分謹慎而明朗，是不至於不負責任地「竊疑」的[56]。

對於《書經》，朱子並非盲信無疑，他曾經說過：

《書》中可疑諸篇，若一齊不信，恐倒了六經。如〈金縢〉，亦有非人情者。……〈盤庚〉更沒道理，從古相傳來，如經傳所引用，皆此書之文，但不知是何故，說得都無頭。……〈呂刑〉一篇，如何穆王說得散漫……若說道都是古人元文，如何出於

53　《朱子語類》，卷七十九，頁26下。

54　《朱子語類》，卷七十八，頁7上。

55　《朱文公文集》，卷六十五，頁1199。

56　閻若璩謂「朱子於古文嘗竊疑之」(《尚書古文疏證》，卷八，頁4上)。

孔氏者多分明易曉，出於伏生者都難理會？（〈葉賀孫〉）[57]

朱子對經書「可疑」諸篇的不信，自己警覺到甚至有「倒了六經」之虞。而這些可疑諸篇，就其所舉數例看，是今文而不是古文。但由朱子質疑的論點來看，諸篇之可疑，是指義理上令人難以理解，並不牽涉文獻真偽的問題。「分明易曉」與「難理會」不一定指文體上的難易，同時還包括了義理上的難易。朱子讀書當然也辨真偽，但朱子所謂的真偽，我們可以由下面一段話加以理解：

> 熹竊謂生於今世而讀古人之書，所以能別其真偽者，一則以其義理之所當否而知之，二則以其左驗之異同而質之，未有捨此兩塗而能直以臆度懸斷之者也。[58]

以「義理之所當否」作為真偽的判準，也就是明陳第（1541-1617）所說的：「書之所以貴真，以其言之得也，足以立極也；所以惡偽，以其言之失也，不足以垂訓也。」[59] 所謂「真」是指義理的真（今人也許更願意稱之為「善」），與考證學中追求的歷史的真，並不相同。考證學中的辨偽求真，類似朱子所謂的「左驗之異同而質之」，與「義理之所當否」並不相干[60]。分辨出朱子與後代辨偽考證學有這些觀念上的不同，底下我們就要將朱子的相關話語，放在他自己的脈絡中來理解。

57　《朱子語類》，卷七十九，頁24下。

58　《朱文公文集》，卷三十八，〈答袁機仲〉，頁611。

59　陳第：《尚書疏衍》（臺北：臺灣商務印書館四庫全書珍本五集），卷一，頁5上。

60　清代以後，考證派學者的觀念是：「偽與惡本不必相聯繫，我們崇善的心和求真的心，也不必合為一事。」（戴君仁：《閻毛古文尚書公案》，〈序〉，頁3）認為辨偽求真無與於義理之當否。

關於今、古文難易的問題，朱子的確有多處質疑何以今文多艱澀而古文反平易，如：

> 以今考之，則今文多艱澀而古文反平易。[61]
> 伏生《書》多艱澀難曉，孔安國壁中《書》卻平易易曉。[62]
> 孔壁所藏者皆易曉，伏生所記者皆難曉。[63]

為了這個問題，朱子曾經對照過經傳所引，發現經傳所引文句與《尚書》並無不同：

> 及觀經傳及《孟子》引「享多儀」出自〈洛誥〉，卻無差，只疑伏生偏記得難底，卻不記得易底。[64]

> 然而傳記所引卻與《尚書》所載又無不同。[65]

> 〈盤庚〉更沒道理，從古相傳來，如經傳所引用，皆此書之文，但不知是何故，說得都無頭。[66]

朱子十分謹慎，他並沒有輕易判斷真偽，而這個論點其實頗饒趣味[67]。

61　《朱文公文集》，卷八十二，〈書臨漳所刊四經後〉，頁1491。
62　《朱子語類》，卷七十八，頁2上。
63　《朱子語類》，卷七十八，頁3上。
64　《朱子語類》，卷七十八，頁2下。
65　《朱子語類》，卷七十八，頁3上。
66　《朱子語類》，卷七十八，頁24下。
67　朱子比照經傳所引的這個做法，其實非常有意義。即就古文而言，陳第（1541-1617）曾指出：「後儒乃以今文為真也，古文為偽也，不過謂文章爾雅，訓詞坦明

他面對今文〈洛誥〉、〈盤庚〉等篇難讀，懷疑是否「都是古人元文」
（詳前），而比照經傳所引的結果，卻是二者相同，沒有懷疑的理由。

在此我們要進一步問的問題是，當朱子將「艱澀」與「平易」，
或「難曉」與「易曉」二種風格對比時，究竟是什麼意思？我們可以
由其他相關文字來瞭解。

朱子說：

> 觀書，當平心以觀之，大抵看書不可穿鑿看，從分明處，不可
> 尋從隱僻處去。聖賢之言多是與人說話，若是嶢崎，卻教當時
> 人如何曉。[68]
> 學者理會文義，只是要先理會難底，遂至於易者亦不能曉。
> 〈學記〉曰，善問者如攻堅木，先其易者，後其節目。所謂

爾雅。以今觀於《左》、《國》、《禮記》及諸書傳引二十五篇者，多至八九章，少亦
三四章，皆爾雅坦明，無有艱深險澀語也，豈所引者皆偽乎？」（《尚書疏衍》，卷
一，頁11上）對於這一點，閻若璩亦未有中肯的說明，只舉出一處例外，而辯以
「然則諸書傳所稱引幸都得其坦明者耳，非《書》盡坦明。」（《尚書古文疏證》卷
八，頁25下）這句話已承認了《書》原就有艱澀有坦明。再就朱子所查的《孟子》
來看，《孟子・萬章上》引〈泰誓〉：「天視自我民視，天聽自我民聽」，〈離婁上〉
引〈太甲〉「天作孽猶可違，自作孽不可活」，都平易易曉。後來即使由出土器物資
料來確認上古三代文體之艱澀，但古籍所引用的《尚書》已如此平易，仍須作進一
步的解釋。而擺在朱子眼前的事實現象是：《尚書》文句之平易或艱澀，與古經傳
中所稱引是一致的。從這一點看，他當時並沒有懷疑平易之古文或艱澀之今文不是
古人元文的理由。而由這一點看，朱子深具慧識，因為不論說古經傳稱引《尚書》
或《古文尚書》鈔襲古經傳，都必須要有其他的證據說明究竟誰抄誰，絕不能在初
見二份資料相似時就遽判孰眞孰偽。日後梅鷟與閻若璩的辨偽，都是由史傳記載的
《古文尚書》流傳歷史而肯定《古文尚書》偽作（參劉人鵬《閻若璩與古文尚書辨
偽：一個學術史的個案研究》），文體問題無法成為辨偽的主要論據。由文體辨
偽，高本漢曾指出這種方法「有時要生出意見上可笑的爭論。」（《中國古書的真
偽》，頁203）

68　《朱子語類》，卷十一，頁4下。

「攻瑕，則堅者瑕；攻堅，則瑕者堅」，不知道理好處又卻多
在平易處。[69]

在朱子的觀念中，讀書重在理會，要把聖賢之理讀進自家身上。聖賢
心意也是要人能夠理會道理，因此，平易易曉正是聖賢說話與學者讀
書的旨趣所在。讀書就是要看分明平易之處，而聖賢說話，原本就是
要人曉得，書中道理好處也正是在平易處。因此，朱子言論中提及
「平易易曉」與「艱澀難曉」時，著眼在讀書能不能領會，與古、今
時代之辨並不相干。這也就是朱子在疑及何以古文多平易而今文多艱
澀時，每每要人「揀其中易曉底讀」、「沉潛反復乎其所易，而不必穿
鑿附會於其所難」的原因，而對於今文〈盤庚〉之類艱澀難曉諸篇，
甚至說「便曉了亦要何用」。前文我們也分析過，朱子語脈中的「分
明易曉」與「難理會」不一定指文體上的難易，同時更是指義理上的
難易。「《書》中可疑諸篇」是指義理上令人難以理解的篇章。而那些
可疑諸篇，就朱子曾舉的例子看，如〈金縢〉、〈盤庚〉、〈呂刑〉等，
是今文而不是古文。

可見，朱子的「平易易曉」與「艱澀難曉」自有其意義脈絡，是
在「讀經時能不能領會聖人之理」的關懷下產生的問題，並且在「體
貼聖人心意入自家身上」的關懷下，他格外看重平易易曉的部分，而
認為艱深難曉的部分可疑而難信，可以置之不理。

三 宋代學者不疑古文偽作，只對「今文多艱澀，古文多平易」的問題嘗試作各種可能的解釋

朱子發現《尚書》中平易易曉的部分竟然都是古文，而艱澀難曉

---

69 《朱子語類》，卷十一，頁7上。

的部分竟都是今文，這一點與他的另一項知識發生了矛盾，那就是「今文乃伏生口傳，古文乃壁中之書」[70]。這令他百思不得其解：

> 如何伏生偏記得難底，至於易底，全記不得？此不可曉。(〈萬人傑〉) [71]

> 凡易讀者皆古文，況又是科斗書，以伏生《書》字文考之，方讀得。豈有數百年壁中之物，安得不訛損一字？又卻是伏生記得者難讀，此尤可疑。(〈余大雅〉) [72]

其實，今文皆難讀、古文卻易曉的問題，林之奇（1112-1176）[73]已提出過：

> 夫五十八篇，皆帝王所定之《書》，有坦然明白而易曉者，有艱深聱牙而難曉者……蓋有伏生之《書》，有孔壁續出之《書》；其文易曉，不煩訓詁可通者，如〈大禹謨〉……此二十五篇皆孔壁續出，其文易曉，餘乃伏生之《書》，多艱深聱牙，不可易通。[74]

---

70 《朱子語類》，卷七十八，頁2上。梅鷟開始，推翻了伏生口授的說法，認為今文本有其經；但在宋代，「伏氏口傳」卻是學者對於《尚書》的基本知識，參劉人鵬《閻若璩與古文尚書辨偽：一個學術史的個案研究》，第一章第一節〈今文尚書是口授或本有其經〉，頁30-39。

71 《朱子語類》，卷七十八，頁1下。

72 《朱子語類》，卷七十八，頁2上。

73 在朱子之前，吳棫也有今文佶屈聱牙、古文文從字順之疑，較常為人引用，已見前文討論。吳棫約卒於1155年（參徐蕆《韻補·序》），林之奇年代為1112-1176年（參《宋史》，卷433〈儒林傳〉），而吳棫《書裨傳》與林之奇《尚書全解》孰先則難考。吳棫與林之奇的《書》解，朱子都研讀過，並有評論，見《朱子語類》卷七十八。

74 林之奇：《尚書全解》（臺北：臺灣商務印書館影文淵閣四庫全書），〈自序〉，頁4。

然而林之奇不但未懷疑「坦然明白而易曉者」是後來偽作，反而認為
需要解釋的是，何以今文艱深難曉：

> 伏生之《書》所以艱深不可通者，伏生，齊人也；齊人之語多
> 艱深難曉，如公羊亦齊人也，故傳《春秋》語亦艱深。……伏
> 生編此書，往往雜齊人語於其中，故有難曉者。衛宏序《古文
> 尚書》，言伏生老不能正言，使其女傳言教晁錯，齊人語多與
> 潁川異，晁錯所不知者二三，僅以其意屬讀而已，觀此可見。
> 以是知凡《書》之所難曉者，未必帝王之《書》本如是，傳者
> 汨之矣。[75]

林之奇相信衛宏之說，以為伏生本乃其女傳言教晁錯，由於傳授時的
語言障礙，使得本來或許易曉的上古帝王之書，變得難曉了。值得注
意的是，他認為問題在於難曉的今文，平易的古文反是理所當然。朱
子對於林之奇這樣的解釋，並不滿意，他說：

> 伏生《書》多艱澀難曉，孔安國壁中《書》卻平易易曉。或者
> 謂伏生口授女子，故多錯誤，此不然。今古書傳中所引《書》
> 語，已皆如此，不可曉。(〈沈僩〉)[76]

> 或者以為今文自伏生女子口授晁錯時失之，則先秦古書所引之
> 文皆已如此。[77]

---

75 林之奇：《尚書全解》(臺北：臺灣商務印書館影文淵閣四庫全書)，〈自序〉，頁4。
76 《朱子語類》，卷七十八，頁2上。
77 《朱文公文集》，卷十八二，頁1491。

朱子發現，古書傳中所引《書》語與伏生傳本同，那麼，便應該不是伏生齊語口傳出的問題，而是《書》經本來面目即已如此，於是朱子另外由成書當時的情況設想，嘗試可能的解釋：

> 《書》有易曉者，恐是當時做底文字，或是曾經修飾潤色來；其難曉者，恐只是當時說話。蓋當時人說話自是如此，當時人自曉得，後人乃以為難曉爾。若使古人見今之俗語，卻理會不得也，以其間頭緒多，若去做文字時，說不盡，故只直記其言語而已。（〈輔廣〉）[78]

他設想：平易者是當時潤飾過的書面文字，而難曉者則是當時口語[79]。但這樣的說法也只能說明何以有難、易二體，卻仍不能解釋為什麼難讀的是今文而易讀的是古文。朱子仍然要問，為什麼伏生背誦偏偏只記得難的：

> 或者以為記錄之實語難工，而潤色之雅詞易好，則暗誦者不應偏得所難，而考文者反專得其所易。是皆有不可知者。[80]

在朱子的學術裡，讀經在於「借經以通乎理耳，理得則無俟乎經。」[81]對於這些難理解的問題，朱子最後只是以「不可知」、「不可曉」、「未易理會」而闕疑。像清代考證學者一般孜孜地從歷史資料去考訂，而

78　《朱子語類》，卷七十八，頁4上。

79　朱子其實非常傾向於這個解釋，在論及《漢書》的文字風格時，曾說：「《漢書》有秀才做底文章，有婦人做底文字，亦有載當時獄辭者。秀才文章便易曉，當時文句多碎句難讀。《尚書》便有如此底。」（《朱子語類》，卷一三四，頁2上）

80　《朱文公文集》，卷八十二，頁1491。

81　《朱子語類》，卷十一，頁14上。

「倒」掉經書，是朱子的學術典範所不允許的。而朱子所以經常提出
《尚書》傳本字句上所存在的問題，基本上只是要提醒人，對於這本
疑點多多的書，必須承認它先天的缺陷，只要沉潛反覆於易懂的，而
暫置那難懂的，不要穿鑿硬解。「若一向去解，便有不通而謬處」[82]。
這是講究「成德之學」者的讀書態度[83]。朱子其實早感覺到古經中存
在許多難以解釋的問題，但他並不願意就經的歷史問題多去追究，若
說疑經，是疑所有經的任何難以理解的問題，並不針對古文。

再讀《語類》中如下說話：

當時為伏生是濟南人，晁錯卻潁川人，止得於其女口授，有不
曉其言，以意屬讀。然而傳記所引，卻與《尚書》所載，又無
不同。只是孔壁所藏者皆易曉，伏生所記者皆難曉。如〈堯
典〉、〈舜典〉、〈皋陶謨〉、〈益稷〉，出於伏生，便有難曉處，
如「載采采」之類，〈大禹謨〉便易曉，如〈五子之歌〉、〈胤
征〉有甚難記？卻記不得，……因甚只記得難底，卻不記得易

---

[82] 《朱子語類》，卷十一，頁15上。

[83] 朱子曾說：「天下多少是偽書，開眼看得透，自無多書可讀。(《朱子語類》，卷八十
四，頁9下) 他認為讀書若「一向只就書冊上理會，不曾體認著自家身己，也不濟
事。」(卷十一，頁5下) 至於歷史考證，朱子說：「讀書玩理外，考證又是一種工
夫，所得無幾，而費力不少。向來偶自好之，固是一病，然亦不可謂無助。」(《朱
文公文集》卷五十四，〈答孫季和〉，頁960) 頗值得玩味。考證在朱子學術中，從
理論上說，「若論為學，考證已是末流」(《朱文公文集》卷五十九，〈答吳斗南〉，
頁1077)；但實際上，考證工作對學者的吸引力又似乎不可抗拒，朱子自己也承認
有興趣，但如果要傾全力以赴，把時光花在與自家身心無關的追究上，則朱子仍要
說：「此又考證之末流，恐自此不須更留意，卻且收拾身心向裡做些工夫。」(《朱
文公文集》卷五十九，〈答吳斗南〉，頁1077) 這與後來以博學為傲，以考證成家的
清學，大異其趣。朱子不見得不能精於考證，也絕不是不辨真偽，但要不要把考證
辨偽當為學的唯一要務，則是個價值上的選擇。

底，便是未易理會。(〈黃薱〉)[84]

整段讀來，體會其語意，朱子之質疑伏生「因甚只記得難底，卻不記得易底」，實在是正面的質疑，而不是如後人理解，以為是反諷古文之易。底下一段亦是：

> 不知怎生地，盤庚抵死要怎地遷那都。……大概伏生所傳許多皆聱牙難曉，分明底他卻又不曾記得，不知怎生地。(〈黃義剛〉)[85]

針對今文〈盤庚〉篇發言，顯然不是疑古文。上文亦曾引及，朱子以為可疑而恐要倒了六經的，如〈金縢〉、〈盤庚〉、〈呂刑〉諸篇，都是今文。但疑其義不可曉，與疑文獻偽作，仍是兩回事。

朱子學侶項安世（？-1208）曾說：「以孔氏之字書，參伏生之親授，當更明白，乃反多聱牙不可誦說；又伏生耄矣，于難誦者一字不遺，而明白易曉者乃皆忘之，此亦事理之不可曉者」[86]，項氏嘗試提出的解釋是：

> 意者古語古字本自難通，孔氏訓時，頗有改定之功，如今之譯經潤文者爾，不然，何其無一讀之聱牙，一簡之摩滅，乃反平易于老生親傳之書耶？[87]

---

84 《朱子語類》，卷七十八，頁3上。
85 《朱子語類》，卷七十八，頁3下。
86 項安世：《項氏家說》（臺北：臺灣商務印書館四庫珍本別集），卷三〈說經篇〉，「孔氏《古文尚書》二十五篇」，頁1下。
87 項安世：《項氏家說》，卷三〈說經篇〉「孔氏《古文尚書》二十五篇」，頁1下。

認為《尚書》古文本來難讀，只是孔安國隸古時，就像譯經一般，加以潤色過，因此較口授之今文平易。可見「今文難讀而古文平易」在當時學者中，是個待研究的問題，學者努力思索，提供可能的解釋。朱子的「此不可曉」，在當時人讀來或聽來，並不含有「平易之古文恐後世偽作」的言外之意，否則，在當世學者中，應會引起贊成或反對的討論。

朱子晚年命蔡沈作《書集傳》，蔡沈不疑古文偽作，是經常為辨偽學者批評的，前文亦稍論及，此不再贅言。

朱子的三傳弟子，涵泳朱子《尚書》學的王柏（1197-1274），也不曾讀出朱子有疑古文偽作的意思，他說：

> 朱子於諸經莫不探其淵源，發其簡奧，疏瀹其湮塞而貫通之，縷析其錯採而紬繹之，無復遺恨，獨於《春秋》不敢著一字，《書》止解〈典〉、〈謨〉三篇而已，後又有〈金縢〉、〈召誥〉、〈洛誥〉說及〈考定武成〉凡四篇，予嘗多幸，得觀〈典〉、〈謨〉手筆，……其用力精勤如此，……至於朱子教門人，則俾之先讀其易曉，而姑後其贅訛，此固不得已之詞。甚矣！《書》之難讀也。……後生為學，所當確守先儒之訓，何敢疑先王經也，不幸秦火既焰，後世不得見先王之全經也，經既不全，固不可得而不疑，所疑者，非疑先王之經也，疑伏生口授之經也，……聖人之經不可改，伏氏之言亦不可正乎？[88]

王柏說得很清楚，所疑在「伏生口授之經」，但並非疑其偽作，而是疑其口傳有差誤。他尊崇先王之經，相信聖經全然無誤，今傳本之可

---

88 王柏：《魯齋集》（金華叢書本），〈書疑序〉，卷四，頁1-3。

疑則是由於傳經者的錯誤。程元敏先生《王柏之生平與學術》中，關於王柏之《尚書》學部分，說王柏「尊古文尚書而不甚非今文」，謂王柏以為「今文獨有者，文皆艱澀，是過在口傳，以意屬讀，在錯簡耳。故古文比今文可貴」[89]，顯然宋代學者對於艱澀與平易問題的思考，完全不與時代之古今真偽相關。王柏對今文艱澀、古文平易的現象，提出的解釋是：

> 竊意所增者未必果二十五篇也，何以言之，伏生之《書》最艱澀而不可解者，惟〈盤庚〉三篇與周書〈大誥〉以下十篇而已，今古文乃亦有之，古文所以異於伏者者，以其所載之平易也，今亦從而艱澀之如此，則是原本已如此之艱澀，……朱子嘗謂伏生偏記其所難，而安國專得其所易，蓋疑詞也。以愚觀之，伏生於此十三篇之外，未嘗不平易，安國於此十三篇之中，未嘗不艱澀也。……竊恐此十三篇之艱澀，孔壁未必有也，是故無所參正而艱澀自若。[90]

他認為今文只有十三篇艱澀，之所以如此，是因為這十三篇為孔壁所無，無法以平易的古文為之參正。他同樣認為需要加以解釋的，是今文的艱澀。類似的意見又見於金履祥（1232-1303）：

> 安國雖以伏生之《書》考古文，不能復以古文之《書》訂今文，是以古文多平易，今文多艱澀。[91]

89　程元敏先生：《王柏之生平與學術》（臺北：學海出版社，1975年），頁602。
90　王柏：《書疑》（金華叢書本），〈書大序〉，卷一，頁3-4。
91　金履祥：《尚書表解》（臺北：臺灣商務印書館影文淵閣四庫全書），〈自序〉，頁432。

另外，馬端臨（1254-？）也注意到朱子提出今、古文難易的問題[92]，然而馬氏不但未討論古文偽作，且於「《古文尚書》十三卷」之下按云：「蓋安國所得孔壁之《書》，雖為之《傳》，而未得立於學官，東京而後，雖名儒亦未嘗傳習，至隋唐間方顯……蓋出自孔壁之後，又復晦昧數百年，而學者始得以家傳人誦也。」篤信隋唐孔《傳》本即漢孔安國本。

以上討論可見，「何以今文皆艱澀，古文反平易」這個問題的提出，並不始於朱子，而朱子討論這個問題時，也並不涉及時代早晚或文獻真偽的問題。朱子學友或弟子閱讀朱子對這個疑點的討論，也未嘗產生古文可能偽作的想法。

四　清代學者也不盡以為朱子疑古文偽作

清閻若璩證成《古文尚書》之偽，曾援朱子為先聲，但其實已感覺到朱子並不真疑古文經，此已略論於前。閻氏說：

> 朱子於古文嘗竊疑之。至安國《傳》則直斥其偽……其於古文似猶為調停之說，曰：書有二體，有極分曉者，有極難曉者。又曰：《尚書》諸命皆分曉，蓋如今制誥，是朝廷做底文字；諸誥皆難曉，蓋是時與民下說話，後來追錄而成之。[93]

「竊疑」與「調停」的說法是很勉強的。由上文的討論看，朱子具有

92　馬端臨：《文獻通考》（臺北：臺灣商務印書館，1987年），「古文尚書十三卷」引「九峰蔡氏曰：按漢儒以伏生之《書》為今文，而謂安國之《書》為古文，以今考之，則今文多艱澀而古文反平易。」（卷一七七，頁1350）按其所引即《朱子文集》卷六十五所載，前文已有討論。

93　《尚書古文疏證》，第一百十四，卷八，頁4上。

學術真誠，沒有必要竊疑，他分別今、古文的艱澀與平易，是質疑今文的艱澀，而要人沉潛那道理分明的，既絲毫無與於辨偽，也就沒有調停的問題了。閻氏又曾提及當時辨偽學者姚際恆（1647-約1715）的意見：

> 又按姚際恆立方亦以經與傳同出一手、偽則俱偽，笑世人但知辨偽傳而不知辨偽經，未免觸處成礙耳，似暗指朱子言。余問：「何謂也？」立方曰：「如辨〈伊訓〉《傳》……蔡沈徒為曲解，不足據，故莫若俱偽之。俱偽之，斬卻葛藤矣。」[94]

這些對朱子、甚至蔡沈的批評，都反映出他們早已讀出朱子並未疑《古文尚書》經文，並不以為經與傳「俱偽」。

閻氏之後，有所謂「衛古文」者，多明白主張朱子未嘗疑古文，但閻氏之後，學術主流在考證派，衛古文派的意見未受重視。底下略舉數家之說。[95]

陸隴其（1630-1692）說：

> 然命蔡沈作《書集傳》，卒主《古文尚書》，又嘗謂門人輔廣曰：《書》有易曉者，恐是當時作底文字……則是朱子于《古文尚書》，固終信之而不敢疑也，惟《書‧小序》則斷以為非孔子筆，只是周秦間低手人作，又云《書‧序》不可信，伏生時無之，而于安國所增二十五篇，梅賾、姚方興所傳，則固與

94　《尚書古文疏證》，第一百十四，卷八，頁11下-12上。

95　本文初稿構想完成後，曾請蔣秋華學長指正，學長告知清人早有類似意見，並提供《尚書類聚初集》一書，我才將陸隴其、張崇蘭、洪良品諸人意見補入。謹此誌謝。

伏生之《書》並尊，不敢以張霸之徒例之也。[96]

指出朱子只疑《書‧序》，未疑二十五篇。而《四庫提要》竟批評陸氏：「然朱子《語錄》曰：《書‧序》恐不是孔安國所作，……又曰：孔氏《書傳》某疑決非安國所註……又曰：傳之子孫以貽後代，漢時無這般文章，嘗疑安國書是假書……然則朱子辨古文非真，不一而足，未可據輔廣所記一條，遂謂他弟子所記皆非朱子語也。」[97]這種批評草率之至，竟摘錄大段朱子疑《書‧序》、孔《傳》的言論，來證明朱子「辨古文非真」。

張崇蘭（1864-1907）《古文尚書私議》（初刻於咸豐元年）則說：

朱子雖疑古文，只疑其與今文難易不侔耳，然又曰：古人文字有一般如今人書簡說話，雜以方言一時記錄……是朱子已自解之矣。安得有安國偽書之說。《語錄》俱在，奈何誣之。閻氏別出一條云：朱子於古文竊嘗疑之，至安國《傳》則直斥其偽，不知《經》與《傳》固同出一手也。足證此條之誣。[98]

張氏又曾辨吳棫未疑古文，引吳棫「而安國所增多之《書》皆文從字順」一段，說：

吳氏此言，蓋亦存疑之意……故於伏則失在既耄，於孔則當隸古時，篇簡之內難保無不可知者，此平情之論也。初何曾偏重古文？又何曾一字及於晚出？[99]

---

96 陸隴其：《古文尚書考》（昭代叢書庚集），頁4下-5上。
97 《四庫提要‧經部‧書類存日》二，頁310。
98 張崇蘭：《古文尚書私議》（臺北：新文豐《尚書類聚初集》），頁187。
99 張崇蘭：《古文尚書私議》，頁200。

又舉朱子「書中可疑諸篇，若一齊不信，恐倒了六經」一段，謂：「據此是朱子頗疑今文」。這些論點，本文都已討論於上。

洪良品（1827-1897）《古文尚書辨惑》（成書於光緒間）有〈朱子偽傳序不偽經文論〉一篇，謂：

> 嘗考《朱子語類》，其論及古文也，始而疑，繼而信，終而為之玩索解說以教人。其始而疑也，則曰：伏生背文暗誦，乃偏得其所難……其繼而信也，則曰：有一說可論難易，古人文字有一般如今人書簡說話，雜以方言……其終而玩索解說以教人也，則又曰：《書》中可疑諸篇，若一齊不信，恐倒了六經：《商書》中伊尹告太甲五篇，說得極切，宜取細讀了。[100]

但上文已經論及，朱子「今文何皆難，古文何皆易」之疑，並非疑真偽，而《語錄》諸語大抵出自晚年，亦無始疑終信之事，本文只同意洪氏「朱子偽傳序、不偽經文」的結論。

五　「朱子疑古文偽作」說源流考

朱子既未疑古文偽作，那麼，「朱子疑古文偽作」的說法，又是怎麼來的呢？就目前所檢得的資料看，疑古文之偽始於陳振孫，並非由文體上疑，而是由流傳上疑。陳氏有《書說》[101]，已佚。只能由《直齋書錄解題》中略窺其意見：

---

100 洪良品：《古文尚書辨惑》，卷三，頁559-560。
101 參朱彝尊：《經義考》，卷八十三，頁3上。又《四庫提要・經部・書類二》「吳澄《書纂言》」下注：「其考定今文、古文，自陳振孫《尚書說》始。」（頁270）

考之〈儒林傳〉，安國以古文授都尉朝，弟子相承以及塗惲、桑欽，至東都則賈逵作《訓》，馬融、鄭康成作《傳》、《注》解，而逵父徽實受書於塗惲，逵傳父業，雖曰遠有源流，然而兩漢名儒皆未嘗實見孔氏古文也。豈惟兩漢，魏晉猶然，凡杜征南以前所注經傳，有授〈大禹謨〉、〈五子之歌〉、〈胤征〉諸篇，皆云「逸書」，其援〈泰誓〉者，則云「今〈泰誓〉無此文」……然則馬、鄭所解，豈真古文哉？……夫以孔《注》歷漢末無傳，晉初猶得存者，雖不列學官，而散在民間故耶？然終有可疑者，余嘗辨之。[102]

陳氏注意到《後漢書·儒林傳》所載《古文尚書》傳授源流，弟子相傳不絕，且有賈、馬、鄭作《注》，似與「魏晉以前名儒皆未嘗實見孔氏古文」之說矛盾。前文已論及，宋代學者對於漢人未見《古文尚書》皆深信不疑，然而陳氏卻由〈儒林傳〉之傳授斑斑可考，覺其「終有可疑者」，疑心「馬、鄭所解，豈真古文哉」，可惜陳氏之考辨今已不得見。但由《直齋書錄解題》中其他蛛絲馬跡看，陳氏當已由此疑及東晉所出之古文或為偽作，有此成見在胸，再看朱子語，便極容易援為同調。如「《晦庵書說》七卷」之下注：「又嘗疑孔安國《傳》恐是假書，……則豈以其書出於東晉之世故耶？非有絕識獨見，不能及此」[103]。將朱子疑孔《傳》之偽的主要原因，歸於「出於東晉」；又於「《南塘書說》三卷」注曰：「趙汝談撰，疑古文非真者五條，朱文公嘗疑之，而未若此之決也。然于伏生所傳諸篇，亦多所掊擊觝排，則似過甚。」[104]認為朱子曾疑古文非真，而態度不如趙汝

102　《直齋書錄解題》，卷二〈書類〉「《尚書》十二卷、《尚書注》十三卷」，頁544。
103　《直齋書錄解題》，卷二〈書類〉，頁547。
104　《直齋書錄解題》，卷二〈書類〉，頁548。

談堅決；《南塘書說》已佚，其說不得而知。但陳氏又說其於伏生今文亦多所掊擊，則陳氏所舉五條疑古文非真者，在趙汝談究竟是否意謂古文乃後世偽作，今文始為真，不無可疑；也許趙氏也是如朱子般，今、古文一體視之，而疑其可疑，但由疑古文非真之陳氏看來，則疑古文之處便能加以欣賞，而疑今文處便是「過甚」了。此說無據，暫存疑。總之，陳氏為目錄學家，比較留意書籍的流傳歷史問題，由史傳所載流傳始末而啟古文偽作之疑，再斷章看朱子相關言論，便很容易將朱子的話，理解為疑古文的。

就現今所能考得完整詳細的資料看，首先將朱子確定為疑古文的先聲，並徹底遺棄古文的是吳澄（1249-1333）。而吳澄之所以將朱子確定為疑古文，實際上是離開了朱子，在另一個脈絡裡來理解「平易」與「艱澀」的問題。

吳澄說：

> 伏氏《書》雖難盡通，然辭意古奧，其為上古之書無疑；梅賾所增二十五篇，體製如出一手，采集補綴，雖無一字無所本，而平緩卑弱，殊不類先漢以前之文。夫千年古書，最晚乃出，而字畫略無脫誤，文勢略無齟齬，不亦大可疑乎？……故今以此二十五篇自為卷帙，以別於伏氏之《書》，而〈小序〉各冠篇首者，復合為一，以實其後，孔氏〈序〉亦并附焉。[105]

這段話乍看之下，似乎是追隨朱子的，但仔細分析起來，卻是南轅北轍。我們注意到以下幾點：

其一，以前吳棫說今文「佶屈聱牙」，而朱子說今文「艱澀」、

---

105 吳澄：《吳文正集》（臺北：臺灣商務印書館文淵閣四庫全書）〈四經敍錄〉，卷一，頁5上。

「難讀」、「難曉」，這些語詞可以說是中性的，也可以說略帶反面意味，而吳澄卻是說「雖難盡通，然辭意古奧」，「古奧」彷彿透露了思古之悠情，與「艱澀難讀」的意義實不相同。至於古文，吳棫說它「文從字順」，朱子說「平易」、「易讀」、「易曉」、「分明」，看不出貶斥的意味，而據上文論述，在朱子的觀念中，「平易易曉」其實是聖人之書理所當然，但吳澄的用語卻變成了負面的「平緩卑弱」。顯然，宋代的吳棫、朱子與元代吳澄所說的，根本不是同一回事。吳澄將「平易」與「艱澀」的對比，轉變成「平緩卑弱」與「古奧」的對比，其實是在不同的脈絡中重新表述了朱子的問題與答案。

其二，關於《古文尚書》，朱子或稱「古文」或稱「孔安國壁中書」、「孔壁所藏者」、「孔壁所出《尚書》」，但吳澄卻稱之為「梅賾所增二十五篇」。在此之前，《古文尚書》是「孔安國壁中《書》」，在此之後，成為「梅氏增多書」。名稱的轉變，意味了對問題之理會的轉變。

其三，吳澄說古文「體製如出一手」，「采集補綴」「無一字無所本」，這都是逸出朱子討論之外的，而「千年古書，最晚乃出，而字畫略無脫誤，文勢略無齟齬」，強調的是，這部書的平易易曉是多麼令人難以置信，與當年朱子「沉潛反復乎其所易」的勸告，大異其趣。

其四，把今文、古文分開編纂，與當年朱子所定「聖經之舊」，包括今、古文五十八篇[106]之旨，亦不相侔。

吳澄把自己疑古文的意見，歸本於朱子：

朱仲晦曰：《書》凡易讀者皆古文，豈有數百年壁中之物不訛損一字者。又曰：伏生所傳皆難讀，如何伏生偏記其所難，而

---

106 《朱文公文集》，卷八十二，〈書臨漳所刊四經後書〉。

> 易者全不能記也。又曰：孔《書》至東晉方出，前此諸儒皆未
> 見，可疑之甚。[107]

他把古文之「易讀」，理解成具有偽作嫌疑；把朱子對伏生所傳皆難讀
的質疑，理解為具有反諷古文的言外之意；而把「孔《書》」理解為
《古文尚書》。這種種斷章取義的錯誤，我們已經論之於上。而吳澄之
所以刻意強調疑古文是朱子的意見，以下的自白，透露了一些消息：

> 夫以吳氏及朱子所疑者如此，顧澄何敢質斯疑而斷斷然不敢信
> 此二十五篇之為古書，則是非之心不可得而昧也。非澄之私言
> 也，聞之先儒云耳。[108]

顯然此時吳澄疑古文仍是戰戰兢兢的，必須援先儒以自重，表示「我
實在不敢私自妄疑」。但是，吳澄對宋代今、古文難易的問題，作一種
朱子或者宋人體系之外的瞭解，一種隔斷與跳躍，卻也開出了學術上
新的可能性。他的一些猜測（或者說推斷），如「體製如出一手」，暗
示了這是出於某一人偽造的想法；「采集補綴，無一字無所本」，則暗
示後人可以洞悉他的作偽伎倆，這些想法都具有啟發性，具有發展的
潛力，以致後來不斷有學者順此前提，作進深的研究，去考證作偽者
是誰，採集自何書。而在吳澄之後，有一位鄭瑗（1481進士），他提出：

> 觀商、周遺器，其銘識皆類今文《書》，無一如古文之易曉者
> ……豈有四代古書篇篇平坦整齊如此？[109]

---

107 吳澄：《書纂言》（臺北：臺灣商務印書館影文淵閣四庫全書）〈敘錄〉，頁7。

108 吳澄：《書纂言》〈敘錄〉，頁7。

109 鄭瑗：《井觀瑣言》，卷一，頁1上。

他以商周銘文作為三代文體的參照標準，今文《書》與之相類，而古文則否。這時，今文的艱澀，其意義為「真」，而古文的易曉，其意義為「偽」，便更加確定了。到了明代，梅鷟明確宣稱：

> 惟其艱澀而難明也，吾固以為真，惟其淺近而平易也，吾固以為偽。[110]

「艱澀」與「平易」很明顯成為辨別真偽的判準。梅鷟的《尚書考異》其實是在另一塊園地裡研究《尚書》的問題了。它由考索史傳記載去研究《尚書》這部書籍的流傳歷史，並與其他古書比對，而指摘《古文尚書》的訛誤或「出處」，大力攻擊「偽古文」。又做了一些校勘的工作。他的《尚書》學，是歷史考據的路子，研究材料與學術型態都不同於朱子時代。其實，宋、元之前，學者對於《尚書》的流傳歷史，大抵皆根據孔穎達《正義》所說，他們研究的興趣並不在於經書歷史的問題，經書的意旨，是一片尚未開拓完成的耕地。而明代的梅鷟，將經書作歷史的研究，和朱子是在迥然不同的學術世界中。因此，他們也是在不同的世界中，理解今、古文「艱澀」與「平易」的問題。

六　結論

朱子之前，已有學者注意到「今文皆難讀，古文皆平易」的問題了，但宋代學者完全沒有因此而懷疑古文是晚出偽作。他們努力解釋何以今文佶屈聱牙的問題。朱子反覆思索今、古文難易的問題，提出

---

110 梅鷟：《尚書考異》，卷五，頁6上。

可能的解釋，並未獲得自己滿意的答案，始終以「是皆有不可知者」存疑。就此一問題之思索言，朱子質疑的重點，其實在於「今文為何如此艱澀難懂」，而非如後人想像，是反諷平易之古文非上古之書；因此，朱子總是勸人沉潛反覆那易讀的。他並不是在「艱澀代表時代早，平易代表時代晚」的觀念之下提這個問題的。本文舉出了同時代學者對此一問題的思索討論，證實當時學者皆未思及古文偽作之可能。直到陳振孫以《尚書》流傳的問題疑古文或非真，才以為朱子的話也是疑古文之偽。吳澄則將「難讀」、「艱澀聱牙」想成「古奧」，尊今文確為上古之書，將「平易」想成「平緩卑弱」，謂《古文尚書》偽作。吳澄其實是在不同的問題意識中，理解「平易」與「難讀」二詞的意義，與朱子並不同調。吳澄以後，說古文「平易」就等於說古文是晚出偽作，絕非出自上古三代，今文「難讀」，則是時代邈遠的證明，這個觀念的確立，是逐漸發展、穩固的。而在朱子的學術型態中，讀書重在理會，要把聖賢之理讀進自家身上，他認為聖賢的心意也是要人能夠理會道理，因此「平易」「易曉」才是聖賢說話以及學者讀書的旨趣所在。在朱子的說話中，提及「平易易曉」或「艱澀難曉」處，都著眼於讀書能不能領會，並不涉及古、今時代之辨。朱子與後代辨偽考證學者考慮的，其實是不同的問題與答案。

附：本文引用《朱子語類》各條記錄者聞錄年代及朱子年歲表

姓名	聞錄年代	朱子年歲
李儒用	己未（1199）	70
沈僩	戊午（1198）以後	69
林夔孫	丁巳（1197）以後	68
輔廣	甲寅（1194）以後	65
黃義剛	癸丑（1193）以後	64

姓名	聞錄年代	朱子年歲
潘時舉	同上	同上
葉賀孫	辛亥（1191）以後	62
吳必大	戊申（1188）、 己酉（1189）	59、 60
黃𥊓	同上	同上
萬人傑	庚子（1180）以後	51
周謨	己亥（1179）以後	50
余大雅	戊戌（1178）以後	49

（參黎靖德編《朱子語類》附「朱子語錄姓氏」，頁13-20）

附記

感謝二位評審先生寶貴的意見，其中一位先生對本文完全肯定，另一位則由不同角度提出批評。看到審查意見表之後，為了盡力使我的論點更清楚些，我修改了文章中部分論述，如「前言」等等；並補充了幾個註，如註35、67與83等。但修改之後，我想疏失仍不能免，這是我自己要負全責，並且要繼續努力，更要不斷接受指正的。

關於朱子疑《古文尚書》之孔《傳》、《序》，卻不疑經文的問題，即學者以某一標準懷疑某一部書，但卻不以類似或同樣的標準懷疑另一部書的問題，我很抱歉在這篇文章中無法詳論，在我的博士論文《閻若璩與古文尚書辨偽：一個學術史的個案研究》中，第一章第五節〈重說古文尚書辨偽史：兼論辨偽判準的動態演變及成形〉，我以近四十頁的篇幅討論了這個問題。淺見以為，考察實際的辨偽史資料，學者對於一部書疑偽，並不是因為有一些超越時空的方法或標準，發現了這個標準就據此指認偽書，而是，在某些情況下，一部書可疑了，人們才辨證疑點所在。辨偽並不那麼單純的只考慮某些標準

或方法的。辨偽史中，辨偽的標準不是先在的，它具有動態的發展過程。「文字平易代表時代較晚」與「晚出代表偽作」的觀念，用在《古文尚書》的辨偽上，經歷了一段歷史長跑的過程，宋代學者分辨《尚書》經文今、古文之難易時，尚未與這個辨偽觀念相聯繫。朱子對於《古文尚書》，與後代辨偽學者，其實在不同的學術型態下，處理著各自的問題。對本文來說，這不是要不要把辨偽成果「歸功」給朱子的問題，而是我們如何不只站在後來的考證辨偽觀點，而試著對另一種學術型態作理解的問題。這個問題的理解，牽涉到如何寫辨偽史，如何理解學術發展的錯綜複雜性，並且，對於當代學者討論程朱學與考證學的關係，也嘗試提出另一種思考角度。

這篇文章的初稿是四年前的舊作，現在又經過大幅改寫。我要特別感謝我的老師梅廣先生，從一開始有最粗糙的想法，到精煉我的論證，到面對批評時的態度，他都嚴格地對我批評與指導，使我既得到鼓勵，能有自己的論點，又不能自以為是，而永遠必須再改進。我也感謝錢新祖先生，由於他喜歡並引用這個論點，我才下決心改寫並發表。而這次改寫過程中，還要感謝哈佛的祝平次，透過 E-Mail，與我討論一些重要的觀點。另外，蔣秋華學長不厭其煩幫我校正了文章體例、標點上的錯誤，完稿之後，主編曾花時間與我討論相關的問題；評審先生的意見，也促使我思考更進一步的問題，這些善意對我的幫助，都是我衷心感激的。而愚鈍如我，任何的疏謬，都屬於我自己。

附錄二
「內在理路」說商榷

　　關於明清學術轉變的問題，學界盛行的一個說法，是余英時先生的「內在理路」說。余先生的這個意見，在〈從宋明儒學的發展論清代思想史──宋明儒學中智識主義的傳統〉以及〈清代思想史的一個新解釋〉二篇文章中，有詳細的論證。這二篇論文，收在《歷史與思想》一書中[1]。另外，余先生還有〈清代儒家知識主義的興起初論〉英文稿[2]，闡發這個意見。底下我們對這個意見試加討論，引文部分所註頁數，為《歷史與思想》一書中的頁數。

　　余先生不認為清代學術起於「反理學」。對於過去對清代思想或學術史的解釋，包括章太炎、梁啟超、胡適、侯外盧等人提出的說法，余先生都給予了扼要的批評，並簡單歸納為二大類，即「反滿說」與「市民階級說」（頁124），認為這些都是外緣的解釋，「不是從思想史的內在發展著眼，忽略了思想史本身的生命」（頁124）。於是余先生提出「內在理路」說，認為「專從思想史的內在發展著眼，撇開政治、經濟及外面因素不問，也可以講出一套思想史」（頁125）。他認為：清學有其宋明遠源，宋明儒學中有一個內在問題，就是「尊德性」與「道問學」間的緊張，義理之爭發展到最後，只好「取決於經書」（頁134），於是「無可避免要逼出考證之學來」（頁134）。因此，明、清之際，考證學之起，是相應於儒學發展的內在要求，而清代思想史的中心意義在於儒學「道問學」的精神。清代考證學雖採取了反理學的形

1　余英時：《歷史與思想》（臺北：聯經出版事業公司，1977年），頁87-119、121-156。
2　刊登於《清華學報》新11卷第1、2期合刊（1975年12月），頁105-146。

式，卻是理學內部的長期爭論逼出來的一種邏輯的發展。

我認為，余先生的新說對學術界的啟發在於：他把過去認為是分道揚鑣、截然不同的二種學術領域——義理與考證，或者說哲學與小學，建立起關係。原來大家以為考證的興起是哲學的失落，他卻把考證之學帶進哲學的發展裡，為清代思想史的研究開拓了新的思考方式與空間，也為清代學術發掘了新的向度。在傳統學術的研究領域裡，過去實證研究為主的走向，近年來漸漸改變[3]，思想史的魅力漸增，余先生將考證與思想熔為一爐的作法，是具有前瞻性的。而我也是受了這個新說的啟發，而開始注意「考證學」與「思想史」之間的關係。

其實，近年來國內的學位論文中，不乏針對余先生細部論證所呈現的文獻解釋問題提出修正意見者[4]。但對於余說的整體架構，尤其是就余先生所提出的論據與論證方式，能否成功地建立他所謂的「內在理路」，也就是說，他所提出的論據，能不能支持他的結論，以及「內在理路」的解釋力問題，則未見有人討論。

我並不想就單以「內在理路」解釋思想史的限制作討論，因為余先生說過：他的「內在理路」的新解釋並不能代替外緣論，而只是對它們的一種補充、一種修正（頁155）。我們可以把余說當成是另一種觀察角度，提供另一種可能性，而不是企求全面完整的說法；這樣，就不會以余文之所無而責之[5]，僅就余文之所有，討論其說能否成立。

---

3 亦即國內史學界自覺地要求由「史料考證」邁向「解釋疏通」的走向。可參《史學評論》第8期（1984年7月，臺北：華世出版社），〈對本刊「代發刊辭」的再反省〉專欄的一系列文章。該刊〈代發刊辭〉的作者正是余英時先生。

4 例如林聰舜：《明清之際儒家思想的變遷與發展》（臺北：臺灣師範大學國文所博士論文，1985年），第六章第二節之四，頁404-412；梁世惠：《宋明人論危微精一執中十六字及其證偽》（臺北：臺灣大學中國文學研究所碩士論文，1989年），頁6-9。

5 例如黃俊傑先生在〈思想史方法論的兩個側面〉（收於《史學方法論叢》〔臺北：臺灣學生書局，1977年〕）一文中，曾對余先生的「內在理路」說提出若干批評，其中之一便是：「專就思想史的內在理路分析問題有其長亦有其短，其短則在於對思想的

　　首先，我們要提出幾個問題：

　　一、余先生認為思想史本身是有生命的、有傳統的，這個生命、這個傳統的成長並不完全仰賴外在刺激，也就是每一個特定的思想傳統本身都有一套問題，需要不斷解決（頁124-125），於是，在宋明儒學裡找到了發展出清代思想的內在問題。當然，由明到清，在政權、國號、紀年上，我們可以找到一個轉捩的定點，但學術思想絕非一夜之間幡然大變，在明清之際的二種代表學術間尋求連續的線索，必然不會落空；問題是：如果宣稱這是「思想史」的內在生命，我們就不禁要問：我們的思想史的生命為什麼由宋明開始？余先生說宋明「尊德性」的傳統裡一直有著知識的問題，而這樣的問題是「世界思想史上具有普遍性的問題」（頁128）。余先生雖也略提及，「尊德性」與「道問學」的爭持，是亙古亙今，貫穿在整個儒學傳統中的，歷來「博」與「約」、「多識」與「一貫」、「學」與「思」等，都與「尊德性」與「道問學」的涵義相關。但余先生的討論，其實集中於宋明理學到清代考證學的軌跡。在余先生實際行文中，先秦孔、孟等思想，在余先生所處理的宋明儒學裡，卻只是「一套基本文獻，文獻怎麼處理，如何解釋」（頁129）的問題了，他們的「生命」何在？進入了清代以後呢？智識主義興起了，是否就沒有了知識與道德爭持的問題？這個「亙古亙今」的問題，似乎只在宋明間完成開出儒家智識主義的任務。

　　二、對於程、朱與陸、王二派，在余先生的心目中，他們的重要分野就在於程、朱潛伏了智識主義；而陸、王，尤其是明代王陽明學

社會性必有所忽略也。」（頁180）我們對一篇討論思想之社會性的文章，說它的短處是忽略了思想的內在生命；同樣亦可對一篇討論思想內在生命的文章，說它的短處是忽略了思想之社會性。然而任何一篇文章都不可能面面俱到。何況余先生已經說過，他是感到外緣說（即只論社會性）的不足，才以內在理路說補充的（頁155）。

說的出現，彰顯了反智識主義；而清代考證學所表現的「道問學」精
神，它的伏流在程、朱一系中。在這個先見底下架構出的思想史「理
路」卻讓人困惑重重，譬如，「反智識主義的氣氛幾乎籠罩了全部明
代思想史」（頁96），然而明中葉以後，卻有「考證學的萌芽」（頁
109），「從思想史的角度看，它是明代儒學在反智識主義發展到最高
峰時開始向智識主義轉變的一種表示」（頁109）。但余先生所指出萌
芽時代裡從事考證的學者卻是「理學門戶以外」（頁106）的人，而且
其中陳第「尊重陽明……他的格物說也與王陽明相近」（頁109），焦
竑卻是「王門泰州一派的健者」（頁109）。從這裡余先生並沒有澄清
理學立場與從事考證關係若何，是否構成反證；只用這些例子打擊
「反理學」之說，證明「考證方法和反理學並無必然關係」（頁108）。
再者，余先生說：「明代傾向於智識主義的儒者可以粗略地分為兩大
派：一派是在哲學立場上接近朱子者，另一派則是從事實際考證工作
者。」（頁98）這樣一分，「尊德性」與「道問學」爭持而逼出考證學
的「思想史生命」，就懸空了。因為根據余先生的論述，「哲學立場上
接近朱子」的儒者是「從理論方面強調讀書的重要」（頁106），「讀
書」與「考證」根本不是一回事，宋明儒都讀書，他們可以完全以反
考證的態度讀出聖人義理[6]；而實際從事考證工作者既在理學門戶之
外，那麼理學內部的問題就不是他們關懷所在；於是，感受到儒學內
在問題的人不是考證學者，而真正從事考證學者卻又在理學門戶之
外，說出「取證於經典」口號的羅整菴不但未從事考證，而且他的

6　譬如程頤作《易傳》，朱子說：「伊川見得個大道理，卻將經來合他這道理，不是解
　《易》。」（黎靖德編：《朱子語類》（京都：中文出版社影印成化本，1979年），卷
　六十七「程子易傳」，頁2630）這在理學家是行得通的。又例如被視為考證學先鋒
　的陳第，他的《尚書》學著作卻有反考證的精神，參筆者：《陳第之學術》第四章
　〈陳第之尚書學〉。

「取證於經典」「不過是反智識主義高漲的風氣下一個微弱的智識主義的呼聲」（頁105）。那麼，理學爭論與考證活動是在不同的二批人中進行，尊德性與道問學的激盪逼出考證學的歷史，似乎是由當時的歷史舞臺抽象出來了。

　　三、我們再看看清初的例子。余先生認為，清代經學考證直承宋明理學的內部爭辯而起，經學家本身各有其獨特的理學立場，一個人究竟選擇哪部經書來作為考證的對象，往往有意無意間是受他的理學背景支配（頁145）。而且，考證學者幾乎都有他的義理動機，「當時的考證是直接為義理、思想服務的」（頁149）。我們如果稍稍瞭解清代考證大家作考證的情形，譬如閻若璩以三十年的時間證成《古文尚書》偽作，對這樣的說法會立刻起疑：一個學者的基本關懷是義理，卻花全副的精力作考證的遊戲，以思想家鄙視的行徑（朱子曾說：「若論為學，則考證已是末流。」[7]），去為思想服務，動機與行為之間何其迂曲？而且余先生並沒有解釋，時移世變，為什麼當年朱、陸爭執的問題可以如此深入人心，歷久不衰？一個人的理學立場為什麼會重要到必須花一生的時間去鬥爭？而且，還不是在理學的戰場上，而是轉到考證的戰場上去爭（頁146）？再者，清初的考證學並不只是余先生所指出的幾部經典而已，譬如顧炎武，窮三十年精力完成一本與義理全然無關的《音學五書》，如何解釋？清初的音學考證不容忽視，另外，如地理、史學、古禮等的考證，如果把這些成果在清初學界一起陳列出來，能和理學牽上關係的，大概就只是宋明儒愛讀的哪些經典的考證了，但我們不能單以這幾本書的考證論斷整個清初學術。為了種種疑竇，我們重新檢驗余先生提出的歷史資料。

　　余先生舉了清初三個史證來說明考證受義理支配的情形，即〈大

7　朱熹：〈答吳斗南〉，《朱文公文集》，卷五十九，收入《四部叢刊初編》（臺北：臺灣商務印書館，1975年），頁1077。

學〉、《易經》與《尚書》。底下我們討論《尚書》與〈大學〉的例證。

　　余先生認為，偽古文〈大禹謨〉的「十六字心傳」是陸、王心學的重要據點，但對程、朱理學而言，頂多只有邊緣價值；閻若璩雖非理學中人，但其哲學立場確為尊程、朱而黜陸、王，因此《疏證》中時有攻擊陸、王的議論，並於「十六字心傳」為偽作鄭重致意；毛西河是反朱子的，「他讀了百詩的《疏證》之後，便立刻感到這是向陸、王的心學進攻」（頁148）。因此，「閻、毛兩人在《古文尚書》問題上的針鋒相對更可以讓我們看清清初考證學和宋明理學之間的內在關聯」（頁149）。

　　對於以上說法，我們討論如下。首先，「十六字心傳」在程、朱與陸、王二派中，都可以以自己的立場加以詮釋[8]，而朱子也並未懷疑《古文尚書》偽作[9]；其次，余先生說閻百詩的「基本哲學立場則確為尊程、朱而黜陸、王」（頁148），不知道這個「基本哲學立場」是怎麼認定的？百詩一生從事考證，非常瞧不起不講考證的理學[10]，也從未表明過自己的哲學立場。他的確尊朱子，但他心目中的朱子是博學考證的朱子，他訂正朱子的錯誤，也是考證上的；這是不是「哲學立場」的接近朱子，就很難說了。若說他的博學詳考是余先生認為近於朱子的「道問學」；我們很懷疑，視考證為末流的朱子，會不會認這個一生埋首於考證的閻氏為同道。另外，元代王充耘已有「傳授心法之辨」，批評朱子所謂傳心法之論「皆為古文所誤耳」[11]。王充耘

8　劉人鵬：《閻若璩與《古文尚書》辨偽——一個學術史的個案研究》（臺北：花木蘭文化工作坊，2005年），第四章，頁191-195。

9　參本書附錄一〈論朱子未嘗疑《古文尚書》偽作〉。

10　百詩曾說：「大抵考據文人不甚講，理學尤不講，死罪！死罪！」（閻若璩：《潛邱劄記》，收入《四庫全書珍本四集》〔臺北：臺灣商務印書館，1973年〕，卷六，頁28上）甚至說：「詩人、道學皆寡陋可恥者。」（《潛邱劄記》，卷六，頁38下）

11　王充耘：《讀書管見》（臺北：臺灣商務影印文淵閣本，冊62），卷上，頁454。

的時候，王陽明尚未出現，不能說這牽涉程、朱與陸、王之爭，況且，王充耘批評這十六字心傳並不是要攻擊「陸、王心學的一個重要據點」，反而是攻擊朱子「為古文所誤」。因此，關於《古文尚書》考證與義理之爭的關係，這個例子並不恰當。

其次談〈大學〉一證，余先生說：「王陽明的『大學古本』已是一種校刊的工作。」（頁146）什麼是「校刊」呢？按「校刊」即「校讎」，是指「校訂字句」的工作[12]。而王陽明只是不滿意當時通行的朱子《大學章句》，主張恢復《禮記》注疏本的「古本」，他的確對版本作了主張，但嚴格說還談不上校刊。考察整個〈大學〉改本的歷史經過，就會發現，這是個義理詮釋的問題[13]，各代學者以自己的義理主張補、改、訂〈大學〉，以考據的標準看，這全是主觀的「臆改」，幾乎不顧及客觀證據。從二程子開始，紛紛擾擾了幾世紀，吹皺一池春水的，大概是朱子。程元敏先生曾從清人之說，認為朱子的〈格物補傳〉若不稱「補傳」而稱「補註」，放在格致本傳之後，「既不患於文體不類，亦無礙於自立新義，而〈大學〉數千百改本或不須作矣」[14]。整個改本的歷史，是在義理學界進行的，「待考證之學全面興盛以後，改本幾已不見」[15]。民國以後，還是講義理的學者如唐君毅等，繼續這個問題。因此，如果我們正確地把這個〈大學〉改本的問題放在義理詮釋的脈絡裡考察，那麼陳確的《大學辨》將有不同的意義。再者，

---

12 王叔岷：《斠讎學》（臺北：臺聯國風出版社，1972年），第壹章〈釋名〉。

13 岑溢成研究過〈大學〉單行及改本問題之後，下的結論是：「綜言之，改本問題本質上是個詮釋問題，而不是版本問題或校勘問題，所以對於種種的改本，我們與其視為〈大學〉之不同版本，倒不如視之為〈大學〉之不同的改編本，而每個改編本都代表著改編者自己對〈大學〉義理的理解和詮釋。」見〈大學之單行及改本問題評議（下）〉，《鵝湖月刊》第102期（1983年12月），頁36-44。李紀祥：《兩宋以來大學改本之研究》（臺北：臺灣學生書局，1988年）亦同意此說。

14 程元敏：〈大學改本述評〉，《孔孟學報》第23期（1972年4月），頁163。

15 李紀祥：《兩宋以來大學改本之研究》，頁11。

如果我們仔細讀了《大學辨》，更要發現：陳確反覆致意的，是〈大學〉「必為禪學無疑」、「竟是空寂之學」，「〈大學〉廢，則聖道自明；〈大學〉行，則聖道不明」。顯現的是新儒學與佛學間自始以來的不能兩立問題，而不是程、朱與陸、王間的義理之爭。更何況，在余先生自己的行文脈絡裡也有矛盾：不重視知識的王陽明竟然不惜循「校刊考訂」[16]之途重訂〈大學〉古本，可見陽明也十分重視〈大學〉的問題，而王學後勁劉蕺山更是「輯一切〈大學〉版本而校之」[17]。可見〈大學〉不單是程、朱一派信以為真的；而對於陳確「斬斷一切葛藤，逕斥〈大學〉為秦以後之著作」[18]，余先生卻這麼斷案：「這對程、朱的『格物致知』之論，不啻為釜底抽薪。」[19]如此說來，把〈大學〉消滅了，王陽明的理論也同樣沒著落（如果文獻根據對理學家是那麼重要的話），對「陸、王一派」豈不同樣是「釜底抽薪」？再者，以余先生的說法，對清學有重大貢獻的，一是哲學立場上接近朱子一派的儒者，一是理學門戶之外實際從事考證的學者（頁106），但現在的例子卻是：代表「反智識主義」的王學學者從事文獻考證，而且早自王陽明就開始了；這豈不又是余先生立說的一個反證？

　　以上從余先生所提的論據作檢討，發現這些文獻材料要證成「內在理路」說，尚有困難。

　　余先生並不是沒有考慮到在中國儒學傳統裡強調知識問題「有多少真實意義」（頁159），余先生認為「儒學內部仍然有它自己獨特的知識問題」（頁159），然而，他的作法不是舉出宋明儒自己的說法放

---

16 語出余英時：《論戴震與章學誠》（臺北：華世出版社，1977年），頁15。余先生在該書第三章〈儒家智識主義的興起：從清初到戴東原〉的開頭，又簡要敘說了他這個義理之爭折入文獻考證的觀點。

17 同上。

18 同上。

19 同上。

在宋明儒的脈絡裡去分析，而是摘取少數片斷放到自己的脈絡裡來說明。為什麼余先生會覺得歷史上儒學傳統裡的知識問題一直是那麼重要呢？我們從他的〈略論清代儒學的新動向〉[20]一文可以略窺端倪。他深切體會：儒學的現代課題主要是如何建立一種客觀認知的精神，因為非如此便無法抵得住西方文化的衝擊（頁162），並且認為：在傳統中國文化中，儒學一向占據著主導的地位，但儒學目前正面臨著一次最嚴重的歷史考驗，即如何處理客觀認知的問題（頁163）；那麼，知識問題是余先生心目中當前迫切的時代問題，是西方文化、政治環境衝擊之下，體會到「儒門淡薄，收拾不住」而凸顯出的問題，從當前的問題出發，到傳統裡去找淵源，於是有了一套思想史的發展生命，為當前的問題提供解答與出路，所以，歷史新解釋就可以為現代儒學服務了。余先生清楚表白過這個動機與目的：

> 我們的任務首先是誘發儒學固有的認知傳統，使它能自我成長，儒學「道問學」的潛流，經過清代兩百年的滋長，已凝成一個相當強固的認知傳統。我之所以特別強調十八世紀的考證學在思想史上的意義，這是基本原因之一。……因此我深信，現代儒學的新機運只有向它的「道問學」的舊統中去尋求才有著落……。（頁164）

余先生強調的是，到「道問學」的舊統中去找現代儒學的新機運。

　　但本文的理解則是，各時代必然接續傳統並且有它自己的問題。就語言的使用與瞭解來說，同樣的字詞在不同的時代出現，在不同的脈絡裡，意義未必相同。譬如說，同樣是「尊德性」與「道問學」六

---

20 余英時：《歷史與思想》，頁157-165。

個字，陸象山說朱子「既不知尊德性，焉有所謂道問學？」和六百年後的戴東原說：「然舍夫道問學，則惡可命之尊德性乎？」不見得是相同的意義。理學家的成德之「學」與考證學中的博聞考證之「學」，二「學」字異趣異趨。今日余先生感到「西方文化衝擊」之下迫切的「知識」問題，與數百年前宋明儒爭論的「道問學」問題，必須在歷史脈絡中以適當的文獻作分析。再者，程、朱與陸、王立場之不同，為什麼大到要在思想史上爭數百年之久，也是個需要論證，而不是不證自明的。說「考證是為義理服務」，無疑抹殺了考證學的生命[21]。如果宋明儒學有他自己的生命，考證學為什麼就沒有？而只是「服務」？如果我們把義理與考證視為二種不同的學術型態，也許我們應當先釐清兩種學術各自的發展狀況，而後尋求為什麼某一時代某種學術會成為主流，而另一種學術卻在另一個時代大放光彩的原因。

其實，在宋明，主流學術雖是理學，然未嘗沒有人埋頭在考證中，譬如沈括、鄭樵、王應麟等等，他們的著作，後來都成為我們熟悉的清代考證鉅著的前導，譬如王應麟對顧炎武的影響就不小[22]。若要再追溯下去，則兩種學術在先秦都可找到遠源，如段玉裁說：「校書何放乎？放於孔子、子夏。」[23]嚴格說，只要藉著書本講學問，就沒有不牽涉到考證的。因此，當余先生將程、朱與陸、王作「道問學」與「尊德性」的二分時，就會發現，二派裡都有人作考證，簡直糾纏不清。這時我們就要留意到「考證」與「考證學」的區別了。當我們說「考證」時，究竟是說整理文獻、研究學問時不可避免的基本

---

21 筆者《陳第之學術》已經由各相關材料考察出陳第的考證並不為什麼義理服務，而本文前面的討論也否證了義理之爭逼出考證之說。

22 可參何澤恆：《王應麟之經史學》，臺北：臺灣大學中國文學研究所博士論文，1980年。

23 段玉裁：〈經義雜記序〉，在段玉裁撰，趙航、薛正興整理：《經韻樓集》（南京：鳳凰出版社，2010年），頁181。

工作呢？或是當它成為一種學風時，把學者的價值觀、遊戲規則全部放進去的學術型態——考證學。舉一個例子說，我們深入《尚書》辨偽著作的內部去看，追溯他們所引用、批判的文獻材料，可以依照舊說簡單連出這麼一條發展線索：吳棫（1100？-1154）、朱子（1130-1200）、吳澄（1249-1333）、王充耘（1304-？）、梅鷟（1513年中舉）、鄭曉（1499-1566）、歸有光（1507-1571）、郝敬（1557-1639）、閻若璩（1636-1704），這其中因為牽涉朱子，而《古文尚書》中又有理學家採用的話語，於是便讓人聯想到「理學」與「考證學」間整個的關聯；但我們如果看清代另一項成就不凡的古音學考證，也可大致聯出這樣一條發展線索：顏師古（581-645）、吳棫（約1100-1155）、項安世（1129-1208）、楊慎（1488-1559）、陳第（1541-1617）、顧炎武（1613-1682），這就很難讓人在考證學與理學之間發現什麼理路，雖然嚴格說這條線裡仍應包括朱子[24]，但因與義理無關，若說到清代思想史與宋明儒學的關聯時，古音學考證的例子很自然就被撇棄在一邊。清代考證學的考證對象很多，各有其學問傳統，學問並非只有思想與考證二端。

　　考證學家作考證，理學家同樣也作考證，而「考證」工作在他們各自的學術脈絡裡有不同的意義，從「理學」到「考證學」，經歷的也許是孔恩所謂的「革命」，因為兩類學者的「典範」不同，信念不同，世界觀不同，價值觀不同，研究方法當然也大異[25]。其間容或有交涉，但在不同的「典範」之下，他們將以不同的脈絡置放前代學者

---

24 朱子的「協韻」並不如傳統解釋的那麼荒謬，其實他對古今音異，南北語殊相當清楚，可參伍明清：《宋代之古音學》，臺北：臺灣大學中國文學研究所碩士論文，1989年。

25 Thomas S. Kuhn. *The Structure of Scientific Revolutions*, ch.I. "Introduction: A Roll for History". 2nded. Chicago: The University of Chicago, 1970. pp.1-9.

的問題，給予解答或者揚棄。我們不能先將考證學預設為理學附庸，成為附庸式的成長或反動[26]。

　　本文對考證學的理解是：這是一套與「理學」的價值觀相左的學問，這一套學問在重「氣」或「器」的哲學基礎下，使得文獻具有了不同的意義，研究經書不在於追求文字、事物之外超越時空的「理」，而是地理、語音、制度等等的歷史文化器物層面的物事。由理學到考證學，是典範的變換[27]。

---

26 蔡長林在充分肯定余英時「內在理路」說之貢獻的同時，亦提醒：清代學術的思想史意義，猶待考索，單由宋明理學以觀清代儒學，無法充分理解「清代思想史之情實」。蔡長林：〈思想史的內在理路──余英時《論戴震與章學誠》的學術遺產〉，《中國文哲研究通訊》第31卷第4期（2021年12月）「余英時院士紀念專輯」，頁7-10。

27 劉人鵬：《閻若璩與《古文尚書》辨偽──一個學術史的個案研究》，臺北：花木蘭文化工作坊，2005年。

誌謝

　　二〇二二年夏天，突然收到素昧平生的劉季倫老師來信，信件標題是「錢新祖老師」，內容則是建議我出版碩士論文《陳第之學術》（1988）。起先我當成一種客氣的向作者要論文的來信，爬到書架最上層，取下數十年不見天日僅存的二本碩論之一，連同博論也順道寄出。沒想到這突如其來的一封信，像是不知何時設定好的鬧鐘，該響的時候響了，喚起許多記憶裡的故事，感念，以及行動。

　　在收到信的隔週就傳來了梅廣老師過世的消息。

　　當年如果沒有遇見梅廣老師，我也許不會走上學術研究的路。還記得碩二那年在老師的課上寫了第一篇研究論文〈唐末以前「清濁」、「輕重」之意義重探〉（1987）。學期中定了題目後，我幾乎每週拿著找到的資料去跟老師討論，許多解釋來自老師的提示。那是我第一次領會學術研究如何是一個從未知開始的求索探尋、思考與知識建構的過程。後來老師要我參加論文獎，稿子送出前，在一間教室裡，梅老師花了三個小時的時間，逐句教我如何調整段落，修改不精準的字句，如何彰顯精彩的重點，又如何擺放論據尚不充分的資料。那是我第一次領會到學術論文是如何包括了布置論據的寫作方法或書寫策略。難忘的學習經驗，而我不知如何說感謝。

　　那門課的第二個學期，在課上，梅老師要我們讀余英時論考證學與思想史關係之論文，其中提到明代陳第與焦竑。陳第的古音學是那門「中國語文學史」涉及的題目之一，老師要我們在學術史的脈絡裡瞭解古音學的發展。我在那學期的期末報告，大約就是本書「緒論」

第一節「問題之提出」的雛形。梅老師很喜歡那篇報告。然而問題的追究似乎意猶未盡，閱讀陳第原著的過程，我對陳第古音學與《尚書》學產生了盎然的興趣，想進一步追究。於是擬了篇研究構想給梅老師，看是否可以發展為碩士論文。梅老師欣然同意。

梅老師要我先去讀錢新祖老師研究焦竑的新書。當時我只急著追究自己的問題，並沒有通讀全書，就不知天高地厚地寫了幾段對錢老師論點的評論。梅老師看過後，竟要我把稿子拿去給錢老師看！至今記憶猶新的是見錢老師之前心中的忐忑焦慮。還記得在臺大歷史所研究室，陌生的錢老師已經看過了我先前寄給他的稿子。不記得他說了些什麼，但記得他帶點憂鬱的豁然軒昂讓我很安心。還有一句我沒聽懂的話一直藏在我心裡：「你說的考證像我手上這支筆，而我說的考證，是運用那支筆的手。」他瞭然於我的侷限，而我並不明白天地之大。後來他也常清風明月地說：「你是科班出身，我是半路出家。」錢老師的精彩與豐富，是那種經久耐讀的藝術品。

碩論完成後，梅老師的推薦語我還留著，現在放在書後。梅老師也曾要我出版，並說可以為書寫序，我那時只想，老師應該是還有學術意見要講。然而匆匆趕著下一階段的行程，一晃眼就到了如今。也還記得博論完成之後，梅老師諄諄期許「還要多學抽象思考」。然而博論整個投入考證學，讓我想離開考證。然後愈走愈遠，不知所歸。直到鬧鐘響起。感謝季倫老師的代序文，喚醒了很多藏在記憶中的事。他情義深長地闡釋了錢老師的史學，那含蘊著學術、生命與情操的史學，透澈於對歷史的客觀認知是涵藏於人在歷史向度上所經驗到的有限性裡。

回頭看自己三十五年前的論文，無論如何是不會滿意的，然而也無從改起了。除了小修幾處字句，並補了一點點的材料，也就讓它以歷史的樣貌出現了。當年沒機會讀到陳第的《陳一齋全集》，對陳第

的討論也不全面。這次校稿中重新再發現陳第是個極出色的人物，生命與個性思想都有精彩之處，如果再寫，會希望呈現更生動的陳第。再者，當年這本論文從「理學到考證學」內在理路之說所設定的問題與方法著手，不免侷限於其中，雖然認真地澄清了一些問題，也有所收穫，但沒有好好讀錢老師的書，在討論的層次上也就失去了提升的機會。對梅老師錢老師深深的感念中，也還有太多的功課要補。

全書有二個附錄，附錄一〈論朱子未嘗疑《古文尚書》偽作〉，原就包括在當初碩論中，但後來改寫發表於《清華學報》第二十二卷第四期（1992），本書用的是發表的版本。附錄二〈「內在理路」說商榷〉則是當年博論（1991）結語的一部分，後來因故刪去，現在收在本書最後，算是為「緒論」提出的問題給出一個當年的研究所得。

這本論文終於出版，還要特別感謝蔣秋華學長。學長一如往常給予了關鍵性的幫忙，聯絡萬卷樓圖書公司，又聯絡福建師範大學的簡逸光教授，還幫忙校正了稿件中的一些錯誤。與學長多年不見，沒想到聯絡上了，又是受惠於學長。

很多的感恩，感念，感謝，連同這本論文，一起寄給天上的梅老師與錢老師。

劉人鵬

引用及參考書目

一

陳第　1595　謬言　＊明萬曆刊本

　　　　1597　意言　＊明萬曆刊本

　　　　1601　兩粵遊草　＊明沈有容刊本

　　　　1601　書札爐存　＊明萬曆刊本

　　　　1606　毛詩古音考（附讀詩拙言）　＊《學津討源》本

　　　　　　　廣文本

　　　　　　　清同治明辨齋刊本

　　　　　　　清光緒張氏刊本

　　　　　　　《文淵閣四庫全書》本

　　　　　　　明萬曆刻本

　　　　1611　尚書疏衍　＊《四庫全書珍本》五集鈔本

　　　　1611　寄心集　＊清陳斗初重刊本

　　　　1613　屈宋古音義　同《毛詩古音考》

　　　　？　　松軒講義　＊明萬曆刊本

　　　（1616）　世善堂藏書目　＊《叢書集成初編》0034

按：加「＊」號者為本文引用本，其他僅偶有參考。

二

丁度等　集韻　學海

方崧卿　韓集舉正　臺灣商務印書館影印《文淵閣》本冊1073

王仁煦　刊謬補缺切韻　唐寫本

王　柏　書疑　《金華叢書》本

王柏　魯齋集　《金華叢書》本

王　楙　野客叢書　臺灣商務印書館影印《文淵閣》本冊852

王應麟　玉海（附刻漢書藝文志考證等）　華聯

王充耘　讀書管見　臺灣商務印書館影印《文淵閣》本冊62

王念孫　古韻譜　廣文《音韻學叢書》

王引之　經義述聞　世界

王國維　觀堂集林　河洛

王　力　漢語音韻學（王力文集第四卷）　山東教育，1986年

王利器注　顏氏家訓集解　漢京

孔穎達等　十三經注疏　藍燈影印嘉慶重刊宋本

毛　晃　增修互註禮部韻略　臺灣商務印書館影印《文淵閣》本冊237

毛奇齡　古文尚書冤詞　臺灣商務印書館影印《四庫珍本》十集

司馬遷　史記　鼎文

北京大學編　漢語方音字匯　文字改革出版社

朱　熹　詩集傳　《四部叢刊續編》本

朱　熹　楚辭集注　臺灣商務印書館影印《文淵閣》本冊1062

朱　熹　朱文公文集　《商務四部叢刊初編》

朱　熹　原本韓集考異　臺灣商務印書館影印《四庫珍本》六集

朱彝尊　經義考　中文

朱彝尊　古文尚書辨　《昭代叢書》庚集

朱彝尊　明詩綜　清康熙刻本

朱彝尊　靜志居詩話　扶荔山房刻本

江　永　古韻標準　廣文《音韻學叢書》

江　藩　漢學師承記　河洛

江有誥　江氏音學十書　廣文《音韻學叢書》

沈　括　夢溪筆談　《中國子學名著集成珍本》初編

余英時　歷史與思想　聯經　1976年

李　善　文選注　文化影印嘉慶重刻宋淳熙本

李　賢　後漢書注　清乾隆武英殿本

吳　棫　韻補　上海商務《叢書集成初編》

吳　澄　書纂言　臺灣商務印書館影印《文淵閣》本冊61

吳　澄　吳文正集　臺灣商務印書館影印《文淵閣》本冊1197

吳光耀　古文尚書正辭　光緒癸巳刊本

屈萬里　詩經釋義　華岡

屈萬里　尚書釋義　中國文化大學出版部

周　密　齊東野語　臺灣商務印書館影印《文淵閣》本冊865

周祖謨　問學集　河洛

周祖謨、羅常培　漢魏晉南北朝韻部演變研究　科學出版社　1958年

林之奇　尚書全解　臺灣商務印書館影印《文淵閣》本冊55

林慶彰　明代考據學研究　臺灣學生書局

房兆楹等　明代名人傳（*Dictionary of Ming Biography, 1368-1644*）　南
　　　　天影印本

邱棨鐊　集韻研究　稿本影印　1974年

金履祥　尚書表注　臺灣商務印書館影印《文淵閣》本冊60

金雲銘　陳第年譜　臺灣銀行經濟研究室編《臺灣文獻叢刊》第303種

胡應麟　少室山房筆叢　廣雅書局刊《少室山房集》

胡鳴玉　訂譌襍錄　臺灣商務印書館影印《文淵閣》本冊861

胡　適　胡適文存　遠東

胡適等　中國哲學思想論集　牧童《文史叢書》

封演　封氏聞見記　臺灣商務印書館影印《文淵閣》本冊862

段玉裁　六書音韻表　廣文《音韻學叢書》

洪良品　古文尚書辨惑　新文豐《尚書類聚初集》（七）

馬端臨　文獻通考　臺灣商務印書館影印

班　固　漢書　鼎文

徐光啟　毛詩六帖　萬曆刊本

唐　鑑　國朝學案小識　中華《四部備要》本

紀昀等　四庫全書總目提要　臺灣商務印書館影印

高本漢（趙元任、李方桂合譯）　中國音韻學研究　臺灣商務印書館
　　　　影印　1948年

容肇祖　明代思想史　上海開明　1941年

（陸法言）　切韻　王國維校寫本

陸德明　經典釋文　漢京影印抱經堂本

陸隴其　古文尚書考　《昭代叢書》庚集

曹憲　博雅音　上海商務《叢書集成初編》

曹剛等修　連江縣志　成文《中國方志叢書》76

陳彭年等重修　廣韻　黎明

張　有　復古編　臺灣商務印書館影印《文淵閣》本冊225

張廷玉等　　明史　鼎文

張崇蘭　古文尚書私議　新文豐《尚書類聚初集》（六）

張之洞　輶軒語　《慎始齋叢書》

張西堂　尚書引論　新文豐《尚書類聚初業》（八）

張世祿　中國音韻學史　臺灣商務1970

梅　鷟　尚書考異　臺灣商務印書館影印《四庫珍本》九集

陳振孫　直齋書錄解題　臺灣商務印書館影印《文淵閣》本冊674

陳　田　明詩紀事　鼎文《歷代詩史長編》

陳夢家　尚書通論　新文豐《尚書類聚初集》（八）

陳新雄　古音學發微　嘉新文化基金會

梁啟超　清代學術概論　臺灣商務印書館影印

梁啟超　中國近三百年學術史　臺灣中華

梁啟超　古書真偽及其年代　臺灣中華

許世瑛　中國目錄學史　中國文化出版事業委員會

麥仲貴　明清儒學家著述生卒年表　臺灣學生書局

黃公紹　古今韻會舉要　光緒九年刊本

黃俊傑編譯　史學方法論叢　臺灣學生書局

焦　竑　國朝獻徵錄　臺灣學生書局《中國史學叢書》

焦　竑　焦氏澹園集　偉文影印本

焦　竑　澹園續集　《金陵叢書》本

項安世　項氏家說　臺灣商務印書館影印《四庫珍本》別集

程元敏　王柏之生平與學術　學海

逯欽立輯校　先秦漢魏晉南北朝詩　木鐸

楊　慎　轉注古音略　上海商務《叢書集成初編》（附古音後語、奇字韻）

楊　慎　古音獵要　臺灣商務印書館影印《文淵閣》本冊239

楊　慎　古音略例　臺灣商務印書館影印《文淵閣》本冊239

楊　慎　丹鉛雜錄　臺灣商務印書館影印《國學基本叢書》

楊　慎　升菴雜刻二十二種　萬曆戊戌刻本

楊　慎　升菴外集　臺灣學生書局

董應舉　崇相集十八卷　明啟禎間刊本

　　　　崇相集存十一卷　明萬曆47年刊本

董同龢　漢語音韻學　文史哲

董同龢　上古音韻表稿　臺聯國風

葉國良　宋人疑經改經考　臺大《文史叢刊》

輔　廣　詩經協韻考異　上海商務《叢書集成初編》

趙古則　六書本義　臺灣商務印書館影印《文淵閣》本冊228

蔡　沈　書經集傳　臺灣商務印書館影印《文淵閣》本冊58

黎靖德編輯　朱子語類　中文

樓　鑰　攻媿集　臺灣商務印書館影印《文淵閣》本冊1153

樂韶鳳等　洪武正韻　臺灣商務印書館影印《文淵閣》本冊239

蔣秋華　宋人洪範學　臺大《文史叢刊》

閻若璩　尚書古文疏證　同治六年汪氏補刊本

錢謙益　列朝詩集丁集　清康熙刻本

錢大昕　潛研堂文集　臺灣商務印書館影印《四部叢刊正編》

錢大昕　十駕齋養新錄　清嘉慶丙寅刊本

錢　穆　中國近三百年學術史　臺灣商務印書館影印　1937年

錢　穆　朱子新學案　三民書局　1971年

戴　侗　六書故　清乾隆師竹齋刊本

戴君仁　閻毛古文尚書公案　中華叢書委員會　1963年

戴　震　聲韻考　廣文《音韻學叢書》

謝啟昆　小學考　藝文

顏師古注

（王應麟音釋）　急就篇　《學津討源》本

顏師古　漢書注　清乾隆武英殿本

顏師古　匡謬正俗　上海商務《叢書集成初編》

魏了翁　鶴山先生大全文集　臺灣商務印書館影印《四部叢刊正編》

顧野王　玉篇　（殘卷）

顧炎武　音學五書　廣文《音韻學叢書》

顧炎武　韻補正　上海商務《叢書集成初編》

W. T. De Bary, *The Unfolding of Neo-Confucianism*, Columbia University, 1975.

Edward T.Ch'ien, *Chiao Hung and the Restructuring of Neo-Confuciansim in the Late Ming.* Columbia University, 1986.

Benjamin A. Elman, *From Philosophy to Philology*, Harvard University, 1984.

三

王　力　經典釋文反切考　北京中華　《音韻學研究》第一輯

方　豪　陳第東番記考證　臺灣學生書局　《方豪六十自定稿》

方　豪　關於陳第及其東番記之研究　中央日報44年9月26日

伍明清　吳棫之古韻學　手稿（未發表）

朱維錚　十八世紀中國的漢學與西學　1987年香港中文大學「十六十八世紀的中國與歐洲」學研討會發表論文手稿[1]

杜其容　毛詩釋文異乎常讀之音切研究　《聯合書院學報》第4期

余英時　清代儒家知識主義的興起初論　《清華學報》新11卷第1、2期合刊

李思敬　論吳棫在古音學史上的光輝成就　《天津師大學報》1983年第2期

邵榮芬　明代末年福州話的聲母系統　《中國語文》1985年第2期

林慶彰　晚明經學的復興運動　《書目季刊》第18卷第3期

林慶彰　明代的漢宋學問題　《東吳文史學報》第5號，75年

---

[1]　該稿承香港中文大學歷史系李弘祺先生提供，謹此致謝。

林聰舜　明清之際儒家思想的變遷與發展　臺灣師範大學國文所博士論文　1985年

容肇祖　焦竑及其思想　《燕京學報》第23期

容肇祖　記考證學的先鋒陳第　《大公報・史地周刊》第84期

張蔭麟　偽古文尚書案之反控與再鞫　《燕京學報》第5期

張文軒　論初期「協韻」　《蘭州大學學報》1982年第1期

張文軒　從初唐協韻看當時實際韻部　《中國語文》1983年第3期

張文軒　試析陸德明的「協韻」　《蘭州大學學報》1983年第1期

張文軒　論「叶韻」和「讀破」的關係　《蘭州大學學報》1984年第4期

張素卿　朱子叶韻說重探　手稿（未發表）

許在全　試論宋代福建人才的崛起　《福建師大學報》1981年第3期

黃景湖　詩集傳注音初探　《廈門大學學報》1981年第4期

程俊英　論徐光啟的詩經研究　《中華文史論叢》1984年第3輯

鄒光椿　戚林八音作者初探　《福建師大學報》1986年第2期

董忠司　顏師古所作音切之研究　政治大學中國文學研究所博士論文1978年

董忠司　曹憲博雅音之研究　政治大學中國文學研究所碩士論文1973年

董忠司　七世紀中葉漢語之讀書音與方俗音　《新竹師專學報》第13期，1986年

劉文起　梅鷟尚書考異述略　木鐸5、6期

戴君仁　第一個蒐集證據證明偽古文尚書的人　《新時代》第1卷第2期

簡宗梧　經典釋文徐邈音之研究　政治大學中國文學研究所碩士論文1970年

經學研究叢書・經學史研究叢刊　0501A04

陳第之學術

作　　者　劉人鵬
主　　編　簡逸光
責任編輯　呂玉姍
特約校稿　林秋芬

發 行 人　林慶彰
總 經 理　梁錦興
總 編 輯　張晏瑞
編 輯 所　萬卷樓圖書股份有限公司
　　　　　臺北市羅斯福路二段 41 號 6 樓之 3
　　　　　電話　(02)23216565
　　　　　傳真　(02)23218698

發　　行　萬卷樓圖書股份有限公司
　　　　　臺北市羅斯福路二段 41 號 6 樓之 3
　　　　　電話　(02)23216565
　　　　　傳真　(02)23218698
　　　　　電郵　SERVICE@WANJUAN.COM.TW
香港經銷　香港聯合書刊物流有限公司
　　　　　電話　(852)21502100
　　　　　傳真　(852)23560735

ISBN 978-986-478-859-0
2023 年 7 月初版
定價：新臺幣 420 元

如何購買本書：
1. 劃撥購書，請透過以下郵政劃撥帳號：
　帳號：15624015
　戶名：萬卷樓圖書股份有限公司
2. 轉帳購書，請透過以下帳戶
　合作金庫銀行　古亭分行
　戶名：萬卷樓圖書股份有限公司
　帳號：0877717092596
3. 網路購書，請透過萬卷樓網站
　網址 WWW.WANJUAN.COM.TW
大量購書，請直接聯繫我們，將有專人為
您服務。客服：(02)23216565 分機 610

如有缺頁、破損或裝訂錯誤，請寄回更換
版權所有・翻印必究
Copyright©2023 by WanJuanLou Books CO., Ltd.
All Rights Reserved　　　　Printed in Taiwan

國家圖書館出版品預行編目資料

陳第之學術/劉人鵬著. -- 初版. -- 臺北市：萬
卷樓圖書股份有限公司, 2023.07
　　面；　公分. -- (經學研究叢書. 經學史研究
叢刊 ; 501A04)
ISBN 978-986-478-859-0(平裝)

1.CST: (明)陳第　2.CST: 書經　3.CST: 學術思想
4.CST: 聲韻學　5.CST: 古音

802.41　　　　　　112010030